KB020373

DREAMBOOKS★

DREAMBOOKS★

DREAMBOOKS★

天下第一

천하제일

ORIENTAL FANTASY STORY & ADVENTURE

장영훈 신무협 장편소설

1

천하제일 1

초판 1쇄 인쇄 / 2014년 1월 27일
초판 1쇄 발행 / 2014년 2월 5일

지은이 / 장영훈

발행인 / 오영배
책임편집 / 편집부
펴낸 곳 / (주)삼양출판사 · 드림북스

주소 / 서울특별시 강북구 솔샘로67길 92
대표 전화 / 02-980-2112 팩스 / 02-983-0660
편집부 전화 / 02-980-2116 팩스 / 02-983-8201
블로그 / blog.naver.com/dreambookss

등록번호 / 제9-00046호
등록일자 / 1999년 3월 11일

값 9,000원

ISBN 978-89-542-5422-9 (04810) / 978-89-542-5421-2 (세트)

* 지은이와 협의하에 인지는 생략합니다.
* 잘못된 책은 구입한 곳에서 바꾸어 드립니다.

이 도서의 국립중앙도서관 출판시도서목록(CIP)은 서지정보유통지원시스템홈페이지(http://seoji.nl.go.kr)와
국가자료공동목록시스템(http://www.nl.go.kr/kolisnet)에서 이용하실 수 있습니다.
(CIP제어번호: 2014002257)

天下第一

천하제일

ORIENTAL FANTASY STORY & ADVENTURE

장영훈 신무협 장편소설

1

dream books
드림북스

天下第一
천하제일

차례

第一章
천기누설

天下第一

솔직히 고백하자면, 난 아름다운 외모 때문에 많은 득을 보며 살아왔다.

대부분의 사내는 친절했고, 수하들은 더 잘 따랐다. 검을 한 자루 사도 비수가 덤으로 따라왔고, 객잔에 밥을 먹으러 가도 좋은 자리로 안내받았다.

살면서 가장 많이 들은 칭찬은 이거다.

얼굴은 끝내주고, 몸매는 죽여준다.

그래, 인정한다. 여인에게 있어 아름다움은 가장 큰 경쟁력 중의 하나라고. 지금까지도 그래 왔듯, 앞으로도 이 외모 덕분에 숱한 이득을 보게 될 것임을.

하지만 알아야 한다. 이러한 득을 누리기 위해서는 반대로 이런 개

같은 일도 겪어야 한다는 것을.

"그 얼굴로 맹주님을 홀린 것을 잘 알고 있다!"

그런 경험 한 번씩은 있을 거다. 너무 화가 나서 오히려 당황스러운. 얼굴은 물론이고 귓불까지 빨개지고, 마치 사실을 인정한 것 같아서 더욱 화가 나는 그런 경험 말이다.

"몸을 팔아서 대주 자리에 올랐다는 것도!"

근래 자신을 두고 여러 소문이 돌고 있다는 것을 알고 있었다.

하남 지단에서 여자가 하나 신화대(神話隊)의 대주로 왔는데, 나이가 어리다더라, 뒷배경이 든든하다더라, 얼굴은 예쁘다더라, 실력은 별로라더라, 몸매는 좋다더라, 싸가지가 없다더라 등등 여러 이야기가 나오고 있음을.

한데 그 소문이 이렇게 추잡스럽게 발전했을 줄은 정말 꿈에도 몰랐다.

놈이 화가 난 것은 이번에 신화대에 배정된 자금이 놈이 대주로 있는 진천대(振天隊)보다 많기 때문이었다. 그게 다 몸 판 돈이라 이거지.

화가 치밀어 오르는 순간, 마음속에 하나의 영상이 스쳤다.

술에 취한 채 눈을 시뻘겋게 뜨고 도방(賭房)에서 노름에 열중하는 놈의 모습이었다.

여기서 잠깐, 내 비밀을 하나만 공개하자면!

나는 감정이 격해지면 다른 사람의 과거를 볼 수 있다. 다 보이는 것은 아닌데 작은 자극에도 그것이 보이는 상대가 있고, 크게 분노해도 아무것도 보이지 않을 때도 있었다.

물론 이 재능은 아무에게도 말하지 않았다. 온갖 음모가 판치는 이 위험천만한 도산검림(刀山劍林)에서 과거를 보는 재능을 지녔다? 만약 그것이 강호에 알려지면 감춰야 할 과거를 지닌 자들이 매일같이 자객을 보낼 것이다. 뭐, 몸값은 엄청나게 오르겠군.

어쨌든, 놈이 화가 난 것은 돈 때문이었다. 노름에 빠져 있으니 당연히 공금에 손을 댔을 것이고. 그런 상황에서 그쪽으로 갈 돈이 우리쪽으로 왔으니 저 지랄 풍년인 것이다.

"그 말, 책임질 수 있나?"

대번에 놈의 눈빛이 사나워졌다. 제 놈 눈에는 아직 새파란 풋내기인데, 건방지다 이거지.

스릉. 놈이 위협적으로 검을 반만 뽑았다. 정말 죽일 수도 있다는 협박이었다.

같은 직급인 자신에게도 저럴 정도니, 아랫사람이나 상대적으로 약자인 사람들에게 얼마나 가혹하게 대했을지 상상이 되었다.

내 눈빛이 싸늘히 가라앉았다.

"왜 반만 뽑아? 뽑으려면 다 뽑아야지. 이렇게."

스르릉.

내가 망설이지 않고 검을 뽑아들었다. 군더더기 없는 깔끔한 발검에 놈의 표정이 살짝 굳었다.

"검과 말의 공통점이 뭔지 알아? 사람을 죽일 수 있다는 점이야. 그래서 함부로 뽑거나 아무렇게나 내뱉으면 안 되지. 그것이 네 칼이고, 네 얼굴에 달린 주둥이라도 말이지."

놈이 표정을 일그러뜨리며 욕설을 내뱉으려는 순간, 난 빠르게 몸을 날리며 검을 내질렀다.

쉬이익!

날 풋내기로 봤겠지만, 난 아홉 살 때부터 진검으로 수련을 시작한 몸이다. 외모를 내 능력의 두 번째 순위로 떨어뜨리기 위해 내가 얼마나 열심히 무공을 수련했는지 결코 짐작조차 하지 못할 것이다.

창창창창창!

싸움을 길게 끌 생각이 없었다. 채 다섯 수가 지나기 전에 놈의 손에서 검이 날아갔다.

놈은 얼굴이 하얗게 질려 다급히 말했다.

"잠, 잠깐만! 설 대주, 농담도 못 하나?"

당장 무릎이라도 꿇을 비굴한 표정으로 그는 대번에 공손해졌다. 칼을 앞세우는 놈은, 칼을 가장 무서워하는 법이다. 그게 무서운지 아니까, 휘두르고 다니는 것이고.

"알다시피 난 맹주님과 살을 섞는 기고만장한 년이라서."

푸욱!

나는 사정없이 놈의 팔을 찔렀다.

"우아아악! 내 팔! 이 미친년이!"

설마 진짜 찌를 줄 몰랐다는 듯 놈이 비명을 내지르며 발광을 해댔다.

저 근본 없는 혀도 싹둑 잘라 버리면 좋겠지만, 그랬다간 수습 불가의 대형 사고가 될 테니, 아쉽지만 여기까지.

좌아악.

검에 묻은 피를 시원스럽게 털어내고 돌아섰다.

언제 왔는지 한옆에서 비영단주(秘影團主) 제갈명(諸葛明)이 이쪽을 지켜보고 서 있었다. 그는 우리보다 상급자이자, 나를 여기까지 이끌어 준 사람이다. 나에 대해 누구보다 잘 아는 내 스승과 같은 사람이다.

"성질머리 하곤. 왜? 팔 말고 목을 찌르지?"

"길가의 똥 치우자고 그 위를 뒹굴 수는 없잖아요?"

그 말에 우거지상이 된 진천대주가 더욱 큰소리로 엄살을 떨었다.

그를 힐끔 쳐다본 후 제갈명이 돌아섰다.

"가자."

"어디를요?"

"네 늙은 정인(情人)이 찾는다."

"무슨 말씀이세요? 설마?"

"맹주님과 그렇고 그런 사이라면서?"

짐짓 황당한 척 입을 삐죽 내밀고는 그의 뒤를 따라 걸었다. 물론 그가 그 소문을 믿지 않고 있다는 것을 잘 안다.

한이불 쓴다는 맹주님은 먼발치에서 얼굴 한 번 본 것이 전부이지만, 사실 제갈명에게는 진 빚이 많다.

이번에 신화대의 대주로 추천해 준 사람도 그였다. 그래서 내가 사고를 치면 그 피해는 고스란히 그에게 간다. 신화는 못 되더라도, 말

썽꾸러기가 될 수는 없었다.

"제가 먼저 시작한 것 아니에요."

"안다."

"검도 놈이 먼저 뽑았고요."

"안다."

제갈명이 잠시 걸음을 멈췄다.

"이렇게 신경 쓸 거면서 사고는 왜 쳐?"

그야…… 단주님께 피해가 갈까 봐서죠.

"일상이 따분해서 그래요. 한데 맹주님께선 왜 절 부르신대요?"

"맹주께서 부른 것 아니다. 그놈 들으라고 한 말이지."

다시 그가 걸음을 옮기기 시작했다.

맹주가 불러서 가는 것을 봤으니 진천대주 그놈은 정말 내가 맹주와 뭔가 관계가 있다고 짐작을 할 것이고, 그 얄팍한 성격에 복수는 꿈도 꾸지 못할 것이다. 제갈명은 한마디 말로 날 보호해 준 것이다.

하여튼 이 사람, 처음 볼 때도 그랬지만 정말이지 머리가 비상한 사람이다.

그때 제갈명이 불쑥 말했다.

"나 그런 사람 아니다."

저 봐라. 사람 마음마저 척척 읽어 낸다니까. 하긴, 그러니까 비영단을 이끄는 것이겠지.

비영단은 무림맹의 모든 작전을 총괄하는 일종의 머리 역할을 하는 곳이다. 따로 군사가 없으니, 비영단주인 그가 무림맹의 총군사인 셈이다.

하지만 이번 일로 굳이 날 보호할 필요는 없었다. 지금 내가 놈의 비리를 다 일러바칠 작정이니까.

“그놈, 도박에 빠져 공금에 손을 댄 정황이 있습니다.”

“알았다. 그 똥은 내가 치워주마.”

절로 흐뭇한 미소가 지어졌다. 겉으론 물러 보여도, 한마디로 제갈명은 칼 같은 사람이다. 이제 놈은 더는 나쁜 짓을 하지 못하게 될 것이다. 파면당해서 노름방이나 기웃거리겠지.

“그럼 절 보러 오셨단 말씀이신데, 왜죠?”

그가 아무도 없는 후원에 멈춰 섰다.

쿠르릉.

바로 옆에 있던 석탑이 회전하면서 지하로 향하는 통로가 드러났다.

“일단 내려가지.”

그의 뒤를 따라 통로를 내려가자 석탑이 다시 제자리로 돌아와 닫혔다.

지하로 내려가는 계단은 어둡지 않았다. 벽 곳곳에 어두운 곳에서 빛을 내는 야명주(夜明珠) 조각이 박혀 있었던 것이다.

본래 야명주는 한 개 값으로도 큰 집을 살 수 있을 만큼 비쌌는데, 이곳 벽에 박힌 것들은 만들다 깨어진 것들이나, 부서진 작은 조각들이었다. 재활용된 것들이지만 효능은 훌륭했다.

계단이 끝나는 곳에 기다란 복도가 있었다. 양쪽 벽은 물론이고, 천장과 바닥까지 작은 구멍들이 수백 개가 뚫려 있었다.

나는 그것이 무엇인지 정확히 안다. 침입자가 들어서면 맹독이 발린 강침이 날아드는 기관 장치였다.

한번 상상을 해 봐라. 스쳐도 죽는 독이 발린 쇠침이 폭발하듯 사방에서 날아드는 것을. 그와 함께 가고 있으니 절대 기관이 작동할 리 없지만, 그래도 절로 마음이 조마조마했다.

그가 복도 끝 벽에 붙은 작은 판에 손바닥을 가져다 대고 내공을 주입하자 문이 열렸다.

특정한 내공을, 그것도 기관이 정한 양만큼만 정확히 내공을 주입해야 문이 열리는 정교한 기관 장치였다.

그곳에 작은 공간이 있었고, 정면 벽에 세 개의 문이 있었다. 그중 하나만 생문(生門)이고 나머지 두 개는 사문(死門)이었다.

매일매일 생문이 달라졌다. 만약 사문으로 들어서면 그곳은 완전 폐쇄되면서, 독연(毒煙)과 함께 수천 발의 암기가 쏟아지게 되어 있었다. 이곳까지 오기도 절대 쉽지 않지만, 온다 하더라도 생사를 가르는 삼분지 일 확률을 통과해야 한다.

오늘은 가장 왼쪽 문이 생문이었다. 그곳을 통과하자 비로소 목표한 곳에 도착했다.

두 명의 고수가 지키고 있는 문 안으로 들어서는 순간 화끈한 열기가 느껴졌다.

광장처럼 널따란 그곳에 수십 명의 비영단 무인들이 바쁘게 움직이고 있었다.

전면에 커다란 중원 지도가 걸려 있었는데, 각기 다른 색의 수많은 깃발과 의미를 알 수 없는 숫자와 암호들이 가득 적혀 있었다.

무인들이 늘어선 양쪽 벽에는 수십 개의 구멍이 나 있었는데, 그곳으로 중원 각지에서 날아든 보고서가 쉴 새 없이 도착하고 있었다.

근처 탁자에서 그것을 분류하는 무인, 그것을 어디론가 들고 달려가는 무인, 책자를 가득 들고 옮기는 무인, 머리를 맞대고 회의하는 무인들, 그야말로 그곳은 엄청나게 바쁘게 움직이고 있었다. 그들 누구도 자신들이 들어온 것을 신경 쓰지 않았다.

무림맹의 가장 중요한 일들을 결정하는 곳, 그리고 사파와 마교의 음모를 사전에 분쇄하는 곳, 바로 이곳이 비영단의 비밀 작전실인 것이다.

"여기까지 데려오시다니. 이번만 써먹고 절 죽이시려고요?"

"아쉽게도 자넨 꽤 귀한 자원이라서."

"이래선 은퇴는 다했네."

함부로 맹을 나간다고 했다가, 암살당할지도 모르겠다는 걱정에서 나온 진담 반, 농담 반의 말이었다.

"충성을 강요하는 맹의 흔한 수법이지."

그 역시 반반으로 대답했고, 나는 픽 웃고 말았다.

그가 작전실의 가장자리에 있는 자신의 집무실로 들어가서야 비로소 본론을 꺼내놓았다.

"지금부터 내가 말하는 것은 이 강호에 딱 다섯 명만 아는 내용이다."

"정말 무섭게 왜 이러세요?"

"천기자라고 알지?"

"알죠. 내일 날씨를 읽어 내는 신통한 늙은이잖아요."

그가 어이없다며 웃었다.

천기자는 강호에서 가장 유명한 예언가였다. 그는 지난 오십 년간 강호사의 굵직굵직한 일들을 모두 예언했다.

오십오 년 전, 새외낭인연합인 혈번(血幡)의 중원 침공.

사십삼 년 전, 배화교(拜火敎)의 환란.

삼십구 년 전, 소림방장이 열반(涅槃)에 든 정확한 날짜.

삼십 년 전, 무당파에서 대살성이 탄생할 것도. 그 덕분에 살성은 채 자라보지도 못하고 단전이 폐쇄된 채 참회동에 갇혀 버렸다.

이십 년 전, 천하제일의 미녀가 세상을 어지럽힐 것이라 예언했고, 정말 이후에 마후라 불린 여인의 출현으로 강호의 수많은 협사들이 목숨을 잃었다. 과연 겁나게 예뻤다고 한다.

오 년 전의 대환란도 정확히 맞췄다. 신비세력인 십삼회(十三會)가 야욕을 불태우면서 강호에 일대 피바람이 불었던 것이다.

이 년 전에는 큰 혜성이 떨어질 것까지 알아맞힌 그였다. 비무대회의 우승자 맞히기 정도는 그에겐 점심 내깃거리도 안 되었다.

그야말로 천기자는 하늘이 내린 사람이었다.

아! 내게도 저런 유용한 재주를 내려 줄 것이지. 쓸데없이 남의 과거나 들여다보는 재주라니.

"그가 다시 예언했다."

"늙은이가 부지런도 하네요. 이번에는 또 뭐죠?"

제갈명이 잠시 뜸을 들이다가 심각한 표정으로 나직이 말했다.

"정확히 일 년 후에 강호에 환란이 닥친다."

"그놈의 강호는 왜 또 위험한데요?"

"그냥 환란이 아니라 그것으로 강호가 멸망하게 될 것이란다."

강호 멸망.

대체 어떤 일이 벌어져야 저 말이 현실이 되는 것일까? 너무 엄청난 말이어서 오히려 전혀 실감이 나지 않았다.

"다행이네요, 미리 알아서. 주세요, 명단."

음모가 무서운 것이 언제 어떻게 찔러올지 몰라서 무서운 법이다.

하지만 아무리 대단한 놈들이 배후라 해도, 놈들은 이제 끝장이었다. 밝혀진 음모는 더는 음모가 아니니까.

"배후자들의 명단은 없다."

"네?"

"누구 짓인지 모른다. 천기자는 단지 결과만을 예언했다."

내내 제갈명이 심각했던 이유를 이제야 알 것 같았다.

어려운 상황에서 실없는 농담은 내 오랜 습관이다.

"그래서 저보고 강호를 구하라고요?"

"그럴 필요 없다."

의미심장한 눈빛으로 제갈명이 깜짝 놀랄 말을 덧붙였다.

"천기자가 강호를 구할 사람도 지목했다."

*　　*　　*

"그래서 우리가 그를 찾으러 간다고요?"

질문을 한 사람은 신화대의 전호(戰虎)였다.

이번 작전에 딱 한 사람만 데려갈 수 있도록 허가가 내렸는데 신화대주 설수린(渫秀璘)은 그를 지목했다. 그는 신화대 이전부터 함께해

온 동료였고, 그녀가 가장 믿는 수하였다. 한마디로 그녀의 오른팔이나 다름없었다.

"왜요? 누군지는 천기자가 이미 예언을 했다면서요?"

"그의 예언이 완벽하지 않거든."

"무슨 말씀이시죠?"

"인시(寅時)에 태어난 이화운(李火雲). 이게 그가 예언한 전부야."

"그 넓은 중원에서 그것만으로 어떻게 찾아요?"

"하지만 비영단에서는 해냈어."

"네?"

"예언이 나온 후, 비영단은 그들의 모든 것을 다 동원해서 예언에 해당하는 사람을 은밀히 찾았지. 그래서 가능성 있는 사람을 세 명으로 압축했다."

"세 명의 이화운이라……."

"우린 그들 중 중경(重慶)에 있는 이화운을 찾아간다."

"그럼 우리 말고도 다른 이화운을 찾아가는 조직이 둘 더 있겠군요."

설수린이 고개를 끄덕였다.

"일단 가서 그가 예언에 맞는 자인지 알아내는 것, 그것이 우리 임무다."

"한데 이상한데요? 강호 멸망도 예언하고, 구할 사람도 예언하고? 상반된 예언이잖아요? 대체 어느 예언이 맞는 거죠?"

"나도 모르지."

모르니까 우릴 보내는 것일 테고.

"이화운이 강호를 구할 수도 있고, 못 구하면 강호는 멸망하고. 결국, 반반 확률이다, 그런 이야기군요."

"그렇다고 봐야지."

"한데 진짜 그 세 명 중 한 명이 강호를 위기에서 구할 사람이라면, 그냥 가만히 운명대로 흘러가게 둬야 하지 않을까요?"

제갈명에게 명령을 받았을 때, 설수린 그녀가 했던 생각이기도 했다.

그녀가 담담히 말했다.

"강호가 멸망할지도 모를 일이야. 몰랐으면 모르되, 알았는데 무림맹에서 가만히 있을 수는 없겠지. 그게 바로 강호를 이끌어 가는 사람들이 해야 하는 일이니까."

"정말 그렇게 생각하십니까?"

제갈명에게서 내려온 명령이 아니었다면, 권력자들의 설레발이라고 대답했을 것이다. 참을 수 없는 권력의 가벼움이라고 할까.

하지만 그러지 않았다. 그 똑똑한 제갈명이 그런 사실을 몰라서 자신들을 보내는 것은 아닐 테니까. 그녀는 제갈명을 믿었다.

"왜? 하기 싫어?"

"그럴 리가요. 대주님이 가신다면 지옥 끝까지라도 따라가야지요. 다 좋다고요. 한데 정말 이런 몰골로 가야 합니까?"

설수린은 다른 것은 몰라도 이 불평만큼은 전적으로 동감했다.

자신들의 외모가 너무 튄다며 비영단에서 나온 작전조 사람들이 특별히 분장을 해주었던 것이다.

전호는 시선을 확 잡아끄는 독특하고 세련된 무복이 아니면 입지 않았고, 팔에 천을 하나 둘러도 허투루 두르지 않았다. 한마디로 멋에 살고 멋에 죽는 녀석이었다.

검집에 문양을 하나 새겨도, 흔해 빠진 용이나 호랑이, 뱀은 새기지 않았다. 그의 검집에 새겨진 것은 거미였다. 특별히 거미가 좋아서가 아니라, 독특하게 보이고 싶어서였다.

그리고 결정적으로 머리 모양!

한쪽 눈을 가리며 흘러내린 머리카락은 그야말로 멋의 결정판이라 할 수 있었다.

하지만 지금 머리를 뒤로 질끈 묶은 녀석의 모습은 평범하다 못해 촌스럽기까지 했다.

반 냥짜리 거무튀튀한 무복에 철방에서 흔히 구할 수 있는 검, 마지막 희망이던 머릿발마저도 사라졌다.

"이게 대체 뭐냐고요?"

"원래 이것이 정상이야. 다 이렇게 다녀."

"그래서 제가 빛났죠."

"그래, 빛났지. 술에, 여자에, 그래서 남은 것은 산더미 같은 빚이고."

"……산더미까진 아니고요."

"목숨 걸고 번 돈이야. 쓸데없는 데 낭비하지 말고 저축해. 늙어서 검 들 힘도 없을 때, 어쩔래?"

"그럼 검 놔야죠. 그리고 당장 내일 일도 모르는데, 무슨 노후 걱정입니까? 전 그냥 이렇게 살랍니다. 내가 번 돈 내가 다 쓰고. 대주님 말씀대로 목숨 걸고 번 돈 아닙니까?"

"애냐?"

"전 어른 안 하려고요. 그냥 이렇게 바람결에 흔들리다 가렵니다."

전호가 어깨를 한 번 으쓱했고 설수린이 못 말린다는 표정을 지었다.

"저도 저지만……. 대주님은 동경(銅鏡) 보셨습니까?"

"안 보련다."

"그럴 순 없죠."

억지로 웃음을 참고 있는 녀석의 얼굴만 봐도 지금 내 몰골이 얼마나 비참한지 짐작할 수 있었다.

전호가 동경을 가져와 억지로 얼굴을 비췄다.

새하얗고 맑은 피부는 누렇게 떴고, 눈 밑은 병자처럼 시커멨다. 게다가 얼굴 곳곳에 점까지 찍혀있었다.

며칠에 한 번씩 새로 화장을 해야 했는데, 작전조 사람들이 가면서 했던 마지막 말이 압권이었다.

점 위치, 잘 기억하세요.

"정말 본맹의 가장 똑똑한 사람들이 다 모였다는 비영단의 결론이 이거냐? 예쁘고 잘 생기면 이목이 쏠리니까 못생기게 만들자!"

"제 말씀이요."

"촌스러워야 눈에 안 띈다는 이 구시대적 발상은 대체 어떤 돌대가리에서 나온 것일까?"

그때 뒤에서 불쑥 누군가 말했다.

"이 대가리다."

놀라 돌아보니 제갈명이 서 있었다. 요즘 이 늙은이 스리슬쩍 나타나는데 취미를 붙인 것 같다.

설수린이 히죽 웃으며 말했다.

"가끔은 돌멩이 중에 금강석(金剛石)이 섞여 있기도 하죠."

"돌보다도 더 단단하다는 말이지?"

"헤헤, 그럴 리가요? 멋지다는 말씀이지요."

"되도록 눈에 안 띄는 것이 좋아."

"꽃에 먼지가 앉았다고 나비가 안 날아드는 것은 아니잖아요?"

"얼씨구!"

제갈명이 웃었고 두 사람이 따라 웃었다.

"너희만 믿는다."

"걱정하지 마세요."

"뒤에서 확실히 지원할 테니까."

제갈명이 작은 주머니 하나를 설수린에게 건넸다. 열어보니 열 냥짜리 전표가 다섯 장 들어 있었다.

"뭡니까, 이건?"

제갈명이 돌아서 성큼성큼 걸어갔다.

"가는 길에 맛있는 것 사 먹으라고."

"왜 평소 안 하시던 선심을 쓰십니까?"

설수린이 큰소리로 물었지만, 제갈명은 돌아보지 않고 손을 흔들며 그곳을 떠나갔다.

저 멀리 사라지는 제갈명을 보며 전호가 걱정스럽게 물었다.

"정말 토사구팽(兎死狗烹) 같은 것은 아니겠죠?"

"왜? 맹의 기밀이라도 빼돌렸어?"

"아뇨."

"근데 왜 우릴 제거해? 그 많은 돈 들여서 이제 겨우 써먹을 만해졌는데. 그리고 우릴 죽이려면 이렇게 번거롭게도 안 해. 아침밥에 맛이고 냄새도 없는 무형지독(無形之毒) 한 방울만 똑, 그럼 끝이지."

"그만해요, 무서우니깐."

두 사람이 한옆에 매어진 말을 향해 걸어갔다. 그들이 서 있던 곳은 비밀 작전을 나가는 이들이 출발하는 곳으로, 사전에 허가받지 않은 이는 절대 출입할 수 없는 곳이었다. 그래서 자유롭게 대화를 나누는 것이었다.

"한데 오래 걸리진 않겠죠?"

"가봐야 알겠지."

"저 다음 달에 백룡대(白龍隊) 추 소저를 소개받기로 했다고요."

"미안하지만……."

설수린이 말에 올라타며 박차를 가했다.

"꿈 깨시라."

그들이 말을 타고 맹을 떠나는 모습을 멀리서 지켜보는 두 사람이 있었다.

한 사람은 조금 전의 제갈명이었고 다른 한 사람은 우뚝 솟은 태산 같은 존재감을 지닌 노인이었다.

그가 바로 이곳의 주인인 무림맹주 대무신(大武神) 천무광(天武光)이었다.

강호가 탄생시킨 절대 고수.

그의 무용(武勇)에 활개를 치던 마교도, 사파도 모두 어둠 속으로 숨어들었고, 중원은 평화를 지켜나갈 수 있었다.

"어려 보이는군."

아무리 설수린이 잘 나가는 대주라 할지라도 무림맹주가 볼 때 그녀는 풋내기에 불과했다. 맹주 주위에는 설수린보다 훨씬 강한 고수들이 많이 있었다.

"후기지수(後起之秀)는 그 나름대로 힘이 있다고 생각합니다. 그들에게는…… 제약이 없으니까요."

천무광이 희미하게 웃었다.

"그렇게 생각한다면, 난 강호에서 가장 제약이 많은 사람이겠군."

"그 제약이 강호를 지켜내기도 했지요."

"하하하하."

"특별한 아입니다. 잘해낼 겁니다."

"자네가 믿는다면 나도 믿네."

천무광이 고개를 들었다. 따스한 햇볕 아래 나뭇가지에서 새가 지저귀고 있었다. 완연한 봄이었다.

"만약 천기자의 예언이 나쁘게 흘러가면……."

천무광의 눈빛이 깊어졌다.

"내년, 이 따스한 봄날에 강호 멸망이 시작되겠군."

*　　*　　*

출맹 이십 일 후. 설수린은 중경 서림(西林)에 있는 산해객잔(山海客

棧)의 이 층 난간 쪽 자리에서 이제 막 객잔으로 들어서는 사내를 보며 고개를 갸웃거리고 있었다.

"정말 저 사람이 확실해?"

설수린의 물음에 전호가 고개를 끄덕이며 대답했다.

"두 번이나 확인했습니다."

설수린이 놀란 것은 그 상대가 너무나 젊어서였다.

"동명이인은 아니고?"

"아닙니다. 비영단에서 말한 이화운은 틀림없이 저자입니다."

평소 일 처리가 확실한 전호였기에 실수했을 리는 없었다.

두 사람이 앉아 있는 곳은 객잔의 이 층 난간 쪽 자리였다. 그들은 어제 이곳에 도착했는데 설수린이 민가에 숙소를 구하는 동안, 전호는 이화운을 조사했다.

"가끔 이곳에서 아침 식사를 한다고 합니다. 주로 국수를 먹고요."

국수를 먹든, 아침부터 고기를 먹든 중요한 것은 그것이 아니었다.

문제는 어려도 너무 어리다는 점이었다. 적어도 강호를 구할 정도의 고수라면, 최소 중년의 나이는 되었을 것이라 예상했던 것이다.

물론 그 외모는 평범하지 않았다. 그는 세련되고 도회적인 분위기였는데, 눈빛이 맑고 깊어서 어딘지 모르게 신비감을 주었다.

하지만 외모가 주는 호감과는 별도로!

저 사람이 이 강호를 구해낼 사람이라고? 전혀 그렇게 보이지 않잖아?

"한마디로 저 친구는 아니란 거죠."

전호 역시 그렇게 판단했다.

"게다가 무공조차 익힌 것 같지 않습니다."

설수린은 전적으로 그 말에 동의했다. 강호에서 산전수전을 겪다 보니, 이젠 척 보면 상대의 무위를 짐작해 낼 수 있었다. 서 있는 자세만 봐도 견적이 나온단 말이다.

하지만 저 우유 빛깔 파릇파릇한 청년은 강호의 위기는 고사하고, 이 객잔의 위기도 구할 수 있을 것 같지 않았다.

"설마 반박귀진(返璞歸眞)?"

"반박귀진이라면 무공 실력이 극에 달해 오히려 무공을 전혀 익히지 않은 것처럼 보인다는 경지 아닙니까? 설마 저 애송이가 그런 경지에 이르렀다는 말씀이십니까?"

"그럴 가능성을 아예 배제할 수는 없지."

그렇게 생각하고 청년을 다시 보니 초절정 고수처럼은…… 개뿔! 여전히 그는 새파란 애송이였다.

"하는 일은?"

"산에서 약초도 캐고, 사냥도 하면서 살고 있답니다. 텃밭도 가꾸고요."

생긴 것이나 나이와는 전혀 어울리지 않는 일이란 생각이 들었다.

"출출한데 뭐 좀 더 시킬까요? 반주도 한잔하고."

"그냥 국수만 시켜."

"왜요? 받은 돈 있잖아요? 설마 그 돈 다 썼어요?"

"뱃속에 든 걸신(乞神)에게 물어봐. 어디에 다 썼는지?"

무림맹에서 이곳까지 오면서 두 사람은 제갈명이 준 돈으로 먹고 싶은 것을 마음껏 사 먹으며 왔던 것이다.

설수린은 그냥 쓸 수 있을 때 쓰자는 전호의 말에 충실히 따랐다. 결과는 빈털터리지만 후회는 없었다. 전호 말마따나 분명 돈 쓰는 쾌감이란 것도 있었다.

"말 나온 김에 우리 작전 지원금은 얼마나 나온답니까?"

"달에 열다섯 냥."

"그걸로 이번 작전에 드는 모든 비용을 다 해결하라고요?"

"거기에 우리 먹고 자는 것까지."

"와! 짜다, 짜. 무림맹이 아니라 소금맹인데요?"

강호 멸망을 열다섯 냥으로 막으란 뜻은 아닐 것이다. 이번 임무의 중요성을 생각할 때 필요하다면 달에 수천 냥도 지원해 줄 수 있을 것이다. 하지만 그랬다간 외부에 알려질 가능성이 있었다.

눈이 있는 곳에 언제나 소문을 낼 입도 함께 있는 법이니까.

제갈명이 가장 신경을 쓰는 부분은 바로 기밀 유지였다. 천기자의 예언이 강호로 흘러나가면…… 그야말로 강호는 대혼란에 빠져들 것이다.

온갖 사파, 마귀들이 설쳐댈 것이고, 선의를 지키며 살아온 이들조차 절망과 혼란, 그리고 악의 유혹에 빠질 것이다.

"돈 다 쓰면, 또 보내 주겠죠. 설마 굶기기야 하겠어요? 일단 아끼지 말고 쓰죠."

설수린이 쓴웃음을 지었다. 그건 제갈명의 성격을 몰라서 하는 말이다. 그가 작전을 펼칠 때 얼마나 철두철미한지, 결과를 만들어내기 위해서 어디까지 갈 수 있는 사람인지.

"어쨌든 그에 대해 잘 알고 있는 마을 사람은 없는 것으로 보입니다."
"꼭 그런 것 같진 않군."
"네?"
"저기 좌측 끝자리에 세 명, 그중에 청의무복 여인이 이화운을 세 번이나 훔쳐봤다."
"오! 예쁜데요?"
과연 그녀는 상당한 미인이었다. 단정하게 뒤로 묶은 머리카락에 맑은 눈빛, 오뚝한 콧날과 도톰한 입술까지. 그녀는 이목구비가 또렷했고 그래서인지 아주 똑똑하게 보였다.
"요즘은 저런 얼굴이 먹히긴 하지."
"칭찬이십니까?"
"그럼 질투겠어? 나보다 안 예쁘잖아?"
"……."
"뭐야? 이 침묵은? 나보다 예뻐?"
"아무래도 어리니까요."
"……."
"농담입니다. 솔직히 얼굴하고 몸매만 따지면 대주님 당할 여자가 어디 있겠습니까?"
"헤헤, 진작 그래야지. 과연 내 오른팔답다."
"성격이 문제인데……."
"강호에서 구르다 보면 성격은 다 나빠지게 되어 있어. 어차피 다 나빠져! 그러니까 얼굴만 봐."
전호가 어이없다는 표정을 지었다.

하지만 이런 그녀였기에…… 말만 저러지 화장 한 번 제대로 하지 않는 그녀였기에…… 외모를 꾸미기보단 땀 흘리며 수련하기를 좋아하는 그녀였기에…… 자신이 좋아했던 것이다.

그녀를 만난 지 얼마 지나지 않아 그녀를 좋아하게 되었다. 그리고 그녀는 그 감정을 단박에 알아차렸다. 당시 열여섯이던 그녀가 말했다.

"너, 내가 왜 좋은지 알아? 내가 그 누구와도 사랑할 생각이 없어서야. 구속받지 않는 사람은 원래 멋있게 보이는 법이거든. 내 외모에 반한 것은 고맙고 환영할 만한 일이지만, 그런 분위기에 반했다면 그건 내게 속은 거지."

그리고 또 그녀가 확신에 찬 어조로 말했다.

"칼 찬 사람은 사랑하면 안 돼."
"왜입니까?"
"사랑하면 눈이 멀어. 하지만 우린…… 한눈팔면 죽잖아?"

자신을 떼어내기 위한 변명이었는지, 그녀의 삶의 방식인지는 지금도 알 수 없었다.

하지만 상관없다고 생각한다. 적어도 그 순간 그녀가 보여준 눈빛은 진심이었고, 그녀의 말이 옳다고 생각했으니까. 이미 오래전 일이었고, 그 사랑 역시 동료애로 승화된 지 오래였다.

설수린이 그의 상념을 깨웠다.

"저 여인에 대해 알아봐."

여인의 직감이란 것이 있다. 저 여인은 오늘 처음 이화운을 본 것이 아니었다. 분명 어떤 식으로든 이화운을 알고 있었다.

"알겠습니다. 한데 대주님은요?"

설수린이 아래층으로 시선을 돌리며 눈을 가늘게 떴다.

"우리가 찾는 사람이 맞든, 아니든 일단 조사는 해 봐야겠지."

*　　*　　*

객잔에서 걸어서 반 시진 거리에 이화운의 오두막이 있었다.

물론 그녀는 경신술로 순식간에 그곳에 도착했다.

여느 산에서든 흔히 볼 수 있는 평범한 오두막이었다. 벽에 쟁기며 호미 따위의 농기구가 걸려 있었고, 마당의 평상에는 커다란 곰 가죽이 펼쳐져 있었다.

평상 위의 가죽을 손으로 만져보며 조심스럽게 살폈다. 가죽에 남은 흔적을 통해 어떻게 사냥을 했는지 알아보려는 것이었는데, 화살 구멍이나 무기에 상한 흔적은 없었다.

"대체 어떻게 잡은 거지?"

그녀가 이번에는 건물을 돌아 뒷마당으로 갔다. 그곳에 작은 텃밭이 있었고 이름을 알 수 없는 꽃들과 십여 가지의 채소들이 심겨 있었다.

텃밭을 직접 가꿔 본 적이 없어서 얼마나 제대로 키우는지는 모르겠지만, 잘 모르는 상태에서 봐도 어떤 정성이 느껴졌다.

텃밭을 보고 있자니 전호에게 보고를 받을 때보다 더한 위화감이 들었다. 그 녀석과는 어울리지 않는다는 생각 때문일 것이다.

그녀가 다시 앞마당으로 걸어왔다. 조심스럽게 문을 살폈다. 혹시 어떤 장치를 해놨을까 봐 살핀 것인데 아무 장치도 없었다.

그녀가 조심스럽게 문을 열었다.

가장 먼저 구석에 놓인 침상이 눈에 들어왔다.

방 가운데 작은 탁자가 하나 있었는데, 그 위에 찻주전자가 놓여 있었다. 그녀가 주전자 뚜껑을 열었다. 잘 씻겨 있었다. 보통 사내들이 잘 관리하지 못하는 것인데, 살림 잘하는 여인의 그것처럼 깨끗이 씻겨 있었다. 식탁이나 장식장에도 먼지가 없었다.

아주 깔끔한 성격이거나…… 여자가 있거나.

방을 나가려던 그녀가 침상 아래를 살폈다.

그곳엔 상자가 하나 있었는데 움직여 보니 아주 묵직했다. 그녀가 조심스럽게 상자를 밖으로 꺼냈다.

상자를 열려는 순간, 그녀의 손길이 멈췄다.

그녀가 천천히 고개를 돌렸다. 반쯤 열린 문 사이로 이화운이 서 있었다.

"여기 주인이세요?"

이화운이 고개를 한 번 끄덕였다.

그녀가 멋쩍게 웃으며 자리에서 일어났다.

"버려진 집인 줄 알았어요."

아! 이 궁색한 변명이라니.

이화운이 문을 완전히 열고 한옆으로 비켜섰다. 어서 집에서 나가라는 무언의 축객령(逐客令)이었다.

설수린이 그를 지나쳐 밖으로 나갔다. 이화운이 안으로 들어가며 나직이 말했다.

"차라리 미친년 행색을 하는 것이 나았을 것 같은데."

그녀가 돌아봤을 때, 이미 문은 '쾅' 하고 닫힌 후였다.

第二章
십단화

天下第一

"그래서 미친년 소릴 듣고 그냥 오셨다고요?"

침상에 드러누운 채 발을 까닥거리며 설수린이 대답했다.

"그럼 어떡해? 두들겨 패?"

그녀의 표정이 예사롭지 않았다.

"그자, 뭔가 이상했어."

전호가 침상 옆으로 다가와서 기대앉았다.

"어떤 점이요? 혹시 가까이서 보니까 무공을 숨긴 것 같았습니까?"

"그건 아닌데. 뭐라고 말로 표현할 수 없는 뭔가가……."

"아무리 그러셔도. 제 예감에 그자는 아닙니다. 생각을 해 보십시오. 설령 그자가 무공을 감췄다고 가정해 봐요. 우리 이목을 속일 정도의 실력을 어떻게 그 나이에 갖출 수가 있겠습니까? 걸음마 대신 보법(步法)을 익혔어도 그건 불가능해요."

"그렇긴 하지."

그녀가 다시 몸을 뒤집어서 엎드렸다. 늘씬한 그녀의 몸매가 드러났고 전호가 시선을 돌렸다.

"참, 그 여인에 관해 조사를 마쳤습니다. 이름은 소하(召河). 이곳 창룡무관(蒼龍武館)의 관주 소동진(召桐振)의 외동딸입니다. 어쩐지 귀태가 난다더니."

"쓸데없는 말은 생략해 주시고."

"객잔에서 그녀와 함께 있던 남녀는 역시 창룡무관의 사범으로 왕평(王平)과 이련(李蓮), 둘은 부부간입니다."

"이화운과의 관계는?"

"좀 더 조사를 해 봐야겠지만 현재로선 별다른 연결점이 없습니다."

"분명히 있어, 잘 뒤져 봐."

"알겠습니다. 한데 출출하시죠?"

전호가 한옆에서 술병 하나를 꺼내왔다.

"오늘 할 일도 대충 다 끝난 것 같은데. 한잔하시죠?"

"그 술은 뭐냐?"

"아까 사다 뒀습니다. 지역 명주인데 맛이 끝내준답니다. 여기 오면 한번 먹어 봐야지 별렀었지요."

"비싸 보이는데?"

"비싸 봤자죠."

그녀가 품에서 전낭을 꺼냈다.

"얼마야? 이건 내가 사는 걸로 하자. 대주질해서 벌어둔 돈, 썩고 있다."

"됐습니다. 둘 중 한 사람이라도 아끼자고요."

"네놈 피 마시는 기분 들어서 싫어. 돈 받아."

전호가 병마개를 열어 그녀의 코에 가져갔다.

"향 죽이죠?"

"죽이네."

"사십 냥이나 하니까요."

순간 전낭을 든 그녀의 손이 움찔했고, 찰나의 망설임도 없이 다시 품 안으로 들어갔다.

"가끔 피도 나눠야지?"

그 말에 전호가 피식 웃었고, 그녀가 넉살 좋은 얼굴로 술병에 코를 가져다 댔다.

"정말 향이……."

그때 그녀가 흠칫 동작을 멈췄다. 어딘가에 생각이 미친 그녀의 표정이 갑자기 심각해졌다. 이내 그녀가 눈빛을 반짝였다.

"설마?"

그녀가 튕기듯 방을 달려나갔다. 전호는 그녀가 이화운에 대해 뭔가를 알아냈다는 것을 눈치챘다.

전호가 술병을 다시 제자리에 두었다.

"생일은 나중에 축하하자."

잠시 깊어졌던 그의 눈빛은 설수린을 뒤쫓아 나가며 이내 장난스럽게 바뀌었다.

"돈 주고 가요!"

*　　*　　*

같은 시각, 제갈명은 웅장한 무림맹 건물들 중 가장 깊숙한 맹주전으로 들어서고 있었다.

그곳에 들어가려면 수십 명의 고수가 매복한 길을 통과해야 했고, 수많은 기관 장치를 지나쳐야 했다.

그 험난한 길의 끝에 백호단(白虎團)의 단주 백량(伯亮)이 문 앞을 지키고 서 있었다. 백호단은 맹주를 호위하는 무인들로 그 하나하나가 고수들이었다.

백량의 명령 한마디면 그곳에 은신한 백호단의 정예들이 모습을 드러낼 것이다.

백량이 미소를 지으며 제갈명을 반겼다.

"오셨습니까?"

"안에 맹주님 계시오?"

"기다리고 계십니다. 들어가시죠."

백량이 열어준 커다란 문으로 제갈명이 들어섰다. 그는 길게 깔린 붉은 융단을 걸어 저 멀리 태사의를 향해 걸어갔다. 맹주는 태사의 뒤쪽 커다란 창 앞에 서서 밖을 응시하고 있었다.

오늘따라 그의 어깨가 외로워 보인다는 생각이 들었다.

"각지에 그들을 모두 파견했습니다. 조사가 끝나는 대로 소식을 전해 올 것입니다."

말없이 보고를 듣고 있던 천무광이 불쑥 예전 일을 꺼냈다.

"오 년 전 그때가 생각나는군."

오 년 전이라면 십삼회가 난을 일으켰던 그 해였다.

그 일로 수천 명의 협의지사가 목숨을 잃었다. 사실 무림맹에서 대응을 잘했다면 희생을 많이 줄일 수도 있었을 것이다. 하지만 오랜 세월을 준비한 십삼회의 음모는 악랄했고, 맹의 대응은 미숙했다.

"모든 것이 제 불찰입니다."

그렇지 않다는 듯, 천무광이 고개를 내저었다.

"아직도 그 일이 신경이 쓰이십니까?"

천무광은 등을 돌린 채 아무 대답도 하지 않았다.

"많은 협의지사가 숭고한 희생을 치렀지만 이미 다 지난 일입니다. 맹주님이 아니셨으면 이 강호는 암흑천지가 되었겠지요."

여전히 천무광은 아무 말도 하지 않았다.

천기자의 예언 이후, 이래저래 심란한 모양이었다. 하긴, 강호가 멸망할 수도 있다는 예언이 나왔으니 무림맹주인 그의 걱정은 당연한 일일 것이다.

"당시 십삼회주의 무공은 그야말로 괴이했고 사악했네."

"하나 맹주님께서 놈을 격살하지 않으셨습니까? 놈뿐만 아니라 그자의 살아남은 제자들도 모두."

"아니네."

"무슨 말씀이신지요?"

"그들을 죽인 것이 내가 아니네."

제갈명이 깜짝 놀랐다. 처음에는 자신이 잘못 들은 줄 알았다. 하지만 자신을 돌아본 그의 침울한 두 눈을 보는 순간, 그 말이 사실임을 알 수 있었다.

"그럼 누가?"

천무광이 다시 창으로 시선을 돌렸다.

그는 오 년 전, 기억하기 싫은 그날로 돌아가고 있었다.

"헉헉헉."

천무광의 숨소리가 거칠었다. 그의 가슴에서 피가 흘러내리고 있었다.

몇 걸음 떨어진 곳에서 십삼회주가 사악한 미소를 짓고 있었다. 그의 뒤에 늘어선 사내들은 놈의 제자들이었다. 그 하나하나가 경천동지(驚天動地)할 실력을 가진 자들이었다.

"날 죽인다 하더라도…… 강호를 차지하지 못할 것이다."

십삼회주의 입가가 말려 올라갔다. 명백한 비웃음이었다.

"너희 정파 놈들은 그게 문제야."

그의 목소리는 듣기 싫은 쇳소리가 섞여 있었다.

"우리가 아니면 안 돼! 우리가 이 강호의 주인이야! 이기적인 놈들."

십삼회주가 천천히 다가섰다. 그의 늘어뜨린 검에서 피가 뚝뚝 떨어졌고, 뒤에 도열한 사내들은 비릿한 미소를 지었다.

"너희가 아니라도 이 강호는 잘 돌아간다. 너희가 최고의 가치라 믿는 허울 좋은 권선징악(勸善懲惡)이 아니더라도. 약육강식(弱肉强

食)! 태초의 강호가 지닌 그 순수함으로, 강호는 더욱 강호답게 돌아가겠지."

"궤변은 집어치워라!"

버럭 소리를 내지른 천무광이 피를 왈칵 토해냈다. 천하제일이라 생각했던 무공이었는데, 십삼회주에게 당했다. 주위에서 천하제일인이라 치켜세워 주는 바람에 자만에 빠져 있었다.

"……그냥 마음대로 뺏고 약탈해. 너희가 원하는 것이 그것일 테니까……. 비겁한 변명 따윈 집어치우고."

지척까지 다가선 십삼회주가 천무광을 내려보며 씩 웃었다.

"그래, 그게 강호가 아닌가?"

천무광의 눈이 감겼다. 피를 너무 많이 흘린 탓이었다.

"그래서 그 모진 수련을 참아온 것 아닌가? 마음껏 뺏기 위해서. 으하하!"

천무광은 강호의 앞날이 어떻게 될지 걱정되었다. 자신이 아는 한, 정파강호의 누구도 십삼회주의 가공할 무공을 감당할 수 없을 것이다.

십삼회주가 검으로 자신의 심장을 겨누는 모습이 희미하게 보였다. 최후를 예감한 천무광이 눈을 감았다.

끼이이익.

바로 그때 문이 열리는 소리가 들렸다.

모두의 시선이 그곳으로 향했다. 누군가 안으로 들어섰다. 천무광이 감았던 눈을 억지로 뜨며 상대가 누군지 확인하려 애썼다.

하지만 천근만근이던 눈꺼풀은 금방 감기고 말았고 이내 주위가 캄

캄해지며 정신을 잃었다. 알아낸 것이라곤, 들어온 사람이 한 사람이란 것뿐이었다.

"다시 눈을 떴을 때, 십삼회주와 그 제자들은 모두 죽어 있었네."

제갈명은 경악했다. 정말이지 그 누구도 믿지 못할 비사(秘事)였다.

"시체가 널린 그곳은 완전 피바다였지. 난 평생 그렇게 무서운 광경을 본 적이 없었네."

산전수전 다 겪은 그가 이렇게 두려워하는 것을 본 적이 없다. 그것은 본질적인 공포였다.

"그들을 죽인 자도 사라지고 없었지. 그는 떠나기 전, 내 상처까지 지혈해 주고 갔네. 덕분에 살 수 있었지."

듣고 있던 제갈명이 침을 꿀꺽 삼켰다.

"은밀히 그를 찾았지만…… 끝내 찾지 못했네."

군사인 자신에게조차 비밀로 했던 일이었다. 휘장 뒤에 오직 맹주의 명령만 듣는 비밀 고수가 있었다. 아마 그를 통해 알아봤을 것이다.

"처음에는 내 목숨을 구해 준 그를 고마워했네. 하지만 지금은 아니네."

그를 잘 모르는 사람이라면 이해할 수 없겠지만, 제갈명은 맹주의 마음을 이해했다. 그는 누구보다 무공에 대한 자부심이 강한 사람이었다.

자신보다 강한 사람이 있다면, 도전해서 이기려는 사람이었다.

하지만 이대로 나타나지 않는다면, 영원히 그를 이길 수 없었다.

그에게 빚을 진 마음으로 평생을 살아가야 할 것이다.

천무광의 가슴에 십삼회주가 남긴 검상이 남아 있었다. 하지만 이제 그를 괴롭게 하는 것은 자존심에 입은 상처였다.

천무광이 다시 창밖을 쳐다보았고 더는 입을 열지 않았다.

조용히 그곳을 걸어 나오던 제갈명은 십삼회주를 죽인 고수가 누구인지 궁금해졌다.

어쩌면 이번 예언의 세 이화운 중 하나가 아닐까란 생각이 문득 들었다. 아직은…… 알 수 없는 일이다.

대청 끝에서 제갈명이 뒤를 돌아보았다.

저 멀리 천무광의 뒷모습은 들어왔을 때보다 열 배는 더 고독해 보였다.

* * *

설수린과 전호는 다시 이화운의 오두막으로 왔다.

그리고 멀리 거목의 나뭇가지에 몸을 숨긴 채 그곳을 쳐다보고 있었다.

"지금 사냥을 나갔을 시간입니다."

"확실해? 또 걸리면 진짜 미친년 행세해야 해."

"확실합니다. 일과를 잘 지키는 자라서요."

그녀가 정신을 집중해서 주위를 살폈지만, 인기척은 느껴지지 않았다.

두 사람이 조심스럽게 오두막을 살폈다. 확실히 이화운은 집을 비운 상황이었다.

그녀가 뒷마당 텃밭으로 달려갔다.

"여길 봐."

그녀가 가리킨 것은 한옆에 핀 자색의 꽃이었다.

"뭡니까, 이게?"

"십단화(十丹花)다. 쉽게 보기도 어렵고, 키우기는 더 어려운 꽃이다."

"그가 약초 채집도 한다고 하지 않았습니까? 산에서 얻은 것이겠지요."

"향을 맡아 봐."

향을 맡은 전호가 감탄했다.

"향이 아주 강한데요?"

"그래. 죽이지."

술 향을 맡는데 거짓말처럼 텃밭의 광경이 떠올랐다. 십단화를 직접 보고, 또 이 강렬한 향을 맡고도 그냥 지나친 것은 설마 이런 곳에 십단화가 피어 있을까 해서였다.

"이 꽃의 이름이 왜 십단화인줄 아느냐? 열매를 먹으면 단숨에 십 년의 내공을 얻을 수 있다고 십단화다."

"헉! 정말요?"

전호가 깜짝 놀랐다. 그곳에 있는 십단화는 한두 송이가 아니었다. 정확히 열 송이가 심겨 있었던 것이다.

"그렇다면 백 년!"

전호가 후다닥 달려가서 앞마당에 있던 호미를 가져왔다. 한 자루는 억지로 설수린에게 맡기고, 나머지 한 자루는 자신이 들고 밭에 앉았다.

삭삭삭삭.

빠르게 땅을 파던 전호가 천천히 동작을 멈췄다. 그가 고개를 돌리자 설수린이 가늘게 고양이 눈을 뜨고 자신을 쳐다보고 있었다.

"아무리 백 년 내공이라도…… 그래도 남의 것을 훔치면 안 되겠죠? 그죠? 그래도 한 송이쯤은…… 역시 안 되겠죠? 지금 당장 사직서 내고 사파로 전향해도…… 안 되겠죠?"

설수린이 웃으며 그 옆에 나란히 앉았다.

"십단화는 원래 붉은색이야."

"어? 이건 자색이잖아요?"

"십단화는 평생 단 한 번 열매를 맺어. 열매가 떨어지고 나면 꽃잎이 자색이 되지."

"그렇다면 이것들은 이미 열매를 맺었던 것들이군요?"

"열매는 단 한 번이니까 이제 아무 소용없는 것들이지."

안타까움에 바들바들 떨던 전호는 어느새 득도한 고승의 얼굴이 되어 있었다.

"마음에서 물욕을 들어낼 수 있다면 성인의 경지에 이르는 법이지요. 허허허."

"호미나 제자리에."

"네."

호미를 받아 일어서려던 전호가 혹시나 하는 표정으로 물었다.

"한데 설마 이화운이 이것을 모두 복용한 것은 아니겠지요?"

"그건 알 수 없는 일이지."

"생각해 보니 아니겠네요. 애초에 열매가 달리지 않은 십단화를 심었다면 이런 뒷마당 텃밭에 심었겠습니까? 아무도 모르는 곳에 심었겠지요."

확실히 일리가 있는 말이었다. 그렇다면 그냥 꽃이 예뻐서 이곳에 옮겨 심었다는 말인데. 그는 이 꽃이 십단화란 것을 알고 심었을까?

"저는 잠시 소피 좀."

"멀리 가서 눠. 전에 보니 냄새가 독하더라."

"갭니까? 그걸 맡게. 그리고 그게 다 고생을 많이 해서 그래요. 자, 이거나 좀."

전호가 다시 호미를 그녀에게 맡기고 숲으로 몸을 날렸다.

그녀가 쪼그리고 앉은 채 십단화를 응시했다. 평생 단 한 송이도 보기 어렵다는 십단화를 한꺼번에 열 송이나 보고 있자니 기분이 묘했다. 이미 열매가 진 것이라 할지라도 말이다.

다음 순간 그녀가 흠칫 놀랐다.

그녀가 천천히 자리에서 일어나 뒤쪽으로 몸을 돌렸다.

십여 걸음 떨어진 곳에 이화운이 서 있었다.

당황스러움을 애써 감추며 그녀가 활짝 웃었다.

"아! 또 뵙네요. 지난번 일도 사과할 겸 이렇게 찾아……."

그녀의 시선이 이화운을 따라 밑으로 내려왔다. 양손에 호미가 들려 있었다.

그녀가 한숨을 내쉬며 말했다.

"……버려진 밭인 줄 알았어요."

*　　*　　*

설수린과 전호가 풀이 죽은 채 걸음을 옮겼다.

길 양옆으로 미곡상과 잡화상, 포목점과 철물점이 줄지어 있었고 과일상, 다루(茶樓) 사이에 처음 이화운을 보았던 산해객잔이 있었다.

낯선 곳에 오면 지형부터 외우는 것은 설수린의 오랜 습관 중 하나였다. 그리고 그 습관 덕분에 목숨을 구한 적도 몇 번이나 되었다.

하지만 평소와 달리 설수린은 생각에 잠긴 채 땅만 보고 걷고 있었다.

"이번에도 그냥 보내 준 것은 대주님께 겁먹어서 그런 거라니까요. 생각해 보세요. 상대가 강호인인데 제아무리 사냥꾼이라 할지라도 함부로 대할 수 있는지."

여전히 이화운에 대한 전호의 평가는 박했다. 전호는 이화운이 자신들이 찾는 인물이 아니라고 확신하고 있었던 것이다.

"가까이서 보니 확실히 알겠더라고요. 그자에게 내공 한 줌도 느껴지지 않았습니다. 살면서 많이 봐왔지 않습니까? 뭔가 있는 것처럼 행동하지만, 실상은 아무것도 없는 자들요."

설수린은 여전히 땅만 보고 걸음을 옮기고 있었다.

"대주님!"

전호의 부름에 그제야 설수린이 상념에서 깨어났다.

"대주님은 그가 맞기를 바라는 거죠?"

"기왕이면 그럼 좋잖아? 공도 세우고."

"공요? 무슨 공요? 만약 그가 강호를 구할 사람이라면 우리가 큰 공을 세우게 되는 건가요?"

"당연하지. 무림맹 역사에도 길이 남겠지?"

"포상금도 나오고요?"

"당연히."

"얼마나요?"

"못해도 수백 냥은 나오겠지? 승진도 쉬울 테고."

"이화운! 수상한 점이 한둘이 아닙니다. 젊은 나이에 홀로 산에서 사는 것도 이상하고요. 벽에 잡아둔 동물들 보셨지요? 능숙한 사냥꾼이 아니면 잡을 수 없는 동물들이죠. 뒷마당에 십단화라니요? 그에게 내공이 느껴지지 않는 것은 너무 엄청난 고수이기 때문입니다. 그자! 맹에서 찾는 이화운이 틀림없습니다!"

설수린의 눈은 이미 가늘어져 있었다.

"혹시 지금 제 마음을 읽고 계신가요?"

"읽지 않아도 훤히 보이는데?"

"뭐가 보이죠?"

"탐욕? 야망? 배신?"

"거기서 배신만 빼죠."

너스레를 떨던 전호가 이내 한숨을 내쉬었다.

"그래도 걘, 아니에요. 너무 젊다고요. 자, 일 차 보고는 어떻게 보낼까요? 찾는 대상은 아닌 것 같지만 조금 더 조사해 보겠다 정도로?"

"사족은 빼고, 그냥 조금 더 시간을 달라고 해."

"알겠습니다."

전호의 눈빛이 조금 깊어졌다. 그녀는 자신이 느끼지 못한 어떤 것을 이화운에게서 감지한 것이 틀림없었다.

전호가 상부에 보고하기 위해 한옆 골목으로 빠져나가며 말했다.

"이따 한잔해요."

"오늘따라 왜 술타령이야?"

그녀가 가던 걸음을 다시 옮겼다. 기분이 묘한 것은 단지 뒷마당의 십단화를 봐서가 아니었다. 그냥 별말 없이 자신을 보내줘서도 아니었다.

이화운이 다가와서 호미를 받아갈 때, 하나의 장면을 보았기 때문이다.

보통 감정이 격해졌을 때, 주로 화가 났을 때 상대의 과거가 떠오른다. 하지만 이번에는 그다지 감정의 진동 폭이 크지 않았음에도 그것이 떠오른 것이다.

다른 점은 또 있었다.

보통 지금까지는 어떤 장면이 떠오르면 몇 발짝 떨어진 곳에서 구경하는 것처럼 떠올랐는데, 이번은 달랐다. 자신이 그 사람의 시점이 된 것이다. 한 번도 없던 일이었다.

그랬기에 등장한 사람이 누군지는 알 수 없었다. 이화운이라고 짐작만 할 뿐.

떠오른 장면은 단순했다.

한 사람이 어둡고 긴 복도를 걸어가는 장면이었다.

벽에 걸린 지등(紙燈)에 의해 희미하게 보이는 그 회색빛 복도는 무섭도록 암울했다. 저 끝에 있는 문은 결코 열고 싶지 않은 그런 느낌이었다.

걸음을 옮길 때마다 흔들리며 보였던 복도의 어둑한 광경이 자꾸 떠올랐다. 거칠게 숨을 몰아 내쉬며 걸어가던 그의 숨결이 느껴졌다.

그 생각을 떨치려는 듯 설수린이 고개를 내저었다.

바로 그때, 그녀의 눈에 여인 하나가 띄었다. 그녀는 바로 창룡무관의 소하였다.

설수린은 그녀가 이화운과 관련이 있으리라 믿었기에 망설이지 않고 그녀 뒤를 따랐다.

일개 무관의 사범 실력으로는 자신의 미행을 눈치챌 수 없었기에 편하게 뒤따를 수 있었다.

소하가 들어간 곳은 옷을 파는 포목점이었다. 설수린이 조금 떨어진 곳에서 그 모습을 지켜보았다.

비단옷을 둘러보는 그녀를 보자 설수린은 긴장이 풀렸다.

돌아서려던 그녀가 다시 소하를 쳐다보았다.

설수린의 눈에 이채가 발했다. 소하가 남자 무복이 있는 곳으로 다가선 것이다. 무복을 고르는 그녀의 눈빛에 여자만이 감지할 수 있는 어떤 떨림이 있었다.

그렇다면? 설수린이 망설이지 않고 포목점으로 들어갔다.

설수린이 슬쩍 그녀 옆으로 다가갔다.

"전 흰색이 잘 어울리는 남자가 좋더라고요."

갑자기 설수린이 말을 걸어오자 소하가 살짝 당황했다.

설수린이 사람 좋은 미소를 지으며 덧붙였다.

"하지만 흰색은 빠는 것이 힘들죠. 처음에야 무복이니 매일 빨아야지 하지만, 실제론 그렇게 잘 안 돼요."

그제야 소하가 미소를 지으며 말했다.

"그래서 다들 무복으론 짙은 색을 선택하죠."

수련에 입는 무복의 생명은 때가 잘 안 타는 것이었으니까. 창룡무관의 무복도 짙은 회색이었다.

"한데 누구 무복을 사러오셨나요?"

설수린의 물음에 그녀가 살짝 당황했다가 이내 대답했다.

"아, 아는 분요."

그에게 사주고 싶은 것이 확실하군.

대체 산에서 사냥이나 하고 가끔 마을에 내려오는 그는 어떻게 이 어리고 예쁜 소녀의 마음을 빼앗은 것일까?

"우리 이렇게 만난 것도 인연인데, 차나 한잔할까요?"

소하가 잠시 망설였다. 옷 사다 만난 인연이 뭐 그리 대단하다고 차까지 마실까 싶었다. 하지만 좋은 인상에 시원시원한 성격처럼 보이는 설수린에게 왠지 호감이 갔다.

"그러죠."

설수린이 화사한 미소를 지었다.

아무렴. 내 매력이야 남녀불문이지.

두 사람이 포목점 밖으로 걸어 나왔을 때, 입구에 생각지도 못한 사람이 기다리고 있었다.

바로 이화운이 서 있었던 것이다.

깜짝 놀란 두 여인이 동시에 말했다.

"어, 당신은?"

소하가 설수린을 돌아보았다. 어떻게 이화운을 아느냐고 묻기도 전에, 이화운이 불쑥 말했다.

"갑시다."

대체 누구에게 말한 것인지 알 수 없었다.

말을 마치자마자 성큼성큼 걸어가는 그의 뒤를 소하가 재빨리 따라붙었다. 그녀의 양 볼은 벌써 발갛게 달아올라 있었다.

설수린도 천천히 그들을 따라갔다. 이화운이 힐끗 그녀를 돌아보았다.

왜 따라 오냐는 이화운의 시선에 설수린이 히죽 웃으며 말했다.

"아무나 잘 따라다니는 미친년이라."

이화운이 피식 웃었다. 웃는 모습이 꽤 귀엽다는 생각이 들었다. 그것도 잠시, 미소는 빠르게 사라졌다.

무덤덤한 표정으로 이화운은 다시 걸음을 옮겼고 소하가 뒤따랐다.

그 뒤를 따라 걷는 설수린의 눈빛이 깊어졌다.

그나저나 어디를 가는 것이지?

* * *

세 사람이 도착한 곳은 호숫가의 작은 선착장이었다.

그곳에는 서너 명이 탈 수 있는 작은 조각배에 사공이 기다리고 있었다.

이화운이 먼저 배에 올랐고, 행선지를 묻지도 않고 소하가 냉큼 올랐다.

설수린은 내심 당황했다. 만약 물에서 기습을 당하게 되면 땅에서보다 백 배는 힘든 싸움을 해야 한다. 가령 배가 뒤집히고 물에 떠 있는데 화살이 쏟아진다면?

물론 지금은 위험과 거리가 먼 상황이긴 하지만. 강호에서 이런저런 일들을 겪다 보니 자연스럽게 조심하는 마음이 드는 것이다.

"안 타십니까?"

사공의 물음에 설수린이 배에 올랐다.

"우리 어디 가는 거죠?"

"사신도(四神島)에 갑니다."

"네 명의 신이 사는 섬이라? 특이한 이름이군요."

"원래는 다른 이름이었는데 오 년 전부터 사신도로 이름이 바뀌었습니다."

사신도란 이름보다 그것이야말로 특이한 일이란 생각이 들었다.

"한데 거긴 왜 가는 거죠?"

소하는 모르는 눈치였고 이화운이나 사공은 아무 대답도 하지 않았다.

"자, 출발합니다."

사공이 능숙하게 배를 몰았다.

촤아아아악.

이화운은 깊어진 눈빛으로 강물을 쳐다보고 있었다. 바람이 불어와 머리카락을 날렸다.

그는 왜 아무것도 묻지 않는 것일까?

보통 평범한 사람이라면 물었을 것이다. 왜 자신을 조사하느냐고. 혹은 어떤 행동을 취했을 것이다. 역으로 자신을 조사하려 든다거나. 하지만 그는 아무 반응도 보이지 않았다.

대체 왜?

설수린이 그의 시선을 따라 넘실거리는 강물을 쳐다보았다. 그러고 보니 배는 참으로 오랜만이었다. 평소에는 조금 돌아가더라도 수로 대신 육로를 이용했다.

어려서 물에 빠져 죽을 뻔한 경험 때문이었다.

이후 훈련을 하면서 물을 극복해냈다. 이제 곧잘 헤엄도 치고, 꽤 오랜 시간 잠수도 할 수 있지만, 그래도 물을 보면 섬뜩한 느낌이 드는 것은 어쩔 수 없다.

그렇게 일 각 정도 지나자 배가 사신도에 마련된 선착장에 도착했다.

"여기서 기다려 주시오."

사공을 대기시킨 후 이화운이 섬 안으로 걸어 들어갔다.

두 여인이 이화운을 따라 걸었다.

숲으로 접어들자 설수린이 짐짓 겁먹은 얼굴로 농담을 던졌다.

"혹시 으슥한 곳에 데려가서 우릴 어떻게 하려는 것은 아니겠죠?"

"그 걱정을 왜 당신이 하나?"

"뭐요?"

이 사람 봐라? 그렇게 안 봤는데 여자 얼굴을 가린단 말이지? 그렇다면 못생긴 년 유세 한 번 떨어줘야지.

"제가 못생겼다고 무시하는 건가요?"

이화운이 잠시 발걸음을 멈추고 돌아보았다. 당연히 사과의 말이 나올 것이라 기대했는데.

"집에 거울 없나?"

이화운이 다시 발걸음을 옮겼다.

설수린이 어이없다는 표정을 지으며 소하를 쳐다보았다. 소하가 어깨를 한 번 으쓱하며 이해하란 표정을 지었다.

아, 얜 지금 날 위로하고 있어. 이 철딱서니야, 지금 네 경우 아니라고 좋아할 때냐? 더 예쁜 애 오면 너도 이 꼴이 될 거란 말이잖아!

그런 그녀의 마음을 알 리 없는 소하는 행여 이화운을 놓칠라 종종걸음으로 뒤를 따랐다.

좋아! 내 진짜 얼굴을 보이는 날, 그때 보자고. 나 좋다고 헤벌쭉하면 고대로 돌려주지.

어머, 집에 거울 없어요?

자, 복수의 대사까지 준비 완료!

기분 좋은 상상을 하며 설수린이 발걸음을 빨리해 그들과 어깨를 맞췄다.

소하가 조심스럽게 물었다.

"한데 이 엽사님은 어떻게 아세요?"

"우연히 산속에서 길을 잃고 헤매다가 엽사님의 오두막을 발견했지요. 빈 오두막을요."

설수린의 천연덕스러운 거짓말에 이화운이 어이없다는 표정을 지었다.

"아! 그러셨군요."

그에 비해 소하의 표정이 밝아졌다. 내심 자신이 이화운을 알고 있는 것이 신경 쓰였던 모양이었다.

그렇게 일 각 정도를 걸어서 이윽고 커다란 나무 앞에 도착했다. 이화운이 거목에 붙어서 자라고 있는 버섯을 가리켰다.

"공생목균(共生木菌)라는 것이오."

"설마? 전에 부탁했던 것인가요?"

"그렇소. 원기를 회복하는 데 이것만큼 좋은 것은 없소."

소하가 감격스러운 표정을 지었다.

"감사해요, 정말 감사해요."

"어떻게 된 일이죠?"

설수린의 물음에 소하가 이화운을 쳐다보았다. 오늘 처음 본 사람에게 말을 해 줘야 할지를 묻는 것 같았는데, 그는 아무 반응도 보이지 않았다. 그 일은 네 일이니 네가 판단하란 듯이.

내게 묻는다면? 이 아가씨야, 절대 안 되지!

강호에서 오래 살아남는 비법 두 가지를 공개하자면.

그 첫 번째는 적극 알리는 것이다.

내가 얼마나 강한지, 내게 얼마나 많은 인맥이 있는지, 내가 얼마나 대단한지. 최대한 과장하고 할 수 있다면 허풍까지 치는 것이다. 그래서 나를 위협할 그 어떤 것도 감히 덤벼들지 못하게 만드는 것이다.

한마디로 이런 거지. '저놈 건드리면 골치 아파.'

두 번째는 반대로 감추는 것이다.

실력도 감추고, 성격도 감춘다. 너무 잘 알아도 덤비기 어렵지만,

너무 몰라도 덤비기 쉽지 않다.

이건 한마디로 '저놈 뭔가 있을지도 몰라.'

물론 소하라면 당연히 후자, 그것도 적극적으로 숨겨야 할 처지다. 이런 고민을 하는 것만으로도 그녀를 정확히 파악할 수 있었다. 착하고 순박하고, 세상 물정 모르는 애송이임을.

설수린이 순박한 미소를 지었다. 그 미소 한방에 소하가 사정을 설명했다.

"얼마 전의 일이었어요. 갑자기 아버지께서……."

그녀의 아버지인 창룡관주가 괴질에 걸려 앓아누운 것이다. 의원도 원인을 알지 못했고, 갑자기 몸이 약해지면서 약을 쓸 수도 없게 되었다.

그래서 약초 채집을 하는 이화운에게 원기를 회복할 수 있는 약초를 부탁했던 것이다. 그날 객잔에서 이화운을 힐끔거린 것은 혹시 약초를 구했을까 하는 마음 때문이었던 것이다. 물론 자꾸만 쳐다보고 싶은 호감도 있었고.

"그런데 정말 이렇게 귀한 것을 구해주실 줄은 정말 몰랐어요."

이화운이 품에서 작은 비수를 꺼내 버섯을 채취했다. 그리고 그것을 미리 준비한 천에 넣고 소하에게 건넸다.

"공생목균은 자라는 나무에서 채취하면 그 약효가 한나절밖에 가지 않소. 그러니 곧장 돌아가서 약을 짓도록 하시오."

그녀를 데리고 이곳까지 함께 온 이유였다.

세 사람이 서둘러 선착장으로 돌아왔다. 이화운은 배에 타지 않았다.

"먼저들 가시오. 난 나중에 가겠소."
"저도 좀 있다 갈게요. 섬 구경 좀 하고 싶어서."
그때 이화운이 귀찮다는 듯이 말했다.
"당신도 가지?"
"싫은데요?"
"가라면 가."
설수린이 말 안 듣는 아이처럼 입을 내밀며 얄미운 표정을 지었다.
"있고 말고는 내 마음이지요. 당신이 내게 이 섬을 떠나라고 할 권리는 없잖아요?"
그때 사공이 조심스럽게 끼어들었다.
"있습니다, 그런 권리."
"무슨 말씀이에요?"
사공이 미소를 지으며 말했다.
"이 섬이 저분 것이니까요."
뭐라고요?

* * *

"그래서 그냥 오셨다고요?"
전호의 물음에 설수린이 어깨를 으쓱하며 대답했다.
"그럼 어떻게 해? 제 섬이라는데?"
"그런 말도 안 되는 소릴 믿어요?"
"그 사람 섬이 맞더라고. 돌아와서 조사해 봤어."

"정말요? 개인이 섬을 사는 것이 가능해요?"
"허가 과정이 복잡하긴 한데, 불가능한 것은 아니래."
전호가 황당한 표정을 지었다. 정말이지 이화운이 섬을 소유한 인물일 줄은 상상도 못 했다.
"섬을 사려면 비싸겠지?"
"그렇겠죠."
"그 싸가지, 완전 부자잖아!"
"그러게요. 그런데 왜 갑자기 싸가지가 되었어요?"
"처음부터 내가 그랬잖아?"
"그런 적 없었는데 말이죠."
"따질래?"
설수린이 사납게 노려보자 전호가 히죽 웃었다.
"뭐, 그 사람도 이런 식으로 찍혔겠죠? 아, 다른 재산도 있는지 조사해 볼까요?"
"그래, 한 번 파 보자."
"이제 확실히 결론이 났네요. 그는 우리가 찾는 사람이 아니라고."
"왜?"
"생각을 해 보세요. 강호를 구할 영웅이 섬을 가진 부자일 리는 없잖아요?"
"안 될 것 없잖아?"
"네?"
"부자라고 강호를 구할 사람이 아니라고 생각하는 것도 일종의 선입관이라고."

"아, 뭐 그렇긴 하지만요."

물론 설수린은 전호가 왜 그렇게 생각하는지 이해한다. 지금까지 강호를 지켜온 영웅은 대부분 가난했으니까. 아니, 가난하다기보단 재물에 관심이 없는 사람들이었으니까.

전호가 낮에 못 마신 술을 가져왔다.

"어차피 오늘은 시간도 늦었고, 술이나 한잔해요."

"오늘따라 웬 술타령이야?"

"그런 날 있잖아요? 괜스레 술 생각나는 날."

"생각나지. 타지에서 생일을 맞으면."

"알고 계셨습니까?"

깜짝 놀란 전호에게 설수린이 웃으며 말했다.

"당연히. 내가 아무리 정신이 없어도 네 생일을 잊었을까?"

"잊은 적이 더 많았는데. 아, 그땐 정신없었다고 치고요. 선물은요?"

"기억해 주는 것, 정말 큰 선물이지."

"하긴요."

전호가 히죽 웃었다. 그는 내심 감격하고 있었다. 이번은 임무도 임무고, 그녀가 잊고 있는 줄 알았다. 미신이지만 그녀가 생일을 챙겨 준 해는 운도 좋았다. 실제로도 작전에 나갔을 때 덜 다치기도 했고.

"고맙다, 여전히 살아 있어줘서."

"고맙습니다. 지금까지 살아 있게 해주셔서요."

전호의 진심이었다.

조직에 속한 강호인이 가장 억울하게 죽는 경우는 직속상관을 잘못 만났을 경우였다. 그릇된 판단에, 고집에, 억지까지. 그 삼 종이 한데 모이면 관 뚜껑이 활짝 열리는 거다.

그런 점에서 전호는 상당히 운이 좋다고 생각했다.

부드러운 달빛이 들어오는 창가에 서서 설수린이 잔을 내밀었다.

"꼭 날 위해 죽어줘."

전호가 잔을 들며 히죽 웃었다.

"그런 억지는 대주님 생일에나 부리시길!"

*　　　*　　　*

다음 날, 설수린은 창룡무관을 방문했다. 소하를 통해 이화운에 대해 더 알아보려는 생각이었다.

누구라도 환영한다는 듯 무관 문은 활짝 열려 있었다. 그녀가 안으로 들어갔다. 연무장에서 수십 명의 관원이 한동작으로 주먹을 내지르고 있었다.

그때 사내 하나가 걸어왔다. 왠지 인상이 칙칙한 그런 사내였다. 그가 그녀의 아래위를 훑어보더니 무뚝뚝하게 물었다.

"입관하려면 저 건물로 가서 등록하시오."

"아뇨, 전 소하 아가씨를 뵈러 왔어요."

"아가씨를? 누구라고 전하면 되오?"

"섬에 같이 갔던 사람이라고요."

"여기서 기다리시오."

사내가 건물로 들어갔고, 그녀는 입구에 서서 기다렸다.

관원들을 지도하는 중년 사내는 전에 객잔에서 소하와 함께 있던 왕평이었다. 자세가 안정된 것이 제법 괜찮은 실력으로 보였는데 기도가 상당히 거칠었다.

일류 이상의 고수가 되면 상대의 기도를 읽을 수 있었다.

강호의 무인들을 실력으로 분류하자면 삼류, 이류, 일류, 절정, 초절정으로 나눈다.

일반적으로 이런 무관의 사범이면 삼류의 실력이었고 관주들은 보통 이류였다.

물론 세상일 모두가 그렇게 딱 규격에 맞을 수는 없다. 이류의 사범이 있을 수 있었고, 삼류의 관주가 있을 수 있었다. 지금의 분류는 어디까지나 일반적인 분류였다.

일류 고수는 강호에 제법 이름이 난 이들이었다.

앞서 자신에게 팔을 찔린 진천대주가 일류에 속한 고수였다. 무림맹과 같은 큰 단체에 대주급 인사들이나 지방 중소방파의 방주들이 일류 고수들이었다.

물론 그를 가볍게 처리한 설수린 자신은 같은 대주였지만 그보다 위인 절정에 속한 고수였다. 보통 무림맹의 단주급 인사나 늙은 장로들이 절정에 속한 고수들이었다.

초절정의 고수들은 그야말로 무공의 극의를 깨달은 이들로 거대문파의 수장들이었다. 그 대표적인 사람이 무림맹주 천무광이었다.

그리고 각각의 단계는 다시 수많은 세부 단계로 나뉜다. 같은 삼류라도 주점의 파락호에게 맞고 다니는 삼류가 있는가 하면, 파락호 열댓쯤은 혼자서 상대할 수 있는 삼류가 있다는 뜻이다.

그런 차이는 상위로 올라갈수록 더욱 심해지는데, 절정의 단계에 이르면 그것이 극에 달한다.

절정의 세계는 그야말로 방대했다.

절정의 꼭대기와 이제 막 절정에 이른 사람 간의 실력 차이는 엄청났다. 다시 말하면 초절정에 이르기가 정말 어렵다는 뜻이기도 했는데, 초절정에 이른 고수들은 손꼽을 정도로 귀했다.

대부분 평생을 수련한 강호인들은 일류와 절정에 이르는 것으로 삶을 끝냈다.

새파랗게 젊은 나이에 설수린이 절정에 이른 것은 그야말로 타고난 재능도 뛰어났고, 거기다 밤잠을 아껴가며 노력을 했기 때문이었다.

"아!"

탄식이 들려온 곳을 돌아보자 저만치서 소하가 걸어오고 있었다. 그녀의 표정에 실망감이 스쳤다.

이런, 이화운인 줄 알았군.

소식을 전한 놈은 찾아온 사람이 여자란 말을 빼놓은 모양이었다.

"아버님은 어떠세요?"

설수린이 웃으며 아버지의 안부를 묻자 그녀는 곧바로 아쉬움을 거두었다.

"공생목균을 드시고 차도가 있으세요. 어젠 잠시 정신도 차리셨어요."

"다행이군요."

"덕분이에요."

"어디 저 때문인가요? 이 엽사님 때문이지요."

이화운이 언급되자 그녀가 미소를 지었다. 그녀의 설렘이 느껴졌다.

“차 한잔 얻어먹으려고 왔어요.”

“당연히 대접해 드려야죠. 자, 가요.”

그녀가 후원으로 안내했다.

아담한 정자에 마주 앉으니 시비가 차를 가지고 왔다.

“이 엽사님은 언제부터 아셨나요?”

“우연한 기회였어요. 길에서 장사하는 분이 파락호 놈들에게 당하는 것을 구해 주셨지요.”

“아, 그러셨군요.”

그날 이후 이화운이 좋아진 것이군. 이 아가씨야! 강호를 살아가면서 그깟 것에 반한다면, 난 혼인을 해도 백 번은 더 했을 거야.

“이 엽사께서 완력이 좋으신가 봐요. 하긴 산을 타고 다니시니.”

설마 무공을 사용한 것은 아니겠지?

그에 대해 자세히 물어보려는 그때 다급한 얼굴로 왕평이 달려왔다.

“큰일 났다.”

“왕 숙, 대체 무슨 일이에요?”

“관주님 방에 도둑이 들었다.”

“뭐라고요?”

설수린이 소하와 왕평의 뒤를 따라 본관에 도착했다. 그곳은 관주의 가족이 기거하는 곳이었는데, 그 마지막 방에 관주의 집무실이 있었다.

집무실 안의 금고가 활짝 열려 있었다.

"이럴 수가!"

금고 안은 텅텅 비어 있었다. 금고는 시중에서 흔히 사용하는 것이었는데, 억지로 부순 흔적은 없었다.

설수린이 창문을 살폈다. 관주가 아프다더니 곳곳에 먼지가 쌓여 있었다. 창틀에 하얗게 먼지가 앉아 있는 것으로 볼 때 그곳으로 침입한 것이 아니었다. 문 역시 억지로 열린 흔적이 없었다.

일단 봤을 때는 내부 소행처럼 보였다.

왕평이 걱정스럽게 물었다.

"없어진 것이 무엇인지 알겠느냐?"

소하가 사색이 된 채 고개를 끄덕이며 말했다.

"창룡검술서(蒼龍劍術書)가 없어졌어요."

"이런! 곧장 사범들을 모아서 도적을 추적해야겠다."

왕평이 빠르게 밖으로 달려 나갔다.

소하가 망연자실한 표정을 지은 채 멍하니 서 있었다. 창룡검술서는 소씨 가문만의 독문무공이었다. 창룡무관을 세울 수 있었던 것도 그 창룡검술 때문이었다. 한마디로 가문의 보물이 없어진 것이다.

설수린의 눈빛이 예리해졌다.

관주가 갑자기 아픈 상황에서 가보를 도난당한다?

사람이 살다 보면 여러 좋지 못한 일들이 연거푸 닥쳐올 수 있다. 하지만 그것이 강호에서 일어난다면? 그건 바로 음모가 되는 것이다.

확실히 뭔가가 있군.

그녀에게 다가서려던 설수린이 탁자 모서리에서 무엇인가를 발견했다.

"이건 뭐죠?"

그것은 찢어진 천이었다. 급히 나가다 무복이 걸려 찢어진 것 같았다.

"이것은!"

소하가 깜짝 놀랐다.

"우리 무관의 관원들이 입는 무복이에요. 아버지 것은 아닌데. 왜 이것이 여기에 있죠?"

"그야 그것의 주인이 이곳에 들어왔기 때문이겠죠?"

"설마 우리 관원 중의 누군가가 비급을 훔쳤다는 말인가요?"

설수린은 아무 대답도 하지 않았다.

그럴 수도 있고, 아닐 수도 있었다. 하지만 지금까지의 정황상 내부 소행일 가능성이 높았다.

"키우는 개 있어요? 크고 냄새를 잘 맡는 놈으로. 이 찢어진 옷의 주인이 범인인 것 같은데."

"아뇨, 저희 무관에선 개를 키우지 않아요."

"흐음, 어쩐다."

그때 설수린은 뭔가 번뜩 좋은 생각이 떠올랐다.

그녀가 넌지시 소하에게 말했다.

"이 엽사님께 도움을 청해 보는 것은 어떨까요?"

"엽사님께요?"

"네, 그분이라면 추격에 필요한 개를 구해 줄 수 있을 것 같은데."

"아! 그렇군요."

소하가 고개를 끄덕이며 표정이 밝아졌다.

"당장 가요, 냄새가 사라지기 전에 얼른 추적해야 하잖아요?"

소하를 뒤따라 나가며 설수린이 의미심장한 미소를 지었다. 이로써 이화운에게 접근할 수 있는 명분이 만들어진 것이다.

뭐, 이 정도 순발력이야 기본이지.

이화운이 어떻게 나올지 궁금할 뿐이었다.

第三章
비홍묘

天下第一

"당신 짓은 아니고?"

자초지종을 말했을 때, 이화운의 첫마디였다. 그것도 집안으로 들어가지도 못하고 문 앞에서 들은 소리였다.

"그런 의심은 실례잖아요?"

사실 그로서는 당연한 의심이었다. 입장이 반대였다면 설수린은 반드시 이화운이 저지른 짓이라 확신했을 것이다.

"그 일이 있을 때 저와 함께 계셨어요."

소하가 편을 들어주었음에도 이화운이 서늘한 눈빛을 보내왔다.

사람의 시선에는 여러 가지가 있다. 그중 가장 무서운 것이 속마음을 깊숙이 들여다보는 그런 시선이다.

단지 눈동자의 생김새에서 비롯된 것이든, 혹은 진짜 사람을 꿰뚫어 보는 데서 나오는 것이든, 어쨌든 이화운의 눈빛이 그러했다.

사실 저런 눈빛은 강호를 살아가는 데 양날의 검이다.

고수에게 날렸다가 딱 죽기 좋고, 반면 하수를 압박하기에는 좋은 눈빛……. 어라, 그러고 보니 조금 전에 내가 압박을 받은 거야?

설수린이 안타까운 표정으로 말했다.

"한 번만 도와줘요."

진심이 담긴 이런 애절한 부탁이라면 당연히 들어주겠지.

쾅.

세차게 문이 닫혔다.

설수린이 머리를 긁적이며 소하에게 속삭였다.

"저런 싸가지가 대체 뭐가 좋아요?"

그러자 돌아오는 전혀 예상치 못한 대답.

"멋있잖아요?"

맙소사! 요즘 애들의 생각을 도대체 알 수가 없다. 그래 봤자 소하나 자신이나 몇 살 차이도 안 나지만, 요즘은 그 몇 살이 한 세대쯤 차이가 나는 것만 같으니.

"그 멋에 우린 문전박대를 받고 있다고요."

하긴, 넌 어려서 춥지도 않지?

"할 수 없죠. 갑자기 찾아와서 부탁하는 것이 실례니까요."

눈에 콩깍지가 쓰여도 단단히 쓰였군.

물론 그렇다고 그냥 순순히 물러갈 설수린이 아니었다.

쿵쿵쿵.

그녀가 세차게 문을 두드렸다.

다시 이화운이 문을 열고 나왔다. 설수린은 자신이 두드리지 않은 척 시치미를 떼며 소하를 쳐다보았다. 당황한 소하의 얼굴이 빨개졌다.

이화운이 못 말린다는 표정으로 설수린을 쳐다본 후, 소하에게 짤막하게 말했다.

“들어오시오.”

자신만 못 들어가게 할까 봐 설수린이 재빨리 안으로 들어갔다.

집 안은 전에 왔을 때처럼 여전히 깨끗했다.

“남자가 너무 깔끔해도 별로인데.”

이화운의 입술이 오른쪽으로 살짝 말려 올라갔다. 이런 상황에서 그가 짓는 표정이다. 벌써 몇 번이나 지었다.

이화운이 못 들은 척 소하에게 말했다.

“그래서 냄새를 추적할 수 있는 것을 구해 달라는 것이오?”

“네.”

그가 다시 설수린을 쳐다보았다. 설수린이 자신은 그냥 따라왔을 뿐이라며 딴청을 피웠다.

“나도 개는 키우지 않소.”

“아, 그러시군요.”

소하가 안타까운 표정을 짓자 설수린이 슬쩍 끼어들었다.

“가보를 잃어버렸다는데 좀 도와주지 그래요? 어린 소녀의 부탁을 냉정히 거절하는 비정한 사냥꾼이라? 너무 야박하잖아요?”

이화운의 입꼬리가 더욱 올라갔다. 설수린이 다시 딴청을 피웠다.

“됐어요, 무리하실 것 없으세요. 괜히 불쑥 찾아와서 죄송했어요.”

소하가 자리에서 일어났다. 결국, 이화운이 졌다.

"대신 개보다도 더 확실히 추적할 수 있는 것이 있소. 하지만 빌리는 값이 매우 비싸오."

"얼마나 드려야 하죠?"

"은자 백 냥."

소하뿐만 아니라 설수린까지 깜짝 놀랐다.

은자 백 냥은 결코 적은 돈이 아니었다. 무관의 한 달 교습비가 은자 한 냥이었으니, 자그마치 백 명의 한 달 교습비였던 것이다.

"어떻게 하시겠소?"

잠시 고민하던 소하가 고개를 끄덕였다.

"좋아요, 드릴게요."

그녀로서는 검술서를 되찾을 수만 있다면 천 냥을 주고서라도 찾아야 했다.

물론 설수린의 입장은 아니었다.

어디서 어린애 등을 처먹으려고!

"거래는 그렇게 하면 안 되죠. 일단 추격에 동원할 동물부터 보여주셔야죠. 대체 어떤 것이기에 백 냥이나 받으려는지 보고 결정해야죠. 또 추적에 실패했을 때는 돈을 주지 않아도 된다는 확답도 받아야죠."

설수린의 말에 소하가 당황했다.

"아, 그렇게까지 할 필요가……."

"있어요. 확실히."

설수린이 단호한 눈빛으로 이화운을 쳐다보며 덧붙여 물었다.

"모르는 사이도 아닌데, 그 정도는 해주시겠죠?"
"그러지."
"또한, 추격을 마칠 때까지 함께하면서 책임을 져주세요. 자그마치 은자 백 냥짜리 일이잖아요."
곤란하다고 할 것 같았는데, 이화운이 흔쾌히 허락했다.
"그러지."
그는 한번 결정을 내리면 돌아보지 않는 성격처럼 보였다.
"좋아요. 이제 추적에 사용할 그것부터 보여주세요."
이화운이 창가로 걸어가 밖을 향해 휘파람을 부는 시늉을 했다. 시늉이라고 표현하는 것은 소리가 나지 않았기 때문이었다.
하지만 이화운은 계속 휘파람을 불었다. 마치 보통 사람에게는 들리지 않는 소리를 내는 것처럼.
이상한 행동을 마친 이화운이 자리로 돌아왔다.
"조금만 기다리시오."
기다리면서 설수린이 슬쩍 말했다.
"그런데 꼭 돈을 받으시려고? 섬도 있으신 분이."
"그것과 이 일이 무슨 관계가 있지?"
"있는 사람들이 더 지독하다더니."
이화운이 설수린을 응시하며 담담히 말했다.
"호의는 한 번이면 충분하지. 호의가 쌓이면 그 무게에 관계가 비틀리니까."
"……!"
맞는 말이다. 우정도 돈이 관계를 하는 순간 곧잘 깨어진다. 호의는 부담이 되고, 부담은 관계를 변질시키니까.

평소였다면 그냥 지나칠 한마디도, 돈을 빌려주더니 생색내는 것인가란 자격지심에 이르면, 그 관계는 끝장났다고 보면 되는 것이다. 친하면 친할수록 쉽게 빠지고 그 함정의 골은 더욱 깊다.

설수린이 내심과는 다르게 입술을 쭉 내밀며 말했다.

"핑계는!"

그렇다고 세상 물정 모르는 애에게 사기를 치는 것은 아니잖아? 차라리 공생목균 값을 받든지…….

그때 열린 창문을 넘어 작은 짐승이 탁자 위로 가볍게 내려섰다.

무심코 그것을 본 설수린은 하마터면 비명을 지를 뻔했다.

그것은 귀엽게 생긴 고양이였다. 새하얀 털을 지닌 그것의 이마에는 붉은 점이 있었고 몸 양쪽에는 검은 털이 나 있었는데, 그것은 새의 날개 모양이었다. 깜찍하고 예쁘면서도 묘한 분위기를 내는.

평소 고양이를 싫어하는 사람일지라도 저 폭발적 귀여움은 거부할 수 없을 것이다, 누구라도 그것을 쓰다듬어 줄 것이다. 지금의 저 소하처럼.

"와! 귀여워요!"

손을 내미는 그녀를 보며 설수린이 깜짝 놀랐다.

안 돼! 손가락 절단 나!

저 고양이는 보통 고양이가 아니었다. 그것은 비홍묘(飛紅猫)라 불렸는데 일반 고양이가 아니라 영물이었다. 호랑이보다 날카로운 발톱을 지녔고, 빠르기가 표범보다 빨랐다. 똑똑했고 눈치가 빨랐으며 한 번 주인을 모시면 절대 배신을 않는 충성스러운 녀석이었다. 냄새를 잘 맡기는, 뭐 두말할 필요가 없었다.

어쨌든 녀석은 처음 본 사람이 자신을 만지는 것을 절대 허용하지 않는다고 알려졌었다.

하지만 이후의 광경은 그녀의 예상과 달랐다.

야옹.

소하가 비홍묘의 머리를 쓰다듬었다. 비홍묘가 기분 좋게 웃었다.

설수린이 멍한 표정을 짓다가 이화운과 눈이 마주쳤다.

그녀가 바보처럼 웃었다. 비홍묘에 너무 놀라서 표정 관리를 못 했던 것이다.

내가 비홍묘를 알아차린 것을 눈치챘을까?

멍청이, 당연히 했겠지. 입까지 쩍 벌린 채 놀랐으니.

어쨌든 중요한 것은 그것이 아니다. 저 사나운 비홍묘가 어떻게 저렇게 얌전한지. 또한, 어떻게 이곳에 나타났는지. 설마 아까의 그 휘파람에?

비홍묘라면 은자 백 냥도 모자랐다. 구경하는 값으로 백 냥 내놓으라 해도 될 영물이었다.

그것이 비홍묘인지 알 리 없는 소하는 그저 냄새를 잘 맡는 고양이 정도로만 생각하고 있었다.

"그가 남긴 것을 줘보시오."

소하가 천 조각을 내밀자 이화운이 비홍묘에게 그것의 냄새를 맡게 했다.

확실히 영리한 녀석이었다. 그것이 소하의 품에서 나왔다지만, 그녀의 냄새와는 헷갈리지 않았다. 정확히 제가 무엇을 찾아야 하는지

알고 있었다.

비홍묘가 달려갔고 세 사람이 그 뒤를 따라 달렸다. 비홍묘는 세 사람이 따라올 수 있도록 천천히 달렸다.

그 모습에 설수린은 확신했다.

아, 정말 비홍묘가 맞아! 이 사람, 섬도 있고 비홍묘도 있는 거야? 그런 거냐고?

비홍묘가 멈춘 곳에서 소하의 표정이 굳어졌다.

"정말 범인은 내부에 있었군요."

비홍묘가 도착한 곳은 바로 창룡무관이었던 것이다.

문을 열자 비홍묘가 연무장을 가로질러 본관으로 뛰어들어 갔다.

그가 향한 곳은 의외의 장소였다.

바로 관주가 병으로 누워 있는 침소였던 것이다.

"무슨 일이냐?"

방에 있던 왕평과 이련이 세 사람의 등장에 깜짝 놀랐다. 왕평이 사범 일을 하는 동안, 아내인 이련은 관주의 병구완을 도맡고 있었다.

소하가 그들에게 짤막한 사정을 설명했다.

"그랬군. 한데 저 고양이가 왜 이곳으로 왔을까?"

"저도 잘 모르겠어요."

"혹시 비급 냄새를 맡은 것이 아닐까? 범인이 비급을 품에 넣었을 때, 그 냄새가 옷에 배인 거지."

"그래서 이곳을 찾아왔나 보네요."

관주는 침상에 누워 잠이 들어 있었다. 평소와 달리 핼쑥한 모습에 소하의 가슴이 아팠다.

"아버지."
그때 코를 킁킁대던 비홍묘가 다시 방을 달려 나갔다.
모두 비홍묘를 따라갔다. 왕평 부부도 함께 뒤따랐다.
본관을 나온 비홍묘가 별채로 향했다. 그곳은 창룡무관의 사범들이 기거하는 곳이었다.
다시 비홍묘가 누군가의 방 앞에 멈췄다.
"이곳은!"
인기척을 듣고 한 사내가 방에서 나왔다. 그는 설수린도 아는 얼굴이었다. 앞서 소하를 찾아왔을 때 입구에서 만났던 바로 그 칙칙한 인상의 사범이었던 것이다.
그의 이름은 임달(林達)로 이십여 일쯤 전에 새로 창룡무관에 들어온 사범이었다.
소하를 비롯해 왕평 부부까지 몰려오자 임달이 의아한 표정으로 물었다.
"무슨 일이오?"
왕평이 의심스러운 눈초리로 물었다.
"자네 무복을 좀 보세."
"무복을? 왜 그러시오?"
"그럴 이유가 있으니 가져오게."
임달이 못마땅한 표정으로 자신의 무복을 가져왔다. 꼼꼼히 무복을 살폈지만, 찢어진 흔적은 없었다.
그때였다. 비홍묘가 임달의 방 안으로 뛰어들어 갔다. 그리고 구석의 장식장 앞에서 킁킁거렸다.

"자네, 잠시 물러서게."

왕평이 방 안으로 들어갔다. 그가 장식장을 뒤져서 또 한 벌의 무복을 발견했다. 조금 전 꺼내왔던 무복과 똑같은 무복이었다.

거기에 찢긴 흔적이 있었다. 잘린 천을 대보니 딱 맞았다.

왕평의 눈빛이 사나워졌다.

"대체 무슨 일이오?"

임달은 여전히 전혀 돌아가는 상황을 모르겠다는 듯 행동했다.

"곧 밝혀내 주지."

왕평이 그의 방을 뒤지기 시작했다.

그리고 잠시 후, 천장에서 숨겨 둔 한 권의 책자를 찾아냈다. 바로 찾고 있던 창룡검술서였다.

"이놈!"

왕평이 버럭 소리를 지르며 몸을 날렸다.

퍽!

예고 없는 왕평의 발길질에 임달이 바닥을 나뒹굴었다.

"대체 왜 이러는 거요! 왜?"

임달이 악을 써댔다.

"이걸 보고도 모르겠느냐?"

왕평이 그의 앞으로 책자를 내밀었다.

"그게 대체 뭔데? 난 모르는 일이라고!"

"닥쳐라! 이놈!"

짝!

왕평이 사정없이 임달의 뺨을 때렸다.

"그러고 보니 네놈이 우리 무관에 들어온 것도 이런 불손한 목적 때문이었구나!"

왕평이 임달을 때리려고 손을 쳐드는 그때, 이화운이 불쑥 말했다.

"그의 방에서 한 가지를 더 찾아보시오."

그가 나서자 설수린이 흥미로운 눈빛을 발했다.

"뭘 말인가?"

"이곳 관주께선 사독(蛇毒)에 중독되셨소. 분명 저자가 비급을 훔치기 쉽게 하려고 저지른 짓일 것이오."

사독이란 말에 왕평이 깜짝 놀랐다.

"정말 문주께서 사독에 중독되셨단 말인가?"

지켜보던 이련이 소리쳤다.

"뭐하고 서 있어요? 어서 독을 찾아요."

왕평이 들어가서 방을 뒤졌다. 하지만 이미 버렸는지 방에서는 독은 나오지 않았다.

"이미 적사독을 버린 모양이네. 하긴 증거가 될 그것을 아직 남겨뒀을 리가 없지. 이 나쁜 놈!"

퍽퍽퍽!

다시 왕평이 모질게 발길질을 했다.

그때 이화운이 불쑥 말했다.

"이제 죄 없는 사람은 그만 때리시지."

그 말에 모두 깜짝 놀랐다. 소하가 놀란 얼굴로 물었다.

"무슨 말씀이세요?"

"부친께 독을 탄 것이 저 두 사람이란 말이오."

"뭐라고요?"

이화운의 말에 소하가 경악했다. 왕평 부부는 오랫동안 자신의 무관에서 함께한 이들이었다. 지켜보던 설수린도 깜짝 놀랐다.

"무슨 헛소리냐!"

왕평이 버럭 소릴 질렀다.

이화운이 이련을 보며 싸늘히 말했다.

"당신은 관주를 간호한 것이 아니라 조금씩 독을 타고 있었지."

소하가 이련을 보며 소리쳤다.

"정말인가요?"

"거짓말이다! 저자가 누명을 씌우려는 것이다."

왕평과 이련이 억울하다는 표정으로 소리쳤다.

"넌 우릴 믿지 못하는 것이냐? 한낱 엽사꾼의 헛소리를 듣고 우릴 의심한단 말이냐? 네가 제정신인 게냐?"

"전……."

소하는 어찌할 바를 몰랐다.

그때 설수린이 나서서 상황을 정리했다.

"우선 당신은 어떻게 소 관주가 사독에 중독된 것을 알았죠?"

"사독에 중독되면 귀밑에 깨알 같은 붉은 반점이 생기지."

설수린은 내심 놀랐다. 앞서 관주를 본 것은 아주 짧은 순간이었다. 그때 그걸 봤다는 뜻이었다. 그야말로 대단한 관찰력이었다.

"하면 왜 저 두 사람이 범인이라 생각하는 거죠?"

"비홍묘가 처음 어딜 찾아갔지?"

"관주의 침소였죠. 아!"

그러고 보니 비홍묘가 관주의 침소를 먼저 찾아간 것은 비급의 냄새를 맡고 찾아간 것이 아니었다. 바로 그곳에 있던 사람을 찾아간 것이다.

"비홍묘는 절대 냄새를 헷갈리지 않아. 마지막에 그 천을 만진 사람이 분명 그 방에 있었다는 말이지."

"그가 바로 저 사람이었군요."

설수린이 왕평을 쳐다보았다.

"말도 안 되는 소리다!"

왕평과 이련은 여전히 사실을 부정했다.

"그래요, 하지만 그것만으로 저 사람을 의심하기에는 부족하잖아요?"

이화운이 고개를 끄덕여 그 말에 동의한 후 담담히 물었다.

"아까 저자가 방을 뒤지며 어디서 검술서를 찾았는지 봤나?"

"천장이었잖아요."

"그랬지. 하지만 그는 방을 뒤지며 침상 아래를 보지 않더군. 천장까지 뜯어볼 정도로 치밀한 사람이라면 침상 아래를 먼저 뒤지지 않았을까?"

날카로운 지적이었다. 분명 그는 천장 위에 비급서가 있다는 사실을 알고 있는 듯 침상 아래를 살피지 않고 곧장 천장을 뜯은 것이다. 그것도 천장의 네 귀퉁이 중 정확히 비급서가 있는 곳부터 뜯었다.

왕평이 변명하듯 소리쳤다.

"잊었을 뿐이다."

설수린이 이화운을 보며 말했다.

"그렇다는데요?"

이화운이 다시 담담히 말했다.

"그의 실수는 그뿐만이 아니야."

"또 뭐가 있죠?"

"아까 관주가 사독에 중독된 것 같다고 하니 그가 뭐라고 했는지 기억나나?"

"뭐라고 했죠?"

"방을 뒤진 후 그가 말했지. 이미 적사독(赤蛇毒)을 버린 모양이라고. 난 단지 사독이라 했을 뿐인데, 그는 어찌 적사독인지 알았을까? 사독에는 여러 종류가 있는데."

그 말에 왕평이 당황했다. 그가 말을 더듬었다.

"내, 내가 언제 적사독이라 했느냐?"

이련이 거들었다.

"설령 그랬다 하더라도 말실수였을 뿐이다!"

설수린이 다시 이화운을 쳐다보며 말했다.

"그렇다는데요?"

설마 또 다른 증거가 있느냐는 말이었는데, 정말 있었다. 그것도 결정적인 것으로.

이화운이 품에서 작은 약병을 하나 꺼냈다.

"이 약을 손에 뿌리면 사독을 다룬 사람의 손에 반점이 생기게 되지."

왕평과 이련의 얼굴이 사색이 되었다.

이화운이 천천히 걸어가 바닥에 쓰러진 임달의 손에 약을 뿌렸다.

임달의 손에는 아무 변화가 없었다.

이화운이 왕평과 이련을 보며 말했다.

"죄가 없다면 이 약을 발라 보시오."

더는 버티지 못하고 왕평과 이련의 눈빛이 싸늘해졌다. 사악한 기운이 가득한, 정말이지 평소 단 한 번도 보지 못한 그런 눈빛이었다.

충격을 받은 소하가 놀라서 뒷걸음질 쳤다.

"……정말이었군요."

왕평과 이련이 사나운 눈빛을 교환했다.

"차라리 잘되었다. 다 없애 버리자."

그 한마디로 모든 것을 실토한 셈이었다.

왕평이 차갑게 말했다.

"네 아버지가 모든 것을 알아차렸다."

"대체 뭘 말이죠?"

"우리가 무관의 돈에 손을 대고 있다는 것을."

두 사람은 무관의 돈을 횡령하고 있었던 것이다. 관주는 왕평을 믿었고, 무관 일의 대부분을 그에게 맡겼다. 하지만 왕평은 돈에 손을 대었고, 그것은 몇 년이나 계속되었다. 그러다 결국, 관주에게 들킨 것이다.

"그는 우릴 내쫓으려고 했지."

"그래서요? 그래서 우리 아버지에게 독을 탔다고요?"

두 사람은 싸늘한 표정으로 대답을 대신했다.

"고작 돈 때문에……."

충격을 받은 소하가 다리가 풀려 그 자리에 주저앉았다. 그녀에게 이화운이 담담히 말했다.

"고작이 아니지. 강호에서 살인이 일어나는 원인 중 첫 번째가 바로 돈 때문이니까."

"그래도…… 어떻게 이렇게까지 변할 수 있죠?"

"변한 것이 아니겠지."

"네?"

"원래 악인들이었을 것이다. 그 속을 숨기고 있었던 거지."

이화운이 담담히 덧붙였다.

"원래 선한 사람은 아무리 변해도 돈 때문에 사람에게 독을 먹이진 않아."

설수린이 말없이 고개를 끄덕였다. 그 말에 전적으로 공감한 것이다.

창!

왕평과 이련이 동시에 검을 뽑아들었다.

"이것들아! 정의로운 척 마라! 역겨우니까!"

다 없애고 그 죄를 임달에게 뒤집어씌울 작정을 한 것이다. 이후 병석의 관주까지 독살해서 죽이면 자연스럽게 무관은 자신들의 차지가 될 것이다.

"왕 숙! 제발 그만 하세요!"

"그만두면? 우릴 용서해 주기라도 하겠다는 것이냐?"

"그건……."

그때 이련이 나서서 앙칼지게 말했다.

"죽이기 전에 한마디만 충고하지. 이년아, 넌 네가 착한 것 같지?

웃기지 마. 넌 그냥 멍청한 년일 뿐이야. 착하다는 것? 요즘 세상에 민폐일 뿐이야!"

"다 죽여!"

왕평과 이련이 검을 휘두르며 달려들었다. 첫 번째 목표는 자신들의 정체를 밝혀낸 이화운이었다.

쉭! 쉭!

두 사람의 검이 빠르게 이화운의 심장을 노리고 날아들었다.

"앗! 조심해요!"

생각보다 그들의 움직임이 빨라 설수린이 깜짝 놀라던 그 순간.

푹! 푸욱!

순간 살이 찢기는 끔찍한 소리가 들렸다.

다음에 펼쳐진 광경에 설수린이 깜짝 놀랐다.

왕평의 검은 이련의 가슴에, 이련의 검은 왕평의 가슴에 박혀 있었다.

왜 이렇게 되었는지 설수린은 제대로 보지 못했다. 자신이 서 있던 자리에서는 두 사람이 이화운 앞으로 날아들었을 때, 그들의 등만 보였던 것이다.

정말이지 눈 깜짝하는 사이의 일이었다.

그들을 보며 이화운이 무덤덤하게 말했다.

"세상에 민폐는 너희지. 왜 착한 사람에게 욕을 하나?"

쿵, 쿵.

왕평과 이련이 동시에 쓰러졌다. 이미 그들은 숨이 끊어진 후였다.

이화운이 넋 나간 채 앉아 있는 소하에게 말했다.

"당장 의원에 가서 적사독의 해약부터 구해 아버님께 복용시키시오. 생각은 나중에 하고."

"아, 네, 네. 감사해요. 정말 감사해요."

소란을 듣고 사범들과 관원들이 몰려왔다. 그녀는 지금 당장은 충격에 빠져 뭘 어떻게 해야 할지 모르겠지만, 그녀의 부친이 병석에서 일어나면 뒷일은 자연히 수습될 것이다.

이화운과 설수린이 창룡무관을 나섰다. 비홍묘가 쪼르르 달려 나와 꽁긋 인사를 하고는 어디론가 사라졌다. 비홍묘를 애완 고양이처럼 다루다니! 보고도 믿지 못할 광경에 그녀는 고개를 내젓고 말았다.

"무공을 할 줄 알면서 속였군요."

"무공을 모른다고 한 적이 없어."

사실 놀라울 일도 아니었다. 그가 어느 정도 무공을 익히고 있을 것이라고 짐작하고 있었으니까. 하지만 조금 전, 달려드는 둘의 균형을 무너뜨려 같은 편을 찌르게 했던 그 한 수는 보통이 아니었다.

"한 가지 궁금한 점이 있어요."

"뭐지?"

"그 약병 말이에요. 적사독을 사용한 것을 밝힌다는. 어떻게 그것을 준비해 왔죠?"

"이것 말인가?"

이화운이 품에서 약병을 꺼냈다.

"이건 그냥 버섯 달인 물이야. 요즘 몸이 허해서 가끔 한 잔씩 마시지."

"뭐라고요?"

설수린이 깜짝 놀랐다.

정말이라는 듯 이화운이 남은 약을 마셔 버렸다.

"당신은 이미 그 이전에 그들 부부가 범인임을 확신하고 있었군요."

"그랬지."

"어떻게요?"

이화운이 발걸음을 멈췄다.

"그냥 보는 순간 알았지. 그들이 악인임을."

그리고 설수린을 돌아보며 말했다.

"당신도 그 정도는 느꼈잖아?"

"……전 몰랐는데요."

"그래?"

"난 미래를 예견하는 사람들, 척 보고 알아맞히는 사람들 딱 질색인데요."

이화운이 픽 웃었다. 전에도 잠깐 보았던 그 미소였다. 이번 역시 지난번처럼 순식간에 사라졌다.

"그렇다고 치고."

이화운이 걸어가며 말했다.

"이제는 귀찮게 하지 마."

저 멀리 걸어가는 그를 보며 설수린이 소리쳐 물었다.

"아까 말했죠? 살인의 첫 번째 이유가 돈이라고? 두 번째는 뭐죠?"

"그야……."

이화운이 걸음을 멈췄다. 대답은 아주 잠깐 사이를 두고 나왔다.

"남녀 간의 애정문제지."

이화운이 힐끔 돌아보며 진심이 가득 담긴 표정으로 말했다.

"다행히 당신은 걱정 안 해도 될 것 같은데."

저 멀리 걸어가는 뒷모습을 보며 설수린이 미묘한 웃음을 지었다.

놀리니까 재미있다 이거지?

*　　*　　*

설수린은 산해객잔의 구석 자리에서 턱을 괸 채 점소이와 숙수(熟手)의 실랑이를 지켜보고 있었다.

"주방장님! 한 번만 제가 직접 만들게 해주세요. 그 애에게 직접 요리를 해주고 싶어서 그래요."

"이놈아! 여기가 네 여자에게 점수 따는 곳이냐? 여긴 일터야!"

"오늘이 만난 지 일 년째 되는 날이라서요!"

"이런 미친놈!"

"이번 한 번만요. 앞으로 정말 열심히 일할게요."

"차라리 내가 요리를 해주마."

"직접 해 줘야 감동하죠!"

"감동은 지랄! 이번 한 번만이야."

결국, 숙수가 졌다며 고개를 내저었고 표정이 환하게 밝아진 점소이가 주방으로 따라 들어갔다. 설수린이 하품하며 나른하게 말했다.

"이놈아, 그러다 두 번째 이유로 살해당한다."

전호가 맞은편에 앉으며 물었다.

“무슨 말이에요?”

“강호에서 살해당하는 이유 중 세 번째 이유가 직속상관의 말을 잘 안 들어서라네.”

“그게 아침부터 발바닥에 땀 나도록 일하고 온 수하에게 할 소립니까?”

“다녀온 일이나 말해 봐.”

“샅샅이 뒷조사했습니다만, 별 게 없습니다. 개인 재산은 완전히 숨겨져 있고요. 소문이 날 만한 일인데 섬을 소유한 것조차 아는 사람이 극소수입니다.”

“아앗!”

“왜요? 뭔가 짚이는 것이라도 있으십니까?”

“아니. 팔 저려서.”

설수린이 다른 쪽 팔로 턱을 괴는 것을 보며 전호가 어이없어하는 표정을 지었다. 하지만 그는 알았다. 그것은 그녀가 뭔가 생각이 많아지면 하는 행동임을.

“나쁜 습관이라잖아요? 턱관절에도 안 좋고.”

“됐다. 천년만년 살 것도 아니고. 편한 대로 살란다.”

“그럴 거면 저한테 돈 모으라는 잔소리나 마십쇼. 저도 그런 마음이니까요.”

“네가 자유 의지와 방만의 차이를 깨달으면.”

그녀가 자리에서 일어났다.

“어디 가시게요?”

"나도 점수 좀 따러 간다."

이해할 수 없는 말을 남기고 그녀가 주방 쪽으로 걸어갔다.

* * *

반 시진 후, 그녀가 도착한 곳은 이화운의 오두막이었다.

그의 집에 몰래 잠입하려는 이유는 침상 아래에 있었다. 창룡무관에서 양평이 임달의 방을 뒤질 때, 침상 아래를 뒤지지 않았다는 말에서 이화운의 침상 아래 상자가 생각났던 것이다.

그의 침상 아래에 있던 그 무거운 상자, 그것을 열어보려던 순간 이화운이 왔었다.

그 안에 무엇이 들었는지 궁금했다. 물론 그 상자가 지금도 그 자리에 있을지는 모를 일이지만.

사냥을 나갔는지 이화운은 집에 없었다. 천천히 오두막 주위를 살핀 후, 그녀가 안으로 들어갔다.

그녀가 침상 아래부터 살폈다. 상자가 그대로 있었다.

안에 든 것이 별것 아닌가?

문득 그런 생각이 스쳤다. 정말 중요한 것이라면 자신이 한 번 뒤지려 한 것을 알고도 그냥 놔뒀을 리가 없다는 생각이 든 것이다. 아니, 애초에 매번 집을 비우면서 귀중한 것을 보관할 리가 없었다.

맥이 풀렸지만 그래도 기왕 온 김에 보기나 하자는 마음으로 상자를 꺼냈다. 상자는 여전히 묵직했다.

대체 뭐가 들었기에 이렇게 무거운 것이지?

조심스럽게 상자를 연 그녀가 깜짝 놀랐다.

안에 든 것은 한 자루의 검이었다. 어떤 표시가 될 만한 문양 하나 없는 평범한 검의 손잡이.

설수린이 조심스럽게 검을 들었다. 그 순간 그녀의 팔이 휘청했다.

헉! 뭐가 이렇게 무겁지?

상자가 무거웠다고 생각했는데 그게 아니었다. 무거운 것은 검이었다. 양손으로 힘을 줘야만 가까스로 들 수 있었는데 그녀는 태어나서 이렇게 무거운 검은 처음이었다.

스르릉.

그녀가 검을 뽑았다. 눈이 부실 만큼 잘 갈린 검날, 너무 예리해서 그것을 쳐다보는 것만으로 심장이 두근거렸다. 정말이지 보는 것만으로도 베일 것 같다는 두려움이 들었다.

징—

그때 검이 울었다.

쨍강.

그녀가 놀라서 검을 떨어뜨렸다.

내공을 주입하지도 않았는데 검이 울다니?

검에 내공을 주입하면 검이 우는 경우가 있다. 보검(寶劍)이거나 명검(名劍)일 경우, 주로 무림십대신병(武林十大神兵)들이 그러했다. 그게 아니면 절세 고수가 아주 오랫동안 사용한 검이라거나. 물론 그것도 내공을 주입해야 울었다.

하지만 그녀는 내공을 주입하지 않았는데도 스스로 우는 검을 맹세코 들어본 적도 없었다.

바닥에 떨어지니까 검이 울음을 그쳤다.

그녀가 다시 조심스럽게 검을 들었다.

징—

다시 검이 울었다. 그녀는 확실히 느낄 수 있었다. 검은 자신을 거부하고 있었다. 주인이 아닌 사람이 자신을 만지는 것이 싫다는 명백한 거부였다.

우우우우웅.

검날을 보고 있자니 기분이 이상해졌다. 마치 미혼약이라도 먹은 것처럼 현기증이 났다. 그녀는 검날이 자신의 목으로 다가오고 있음을 인식하지 못했다. 그녀의 팔이 의지와 무관하게 움직이고 있었다.

그녀의 손에 힘이 들어갔다. 그녀의 의지가 아니라 검의 의지였다. 검을 든 그녀의 손이 파르르 떨렸다. 금방이라도 자신의 목을 베어 버릴 것 같은 그런 위험한 순간이었다. 정작 그녀는 그것을 인식하지도 못하고 있었다. 그냥 멍한 상태였다.

검이 목에 닿는 그 순간.

쨍강!

그녀가 너무 놀라 다시 검을 떨어뜨렸다.

어떤 장면이 스쳐 지나갔고, 그 순간 정신을 차리며 검을 떨어뜨린 것이다. 사람이 아닌 사물에서 어떤 장면을 본 것은 이번이 처음이었다.

눈앞에 펼쳐진 시뻘건 그것.

순식간에 스쳐지나 갔기에 정확히 알 수는 없었지만, 한 가지 확실한 것은 다시는 보고 싶지 않다는 것이다.

설마 그것이 다 핏물이었을까?

그녀가 멍하니 바닥에 떨어진 검을 내려다보았다.

그때 누군가 손을 스윽 뻗어 검을 주워들었다.

"아앗!"

화들짝 놀란 그녀가 하마터면 기척 없이 옆에 나타난 사람에게 일장을 날릴 뻔했다.

"뭐야, 당신!"

"집주인."

그는 바로 이화운이었다.

검에 홀린 탓이었을까? 아무리 그렇다고 누군가 옆자리까지 다가오는데도 모르고 있었다니? 만약 적이었다면 자신은 이미 죽은 목숨이었다.

이화운이 말없이 검을 주워들었다. 그가 검을 들자, 검은 울지 않았다. 이상한 일이었다.

그 무거운 검을 그는 솜털을 다루듯 가볍게 검집에 넣었다.

철컹.

이화운이 다시 상자에 검을 넣고 침상 아래로 밀어 넣었다.

"숨어서 보고 있어요? 나 오기만 기다리면서? 그래서 나 놀래주려고?"

똥 싼 놈이 방귀 뀐 놈 나무라는 그녀의 적반하장(賊反荷杖)에 이화운의 한쪽 입꼬리가 말려 올라갔다. 불호령이 나와도 좋을 상황이었는데 이화운은 조용히 걸어가 문을 열었다.

그 익숙한 축객령에 그녀가 재빨리 탁자로 걸어갔다.

"오늘은 이것 때문에 왔다고요."
그녀가 덮여 있던 하얀 천을 들자, 그 속에 볶은 돼지고기 요리가 담긴 접시가 있었다.
"그게 뭐지?"
"지난 일이 죄송해서요."
"무단 침입을 사과하려고 다시 무단 침입을 했다?"
"뭐, 입이 열 개라도 할 말이 없는 상황이지만……. 여자의 호의를 이렇게 박대할 수 있나요? 저도 여자라고요! 못생긴 여자라고 무시하나요?"
그녀의 억지에 이화운이 한숨을 내쉬었다.
알지, 저 심정. 억울한 저 심정.
설수린이 장난스러운 웃음을 지으며 말했다.
"당신, 혹시 여자가 예의 없고 짜증 나게 군다고 때리진 않죠? 혹은……."
"혹은?"
"못된 짓을 한 후에 뒷마당에 묻는다거나."
설수린의 너스레에 결국 이화운이 피식 웃고 말았다.
물론 한마디 공격은 있었다.
"그 못된 짓, 당신은 해당 사항 없다니깐."
그녀가 냉큼 자리를 잡고 앉았다.
"앉아요, 뒷마당에 묻을 것 아니면. 참, 술은 안 사왔는데, 집에 남는 술 있죠?"
가만히 그녀를 쳐다보던 이화운이 벽장에서 술을 꺼내왔다. 그냥 오늘은 내쫓기를 포기한 모양이었다. 술병을 보니 전에 전호가 사온 그 술이었다.

"부자라 다르네요. 난 누가 돈 좀 안 주나?"

그러자 이화운이 술을 따라주며 불쑥 물었다.

"돈 있으면?"

"쓸 데야 많죠. 집도 사고, 맛있는 것도 사 먹고, 누구처럼 섬도 사고."

이화운이 희미하게 웃었다. 좋은 분위기를 틈타 그녀가 넌지시 물었다.

"침상 밑의 저 검, 당신 검인가요?"

이화운이 아무 대답도 하지 않았다. 그는 묵묵히 술만 마셨다.

"팔심이 세나 봐요."

여전히 그는 반응이 없었다. 말하기 싫은 것이 확실했기에 그녀가 화제를 돌렸다.

"당신 몇 살이죠? 기록이 정확히 안 남아 있던데."

정말이지 이화운은 나이를 짐작하기가 쉽지 않았다. 가까이서 자세히 보니 더욱 그러했다. 겉모습만 봐선 정말 깨끗하게 생긴 미소년이었다.

저 깨끗한 피부라니? 어떻게 산속을 돌아다니는 사냥꾼의 피부가 저렇게 깨끗할 수 있지?

거기에 이지적인 이목구비. 정말이지 걸어가면 누구라도 고개를 한 번 돌려서 쳐다볼 것 같았다.

"어려."

"날 대하는 것을 보면 그렇지도 않은데요."
"그쪽도 꽤 어려 보이는데? 왜 그렇게 웃어?"
"아, 내가 웃었어요?"
어려 보인다는 말에 나도 모르게 너무 환한 미소를 지었나 보다.
"하긴 나이가 뭐 중요하겠어요. 나잇값 못하는 인간들이 득실대는 세상인데. 아, 그리고 해온 사람 성의를 봐서 한 젓가락 드세요."
이화운이 젓가락으로 돼지고기를 한 입 먹었다.
"직접 만들었군."
"오! 어떻게 알았죠?"
"맛이 더럽게 없어."
어휴, 밉상. 저 입을 콱!
잠시 자신의 빈 술잔을 내려다보던 이화운이 나직이 물었다.
"무림맹에서 나왔지?"
그녀는 침묵으로 긍정했다.
"왜 날 찾아왔는지 몰라도 다신 오지 마."
"보통 왜 찾아왔는지부터 묻지 않나요? 안 궁금해요?"
"안 궁금해."
"전 당신이 궁금한데. 아주 많이."
"그만 가."
"가기 싫다면요?"
이화운이 대답 없이 걸어가서 문을 열었다.
군말 없이 설수린이 자리에서 일어났다. 이제 정말 가야 할 때가 된 것이다.

문을 나가는데 이화운이 말했다.

"이별주였어."

"아, 그 비싼 녀석이 그랬어요? 제겐 제 이름이 시작주라고 하던데요."

두 사람의 시선이 허공에서 얽혔다.

"그럼 다음에는 좀 더 연습해서 오도록."

그녀는 문이 꽝 닫히고 나서야 그것이 자신이 만들어간 요리를 두고 한 말이란 것을 알아차렸다.

또 얻어먹으시려고? 와, 꿈도 크시네.

*　　*　　*

오두막에서 내려온 설수린이 저잣거리에서 전호와 마주쳤다.

웃으며 반갑게 다가서는 전호에게 설수린이 나직이 말했다.

"저 미친 새끼가."

전호가 어이없다는 표정을 지었다.

"이젠 수하를 보자마자 욕부터 합니까?"

그다음 말은 그녀가 전음(傳音)으로 보냈다.

『너 말고 저 뒤에 놈. 돌아보지 마라. 꼬리가 붙었다.』

전음은 강호의 고수들이 비밀리에 말을 전하는 방식으로 자신의 목소리를 상대방만 들을 수 있게 하는 수법이었다. 꼬리가 붙었다는 것은 자신을 감시하는 자들이 있다는 그들의 암어(暗語)였다.

『저 앞의 골목으로 빠져서 놈을 잡는다.』

두 사람이 자연스럽게 골목으로 접어들었다.

『혹시 정파 쪽 인물일 수 있으니 죽이지 말고 제압해.』

『알겠습니다.』

이미 전호의 표정은 진지해져 있었다.

설수린과 전호가 골목길로 접어들어 첫 번째 모퉁이를 도는 순간, 두 사람은 동시에 날렵하게 담벼락을 타고 양쪽 지붕으로 날아올랐다.

곧이어 전호를 미행한 사내가 골목길로 접어들었다.

들어서는 순간 사내가 흠칫했다. 뭔가 이상한 느낌을 받았는지 그가 재빨리 왔던 길로 돌아섰다. 하지만 이미 좌측 지붕에서 전호가 그를 덮치며 뛰어내렸다.

쉬이익.

전호의 검이 그의 어깨를 노리고 날아들었다. 하지만 상대 역시 빠르게 반응했다.

빠르게 몸을 비틀어 전호의 기습을 피하며 검을 내지른 것이다. 전호 역시 빠르게 반응했다.

창창창!

두 사람의 검이 부딪치며 불꽃을 일으켰다.

자신의 요혈을 노리고 날아드는 상대의 검을 보며, 전호는 상대가 같은 편이 아님을 확신했다. 정파인이라면 이렇게 무자비한 살수를 쓸 리가 없었다.

푸욱!

이십여 수가 지났을 때, 전호의 검이 사내의 어깨를 찔렀다. 전호의 실력이 사내보다 한 수 위였던 것이다. 사내가 검을 떨어뜨렸다.

탁탁.

전호가 사내의 혈도를 제압해 움직이지 못하게 하던 그때.

쉭쉭쉭쉭쉭쉭쉭!

전호에게 십여 발의 암기가 날아들었다.

창창창창창창창!

그 앞으로 뛰어들며 검을 휘둘러 암기를 튕겨낸 사람은 설수린이었다.

설수린은 자신들을 뒤쫓는 이가 하나가 아닐 수 있다고 생각했다. 동료를 돕기 위해 또 다른 자가 등장할 것을 예상했는데, 과연 골목길 끝에서 또 다른 사내가 나타났던 것이다.

하지만 사내는 동료를 돕는 선택 대신, 암기를 쏟아내는 선택을 했다. 전호와 동료를 함께 죽이려는 비열한 암수였다.

"큭!"

그때 전호에게 제압당했던 사내가 외마디 비명을 내뱉더니 입과 코에서 핏물이 흘러나왔다.

"이런!"

전호가 재빨리 그를 살폈지만 이미 사내는 절명한 후였다.

사내를 뒤쫓아갔던 설수린이 심각한 표정으로 되돌아왔다. 암기를 던진 사내는 순식간에 골목을 빠져나가 사람들 사이로 자취를 감춘 것이다.

"입안에 숨겨둔 독단을 깨물었습니다."

"기습한 자 역시 보통 실력이 아니었어."

"덕분에 살았습니다."
"별소릴 다 한다."
암기가 워낙 빠르고 정확히 날아들어 그녀가 아니었다면 전호가 크게 위험했을 순간이었다. 더구나 제압한 사내 때문에 무작정 피할 수도 없는 상황이었다.
"이놈, 전문가입니다."
"살수냐?"
전호가 사내의 품을 뒤져 단서가 될 만한 것을 찾았다. 하지만 나온 것은 은자 몇 냥이 전부였다.
"살수이거나, 아니라면 그와 대등한 훈련을 받은 자가 틀림없습니다."
"우릴 노리는 자가 있단 말이지?"
이 일은 정말 의미심장한 일이었다. 만약 이번 임무에 대한 정보가 사전에 유출된 것이라면?
"지금 당장 이 일을 상부에 보고해라. 지원조에도 시체 처리하라고 연락하고."
"알겠습니다."
전호가 먼저 골목을 빠져나가고 홀로 남은 설수린이 하늘을 올려다보았다.
어찌 임무가 평화롭게 흘러간다고 했지.
시체에서 흘러나온 피가 바닥을 적시고 있었지만, 하늘은 더없이 맑고 푸르렀다.

第四章
사신투병

“설 대주 쪽에서 긴급 보고가 들어왔습니다.”

비영단 작전실의 단주 집무실로 부단주인 광진(廣晉)이 전서를 들고 다급히 들어왔다.

전서를 확인한 제갈명의 표정이 굳어졌다.

“정체불명의 조직이 끼어들었다?”

“일단 시체는 처리했습니다만, 일당을 놓친 모양입니다.”

“현장에 설 대주가 있었는데도 놓쳤어?”

“네. 그렇다고 합니다.”

제갈명의 표정이 심각해졌다. 설수린이 놓쳤다면 상대의 무공 실력이 상당하다는 뜻이었다.

“이번 일의 배후인가?”

아직은 전혀 알 수 없는 일이었다. 강호 멸망이 어떤 식으로 발생할지조차 모르는 상태였으니까.

"다른 가능성도 있습니다."

광진의 심각한 표정을 제갈명이 제대로 읽었다.

"우리 쪽에서 비밀이 새었다? 그래서 제삼의 세력이 끼어들었다?"

광진이 고개를 끄덕였다. 그는 제갈명이 가장 신임하는 수하였다. 그의 판단은 빠르고 정확했으며 냉철했다.

"우리에게서 정보가 새어나갔을 가능성은?"

"절대 없습니다."

광진의 확신은 단호했다. 비영단 내부에서 이번 일에 대해 정확히 아는 사람은 제갈명과 광진뿐이었다. 한마디로 자신은 절대 세작이 아니란 말이기도 했다.

두 사람 이외의 비영단 무인들은 왜 이화운이란 인물을 조사하는지 알지 못했다. 언제나 그렇듯 수많은 임무 중 하나로만 여기고 있었다.

"이화운을 찾아간 세 개 조 모두에게 특별히 조심하라 전하고, 후방 지원을 두 배로 늘리도록. 또 따로 작전조를 투입해서 놈들을 색출해. 그리고……."

제갈명이 의자에 몸을 깊숙이 파묻었다. 뭔가 깊은 생각에 빠질 때 그가 취하는 자세였다. 그것을 잘 알았기에 광진이 한쪽 옆에 서서 그의 결정을 기다렸다.

"비밀이 새어나갔다면 어디서 나갔을까?"

그날 예언을 들었던 사람은 모두 다섯 명이었다.

첫 번째가 무림맹주인 천무광, 일단 그는 제외하고.

두 번째가 그를 그림자처럼 따르는 호위무인 신충(申忠).

천무광이 가장 신임하는 수하이니 그도 제외하고. 무엇보다 그는 충직한 무인으로 정치할 부류가 아니었다.

세 번째로 자신도 제외하고.

그렇다면 남은 사람은 둘이었다.

그중 한 명이 전각(戰閣)의 각주 남궁정(南宮正)이었다. 전각은 무림맹에 소속된 전투 조직으로 맹주의 직속 명령을 받는 최정예들이었다.

위험한 임무를 주로 했기에 성정이 거칠고 잔혹한 손속을 망설이지 않는 이들이었다.

마지막 인물은 무림맹의 내정을 담당하는 백룡단주(白龍團主) 배구척(裵球陟)이었다.

'그렇다면 그들 둘 중에서 말이 흘러나갔다는 것인데.'

둘 다 충성심이 깊은 것으로 알려진 이들이었다. 단순한 실수로 정보가 새어나간 것이라면 다행인데, 만약 의도적으로 누출된 것이라면 정면으로 맹에 반기를 든 대죄인 것이다. 엄청난 후폭풍이 몰려올 대사건이 될 것이다.

"우선 배 단주부터 조사한다."

아무래도 조직의 성격상 전각 쪽보다는 백룡단이 조사하기 쉬웠다. 만약 둘 중 하나가 배신했다 하더라도, 그것이 백룡단주이길 바랐다. 전각은 그 자체로도 무력이 엄청났기 때문에 진압하기 어려웠고, 그로 말미암을 손실도 적지 않을 것이다. 일단 전각을 잃는 것 자체부터가 막대한 피해였다.

"은밀히, 아주 조심해서 조사하도록."

"알겠습니다."

제갈명은 처음 예언을 들었을 때 그런 느낌을 받았다.

꽝꽝 얼어붙은 호수 한가운데 서 있는 느낌. 물론 얼음이 깨지면 죽지만, 아직은 안전한 그런 상태.

그리고 바로 지금.

찌이이익.

얼어붙은 호수 바닥에 한 줄기 기다란 금이 가기 시작했다. 단 한 줄기였지만 제갈명의 마음은 불안했다. 거대한 붕괴일수록 사소하게 시작되는 법이니까.

*　　*　　*

"어머, 여기서 또 만나네요."

가죽을 파는 가게에서 이화운은 설수린을 다시 만났다.

"우리 정말 인연이 있나 봐요."

이화운은 못 본 척 시선을 외면하고, 하던 거래를 계속했다.

"얼마 주시겠소?"

사냥에서 얻은 가죽을 이곳에 내다 파는 중이었다. 십여 장 포개진 가죽은 종류가 다양했다.

"모두 합해 스물여섯 냥."

주인 사내의 말에 이화운이 주섬주섬 가죽을 챙겼다.

"이 사람아, 농담이네. 만날 보는 사이에 이깟 농담도 못 하나?"

"만날 보는 사이에 왜 이런 농담을 하시오."

"그야……."

주인 사내가 서른 냥을 건네며 히죽 웃었다.

"재미있잖나?"

"재미없소."

이화운이 주인장이 내민 서른 냥을 품에 챙겼다.

옆에서 지켜보던 설수린이 한마디 깐족거렸다.

"있는 사람이 더하다니까요."

"하하하."

"이참에 콱 거래를 끊어 버리시죠."

"그럴 순 없지. 이 엽사가 가져오는 가죽의 질이 제일 좋거든."

물론 그렇겠지. 그는 보통 사냥꾼이 아니니까.

가게를 걸어 나오며 이화운이 물었다.

"오늘은 또 무슨 일이지?"

"우연이라니까요, 우연."

"세상에 우연이 어디 있나? 그조차도 다 스스로 만든 것이지."

저 새파랗게 젊은 얼굴에 참 어울리지 않는 표현이란 생각이 들었다. 여자 이야기나 새로 나온 옷 이야기를 해야 어울릴 법한 그런 얼굴인데.

"용건만 말해."

아, 이 무뚝뚝한 인간이 뭐가 예쁘다고.

"조심하라고요. 우릴 감시하는 자들이 있어요."

일부러 찾아와서 이런 말을 해주나.

"그것뿐이야?"

"위험한 자들이에요."

이번 일은 분명 천기자의 예언과 관련이 있었다. 다시 말하면 그들의 주목적은 이화운이란 말이었다.

"솔직히 고맙죠?"

"뭐가? 위험한 자들을 불러들인 후 그것을 알려줘서?"

"내가 불러들인 것은 아니죠."

"그럼 내가 불렀나?"

그 점에 있어선 변명의 여지가 없다. 하지만 엄밀히 따지면 원인은 그에게 있었다. 그가 강호를 구할 사람이든, 혹은 단지 동명이인이든. 어쨌든 이화운이란 이름이기 때문에 일어난 일이니까.

화운(火雲), 여름날의 구름이란 뜻이다.

이름은 참 예쁜데 말이지.

"눈곱이나 떼시지. 더럽게 세수도 안 했군."

이름만 예쁘지. 이름만.

"누굴 위험에서 구하느라 바빠서요!"

바로 그때였다. 뒤에서 여인의 외침이 들려왔다.

"안 돼요!"

돌아보니 대여섯 살쯤 되어 보이는 아이가 바닥에 쓰러졌고 젊은 여인이 아이를 감싸 안고 있었다.

여인의 몸을 툭툭 발로 차는 사람은 건장한 체구의 털북숭이 사내였다.

"안 되긴 뭐가 안 돼."

여인은 아이가 다칠까 필사적으로 끌어안고 있었다.

"어르신 행차하시는 데 걸리적거렸으면 벌을 받아야지."

아마도 지나가는데 아이가 그와 부딪친 모양이었다.

"죄송해요, 애가 실수로 그랬어요. 죄송합니다."

여인의 사과에도 사내는 그냥 물러나지 않았다.

"말로만? 그럼 사람 죽여 놓고 죄송하다고 하면 그뿐이겠네?"

지나가던 무인이 그에게 말했다.

"별일 아닌데 너무 과한 것 아니오?"

그러자 털북숭이 사내가 고리눈을 뜨며 허리에 찬 도끼를 꺼냈다. 특이하게도 날이 시커먼 도끼였다.

"이게 뭔지 아나?"

검은빛의 도끼에 무인이 화들짝 놀랐다.

"설, 설마 흑부오견(黑斧五犬)?"

"이놈! 흑부오웅이시다!"

사내가 개 견(犬) 자 대신에 수컷 웅(雄)자를 대신 넣어서 소리쳤다.

상대가 누군지 알아본 무인이 머리를 부여잡은 채 뒤도 돌아보지 않고 달아났다.

근래 검은 도끼를 든 흑부오견이란 다섯 악인에 대한 소문이 파다했다. 그들은 온갖 나쁜 짓이란 나쁜 짓은 다 하고 다녔는데 잔인하고 포악한 데다 무공까지 강한 것으로 알려졌다.

털북숭이 사내는 흑부오견 중 막내인 염충(鹽充)이었다.

"어디 가, 이리 와."

염충이 그사이에 달아나려는 여인을 잡아챘다. 아이를 안은 채 여인이 엉덩방아를 찧고 넘어졌다.

지켜보던 사람들이 모두 인상을 찌푸렸지만, 감히 나서서 돕는 사람이 없었다.

"뭘 봐! 이 새끼들아! 눈깔 뽑아 버리기 전에 대가리 안 숙여?"

행인들이 시선을 외면했다. 돕고 싶었지만, 화를 당할까 두려운 것이다.

지켜보던 설수린의 눈에서 불꽃이 일었다. 그녀가 나직이 이화운에게 물었다.

"안 도와줘요?"

"응."

"무정하시네요."

그녀가 나서려고 할 때, 이화운이 말했다.

"끝까지 책임질 자신 있어?"

"저런 쓰레기 같은 놈, 단칼에 죽여 버리죠."

"넷을 더 죽여야 하는 것은 알고 죽여. 저놈을 죽이면 나머지 것들이 복수하러 오겠지. 당신이 저놈만 죽이고 떠나면, 결국 그들은 화풀이로 저들 모녀를 찾아 복수할 거야. 잔인하게 죽이겠지."

그래, 그럴 것이다. 그러니까 오견, 다섯 마리 개로 불리는 것이겠지.

"그럼 전 안 되겠네요. 그놈들을 기다릴 수는 없으니까요."

중대한 임무를 맡은 처지였다. 저런 놈들까지 신경 쓸 여유는 없었다.

염충이 여인의 얼굴을 만졌다.

"자식이 잘못했으면 어미가 죗값을 치러야지. 흐흐, 피부가 곱군."

애초에 이런 짓을 하려고 계속 시비를 걸었던 것이다. 여인은 아이에게 해를 끼칠까 공포에 질려 있었다. 대낮에 일어나서는 안 될 일이 버젓이 벌어지고 있었다.

이화운이 그쪽으로 걸어갔다.

"어디 가요?"

"도와주러."

"싫다면서요?"

"그건 여자를 건드리기 전이고."

"나머지 놈들이 복수하러 올 거라면서요? 책임질 수 있어요?"

"책임질 거야."

"뭐라고요?"

이미 이화운은 염충의 바로 앞까지 다가서고 있었다.

"이 새끼! 너 뭐야?"

처음에는 경계하던 염충이 이내 상대가 젊은 청년임을 확인하고는 긴장을 풀었다.

"후후, 힘없는 여자를 돕기 위한 정의의 협객이냐? 사람들 앞에서 악당을 해치워 보시겠다?"

"힘없는 여자인 줄은 알고 있나?"

"뭐?"

"네가 악당인 줄은 알고 있느냐고."

"이 자식이!"

놈이 사정없이 도끼를 휘둘렀다. 말 한마디 따졌다고 상대의 얼굴에 칼을 휘두르는, 놈들은 그런 놈이었다.

휘리릭.

"어?"

어느새 염충의 도끼가 이화운의 손에 들려 있었다.

퍽퍽퍽퍽!

둔탁한 타격음이 연속해서 들렸고 염충이 바로 꼬꾸라졌다.

그것으로 끝이었다.

달려가서 쓰러진 염충을 살피던 설수린이 깜짝 놀랐다. 염충은 이미 죽어 있었던 것이다.

한 방울의 피도 없는 것으로 봐서 도로 베거나 찌른 것이 아니었다. 말 그대로 빼앗은 도끼로 패서 죽인 것이다. 한데 눈에 띄는 상처가 없었다. 맞았으면 멍이라도 들었을 텐데.

대체 어딜 어떻게 팬 거지?

정말이지 이해할 수 없었다. 몇 대 툭툭 맞은 것 같은데 염충 정도 되는 고수가 죽어 버린 것이다.

이화운이 그녀를 내려다보며 말했다.

"부탁 하나 하지."

"뭐죠?"

"나머지 흑부오견이 어디에 있는지 알아봐 줘."

"그걸 내가 어떻게 알아요?"

이화운이 눈을 가늘게 떴다. 어차피 무림맹에서 나온 것을 다 아는 처지였다.

"좋아요, 알아봐 드리죠."

원래 인간관계라는 것이 주고받는 것이지. 지금까지는 그에게 신세 아닌 신세만 졌다. 한 번쯤 부탁을 들어주는 것도 앞날을 위해서 좋을 것이다.

이화운이 쓰러진 여인과 아이를 일으켜 세웠다.

"고맙습니다, 정말 고맙습니다. 은공."

"아닙니다. 뒷일은 걱정하지 마시고 집으로 돌아가세요."

지켜보던 행인들이 이화운을 보며 손뼉을 쳤다. 직접 나서서 도와주지 못한 미안함에, 그들은 더욱 크게 박수를 쳐주었다.

그게 부끄럽고 부담스러운지 이화운이 빠르게 걸어서 그곳을 빠져나갔다.

저럴 때 보면 귀엽단 말이지.

피식 웃던 설수린이 다시 시체를 내려다보았다. 그녀의 얼굴에서 웃음기가 사라지며 눈빛이 깊어졌다.

그리고 당신, 염충 정도는 한주먹 거리도 안 된단 말이지?

*　　*　　*

이틀 후.

황원길(黃元佶)이 집으로 돌아왔을 때 흑부오견이 마당에서 기다리고 있었다.

그곳에 가족들이 모두 묶인 채로 꿇어앉아 있었다.

"여보, 화아야!"

가족들 뒤에 서 있는 사람은 바로 흑부오견의 첫째인 일견 왕소평

(王小萍)이었다. 그 뒤로 막내인 염충을 제외한 오견의 세 사내가 서 있었다.

그들을 보며 황원길이 버럭 소리쳤다.

"이놈들! 이게 무슨 짓이냐?"

여섯 살 딸아이까지 묶어둔 것을 보자 황원길의 두 눈에 불꽃이 튀었다. 그가 검을 빼들고 달려들려고 할 때, 왕소평이 검으로 황원길의 아내 유씨를 겨눴다.

"검을 버려."

"안 돼요!"

부인인 유씨가 소리쳤다.

퍽!

왕소평이 검의 손잡이 쪽으로 사정없이 유씨의 얼굴을 후려쳤다.

"이놈!"

"콱 찔러서 죽여 버리기 전에 검 안 버려?"

검을 든 황원길의 손이 덜덜 떨렸다. 검을 버리면 놈들에게 당할 것이 뻔했다. 검을 버린다고 가족들을 살려준다는 보장이 없었다.

당황해서 어쩔 줄 모르는 황원길에 비해 흑부오견은 이런 일을 밥 먹듯이 겪은 자들이었다.

푹!

왕소평이 망설이지 않고 유씨의 팔을 찔렀다.

"아악!"

"다음은 애다!"

왕소평이 당장이라도 찌를 듯 위협적으로 아이에게 검을 겨눴다.

"멈춰라! 검을 버리겠다!"

더는 버티지 못하고 황원길이 검을 버렸다. 절망감에 휩싸인 황원길이 제자리에 털썩 주저앉았다.

"가족들은 모두 풀어 주시오."

왕소평을 제외한 나머지 오견들이 득달같이 달려들었다. 그들이 황원길의 검을 멀리 던져 버리고 사정없이 발길질하기 시작했다.

퍽퍽퍽!

"으아아아아아!"

황원길이 고함을 내질렀다. 몸이 아파서가 아니었다. 가족을 지키지 못하는 무기력한 자신이 원망스러웠다. 이런 상황을 만든 자신에게 화가 났다.

놈들은 만신창이가 될 때까지 두들겨 팬 후에야 황원길을 일으켜 세웠다.

왕소평이 그의 앞으로 다가갔다.

"이제 생각이 바뀌셨겠지?"

놈들이 이런 짓을 하는 것은 황원길이 가진 상단(商團)때문이었다.

흑부오견이 평생을 바쳐 키운 상단을 넘기라고 협박을 해온 것이 불과 두 달 전이었다. 경쟁 상단에서 막대한 돈을 들여 그들을 끌어들인 것이다. 그 짧은 시간에 많은 일이 있었다. 아끼던 많은 사람을 잃었고, 결국, 이런 상황까지 오게 된 것이다. 흑부오견은 스스로의 정체를 감추기 위해 눈에 띄는 검은 도끼 대신 평범한 검을 차고 나온 상태였다.

"네놈들은 천벌을 받을……."

퍽!

왕소평이 그의 얼굴을 사정없이 후려쳤다.

"알았다. 천벌은 우리가 받을 테니 주둥이 그만 놀리고, 도장이나 찍어."

그들이 서류를 내밀었다.

"지금 당장 넘기지 않으면 네 마누라는 물론이고 딸년까지 모두 기루에 팔아 버릴 것이다."

황원길이 눈물을 펑펑 쏟았다. 평생을 가꾸고 키운 상단을 이렇게 내놓아야 하는 것이 너무 억울하고 분했다.

그가 아내와 아이를 쳐다보았다. 아내의 움켜쥔 팔에서 핏물이 흘러내리고 있었다. 딸아이는 울고 있었다. 지금 이런 일을 보고 겪은 것만으로도 아이에게는 평생 잊을 수 없는 상처가 될 것이다.

바로 그때였다.

끼이이익.

문이 열리며 그곳으로 누군가 들어섰다. 그는 바로 이화운이었다. 설수린이 맹의 정보망을 이용해서 흑부오견이 있는 곳을 알려준 것이다.

"너 뭐야? 거기에 서!"

왕소평의 경고에도 이화운은 유씨와 아이가 있는 곳으로 성큼성큼 걸어갔다.

갑작스러운 등장과 자신만만한 태도에 오견은 뒤로 물러선 채 이화운이 하는 행동을 지켜보았다.

이화운이 유씨의 팔의 혈도를 눌러 지혈을 해 주었다.

스르륵.

다음 순간 유씨가 스르륵 쓰러졌다. 잠이 들게 하는 혈도인 수혈(睡穴)을 눌러 잠이 들게 한 것이다.

이화운이 다시 아이의 머리를 한 번 쓰다듬어 주었다. 아이 역시 스르륵 잠이 들었다.

"여보! 화아야!"

혹시나 해를 입은 것이 아닐까 황원길이 놀라 소리쳤다.

"걱정하지 마시오. 그들은 잠들었을 뿐이오."

"당신은 누구요?"

"그냥……, 지나가던 사람이오."

먼저 죽은 염충의 일을 생각하면 틀린 말은 아니었다.

이화운이 왕소평을 향해 걸어갔다.

"너 이 새끼! 우리가 누군지 알고!"

왕소평이 사정없이 검을 내질렀다. 상대가 젊은 데다 맨손이었기에, 이길 자신이 있었다. 주된 무공이 도끼술이었지만, 검술에도 상당한 조예가 있는 그였던 것이다.

파팟!

하지만 다음 순간, 왕소평의 손에 들려 있던 검은 어느새 이화운의 손에 들려 있었다.

"헉!"

왕소평이 겁에 질려 두 눈을 부릅떴다. 상대에게 검을 빼앗겨서가 아니었다.

자신을 응시하는 이화운의 눈빛에는 아무 감정도 들어 있지 않았다. 하지만 그 무덤덤한 눈빛을 대하는 순간, 온몸이 떨려왔다. 상대가 살기를 내뿜어서도, 혹은 험악한 욕설을 해서도 아니었다. 그냥 무서웠던 것이다.

"……살려 주세요."

나른한 눈빛에 어울리는 어조로 이화운이 대답했다.

"싫다."

푹푹!

왕소평이 그대로 뒤로 쓰러졌다. 이화운의 검이 그의 심장과 목을 연속해서 꿰뚫은 것이다.

너무 순식간에 일어난 일이어서 다른 오견들은 상황 판단을 하지 못했다. 왜 자신들보다 무공이 강한 첫째 형이 검을 빼앗겼는지, 그렇다고 왜 살려달라며 지질하게 굴고 있는지 이해할 수 없었다. 그런데 이번에는 픽 쓰러졌다.

멍하게 서 있는 그들을 향해 이화운이 성큼성큼 걸어왔다.

가장 먼저 상황을 파악한 이견이 달려들었다.

"이놈!"

그의 검을 가볍게 피한 이화운의 검이 허공을 가로질렀다.

푹푹!

이견 역시 목과 심장에서 피를 뿜어내며 쓰러졌다.

"으아아악!"

다리에 힘이 풀린 삼견이 제자리에 주저앉았고, 사견은 바닥에 잠든 유씨와 아이에게로 달려갔다.

아이에게 검을 겨누며 그가 고개를 돌렸다.

"검을……."

검을 버리지 않으면 이들을 죽이겠다는 다음 말은 이어지지 않았다. 번쩍하는 순간, 이화운이 사견의 코앞에 다가와 있었던 것이다.

푹푹!

역시 목과 심장을 관통당한 사견이 쓰러졌다.

"으아아악! 살려 주십시오!"

삼견이 검까지 내던지고 엎드려 빌었다.

이화운이 그에게 걸어갔다.

"개과천선해서 착하게 살겠습니다! 제발, 제발 살려 주십시오!"

그를 내려다보며 이화운이 차갑게 말했다.

"난 안 믿는다. 나쁜 놈들이 하는 말은. 특히 무릎 꿇고 하는 말은 절대."

푹푹!

이화운의 검은 일말의 자비도 없었다. 앞에서와 마찬가지로, 눈에 보이지 않을 만큼 빨랐다.

삼견마저 죽이고 나서야 이화운은 검을 땅바닥에 내던졌다. 그리고 두말없이 돌아섰다.

상황 판단이 안 되기는 황원길도 마찬가지였다. 어쨌든 중요한 것은 하늘이 도와 멸문을 면한 것이다. 그가 떨리는 목소리로 소리쳤다.

"은공의 성함이라도 알려 주시오!"

이화운이 돌아보지 않은 채 말했다.

"아이나 잘 달래 주시오."

"감사합니다. 정말 감사합니다."

이화운이 장원을 걸어 나왔다. 장원의 담벼락에 설수린이 팔짱을 낀 채 서 있었다.

담 위에서 조금 전의 광경을 모두 보았던 그녀였다. 이제 확신할 수 있었다. 이화운이 자신보다 고수라는 사실을. 자신도 흑부오견을 죽일 수야 있겠지만, 이화운처럼 가볍게 처치할 수는 없었다. 그는 분명 자신보다 고수였다.

고수도 보통 고수가 아니었다. 그의 동작은 달랐다. 지금까지 수많은 고수를 봐왔지만 분명 그들과도 달랐다. 하지만 어떻게 다른 건지 설명할 수 없었다. 하긴, 이런 특별한 사람이 아니었다면, 비영단의 세 후보에 들지도 못했겠지.

그녀가 지켜보고 있다는 사실을 알았음에도 이화운은 굳이 자신의 실력을 감추지 않았다. 이 정도 보여주는 것은 아무것도 아니라고 생각하는 것일까?

"무자비하신데요?"

"뭐가?"

"당신 실력이라면 한 번만 찔러도 될 텐데."

"전에도 말했지만, 만약 놈들이 운 좋게 살아남는다면……, 복수를 당하는 것은 내가 아니라고."

"아! 그래서?"

이화운이 뒤를 돌아보았다. 저 멀리서 황원길이 아내와 아이를 부둥켜안고 울고 있었다.

그래, 그의 말이 옳다. 복수를 당하는 것은 저들이 될 것이다. 악인들의 화풀이 대상은 언제나 약한 사람들이니까.

이화운이 생각하는 방식을 이제는 조금 알 것 같았다. 그는 눈앞의 현상, 그다음을 생각한다. 그리고 도와주려면 확실히, 아니면 애초에 개입하지 않는다.

돌아보니 이미 그는 저만치 걸어가고 있었다.

불그스름한 노을빛을 받아서였을까? 지평선을 향해 걸어가는 그의 뒷모습이 왠지 쓸쓸해 보였다.

아이처럼 뛰어가서 그에게 어깨동무를 해주고 싶었다. 멋졌다는 한마디 칭찬과 함께.

길게 늘어진 그의 그림자를 따라 그녀가 천천히 발걸음을 옮겼다.

"같이 가요. 정 없이 혼자 그렇게 가지 말고."

*　　　*　　　*

하얀 물거품을 일으키며 설수린이 호수로 뛰어들었다.

인적이 완전히 끊긴 그곳은 이화운의 섬이 있는 호수였다. 전번에 왔을 때 이 아름다운 곳을 눈여겨봤다.

시원하게 헤엄도 치고 몸도 깨끗이 씻고 싶었던 와중에 마침 이곳이 생각난 것이다.

그래서 이른 새벽, 아예 따로 배를 빌려서 이곳까지 왔다.

벌거벗은 그녀의 몸은 그야말로 아름다웠다. 곧게 뻗은 다리에 완벽한 굴곡을 지닌 가슴과 허리까지.

평소 짙게 하고 다니던 분장을 완전히 지운 상태였기에 그녀의 얼굴은 새벽이슬처럼 맑고 투명한 아름다움을 발하고 있었다.

그녀는 강물에 누워 하늘을 쳐다보았다. 새벽하늘은 나름의 정취가 있었다. 우울한 듯하면서도 아련한 기분이 들었다.

그래서였을까? 잊고 있었던 오래전 일이 생각났다. 아주 오랫동안 잊고 있었던 그날의 사건이.

그날은 아버지가 가족들을 떠난 날이었다.

새하얀 눈이 수북하게 쌓여 있던 날 아침, 그 이른 시간에 왜 바깥에 나와 있었는지는 기억하지 못한다.

아버지는 그때 막 집을 나서려는 순간이었다.

"아빠?"

"린아?"

아버지는 나쁜 짓을 하다 들킨 사람처럼 놀랐다. 몰래 떠나려다가 나와 마주친 것이다. 그때가 몇 살 때였더라? 여섯 살? 일곱 살?

"아빠, 어디 가?"

"일하러. 돈 많이 벌어올 테니까. 엄마 말 잘 듣고 있어."

"당과(糖菓)도 많이 사 올 거야?"

"그래, 당과도 많이 사 오마."

그까짓 과자를 사다 주겠다는 말이 뭐가 그리 좋았는지.

빌어먹을! 아버지를 마지막으로 본 그날 아침, 나는 기분이 너무 좋았다.

누군가를 떠날 때, 상대를 거짓말로 기분 좋게 하지 마라. 나중에 돌아보면 정말 기분 엿 같으니까. 그건 상대에 대한 배려가 아니다. 자신의 미안함을 모면하려는 이기심일 뿐이다.

"꼭 돌아오마."

그리고 지키지 못할 약속도.

대부분 이런 식의 이별이 그러하듯, 아버지는 끝내 돌아오지 않았다.

떠나 있는 동안 서찰 한 통 보내지 않았다. 이런저런 소문만 들려왔다. 어디서 아버지를 봤다더라, 다른 여자와 살림을 차렸다더라, 노름에 빠져 폐인이 되었다더라, 하나같이 듣기 싫은 소문들이었다.

하지만 엄마도 나도 아버지를 믿고 기다렸다.

차라리 돌아가셨다는 소식이라도 들었다면 그토록 힘들게 기다리지는 않았을 것이다.

어머니는 죽는 그 날까지 아버지를 기다렸고, 끝내 아버지는 돌아오지 않았다.

훗날 아버지에 대해 알아볼 기회가 없었던 건 아니다. 솔직히 전호에게 말 한마디만 했어도 아버지가 왜 떠났는지, 어디에서 어떻게 살고 있는지 낱낱이 알 수 있었을 것이다.

하지만 그러지 않았다. 지긋지긋한 소문들 때문이었을 것이다. 소문보다 더한 실망을 하게 될까 두려워서였을 것이다.

아버지도 사정이 있었을 것이다. 어차피 다 지난 일이었다. 아픔을 잘 승화시킨 것 같지만 그건 분명한 상처였다.
어린 시절, 화인(火印)처럼 가슴에 남겨진 상처.
그리고 상처는 언제나 어떤 결과를 내기 마련이다.

사랑 따윈…… 절대 하지 않아.

이것이 내 상처의 결과다.
나쁘지 않다고 생각한다. 언제 죽을지 모를 칼날 위의 삶, 쌈박하게 혼자 살다가 멋있게 가는 거다.

설수린은 크게 심호흡하고 공기를 빨아들인 후 물속으로 깊숙이 잠수해 들어갔다.
"푸아!"
시야에서 잠시 사라진 그녀가 호수 가장자리에 모습을 드러냈다.
그녀는 물가로 걸어 나와 몸을 닦고 옷을 입었다.
"아! 개운하다."
오랜만에 얼굴의 분장을 지웠더니 답답하던 마음이 많이 가셨다.
강물에 얼굴을 비춰보았다.
임무를 떠나 이화운에게 자신의 본래 얼굴을 보여주고 싶은 것을 보니 자신도 여자는 여자인 모양이다.
아니다, 그냥 승부욕이라고 해두자.
문득 어제의 이화운이 떠올랐다.
흑부오견을 죽일 때의 그 모습이 쉽게 잊히지 않는다.

그 빠른 움직임이. 한 치의 망설임도 없이 찔러 버리는 그 단호함이.

어쨌든 이제 다시 임무의 세계로 돌아가야 할 시간이었다.

설수린이 다시 분장을 하기 시작했다. 분도 칠하고 얼굴에 점도 찍고. 그렇게 정성껏 분장을 마쳤다. 다시 못생겨진 얼굴을 비춰보며 호숫물에 최종 점검을 마쳤다.

아! 먹고 살기 어렵다. 다들 예뻐지려고 화장을 하는데.

분장을 끝내고 돌아서던 그녀가 깜짝 놀랐다. 누군가 그녀 뒤에 귀신처럼 서 있었던 것이다.

"악!"

비명을 내지른 후에야 그녀는 상대가 이화운임을 알아차렸다.

"당신? 언제부터 보고 있었죠?"

"좀 전에."

"좀 전 언제요?"

설마 벗고 있던 모습을 본 것은 아니겠지?

그녀는 당황하면 화를 낸다. 그래서 버럭 소리를 질렀다.

"누구 마음대로 여길 와요!"

"누가 할 소리를?"

"책임져요!"

"뭘 책임져?"

"다 훔쳐봤잖아요?"

"뭐? 화장하는 것? 그것도 책임져야 할 일인가?"

설수린의 눈이 가늘어졌다. 일단 거짓말을 하는 것 같지는 않았기에 내심 마음이 놓였다.

하긴 이 사람, 숨어서 여자 몸이나 훔쳐볼 유형은 아니지.

"그 얼굴에 무슨 화장을 그리 오래 하나?"

일단 도발은 무시하고.

"화장하는 뒷모습만 본 거죠?"

"그렇다니까."

"됐어요, 그럼. 가요."

"어딜 가?"

"섬 구경시켜 주셔야죠."

"내가 왜?"

"변태처럼 음흉하게 여자를 훔쳐봤으니까요."

"그 짧은 말에 세 군데나 틀리기도 쉽지 않을 텐데."

변태도 아니고, 음흉하게도 아니고, 훔쳐보지도 않았다?

설수린이 웃음을 참으며 앞장서 걸었다.

"자, 구경 가요."

그녀가 기분 좋게 걸어가는데 뒤쪽으로 인기척이 느껴지지 않았다. 그녀가 돌아봤을 때 이화운은 이미 반대편 저 멀리 걸어가는 중이었다.

저 인간이 그럼 그렇지.

그렇다고 이대로 그냥 돌아가고 싶지 않았던 그녀는 혼자 산책하듯 섬을 둘러보았다.

섬은 생각보다 넓었고 볼만한 경치가 많았다. 한 번도 본 적 없는 신기한 꽃이며, 종달새보다 더 아름답게 지저귀는 이름 모를 새며, 신비스러운 갈대숲도 있었고, 키 큰 나무들이 좌우로 늘어선 멋진 산책로도 있었다.

그리고 섬 한가운데 그것이 있었다. 설수린은 깜짝 놀랐다.

"우아아아아!"

그곳은 성(城)이었다.

물론 무림맹의 그것처럼 거대하진 않았지만, 그렇다고 소규모로 형식만 갖춘 것도 아니었다.

웅장하면서도 멋들어진 진짜 성이었다. 가까이 가서 여기저기 구경하고 있는데 뒤에서 누군가 불쑥 말했다.

"안 가고 뭐해?"

깜짝 놀라 돌아보니 이화운이 서 있었다.

"보면 몰라요? 이런 대단한 것이 있는데 구경도 안 시켜주고."

그녀가 기웃기웃 창문 안을 들여다보았다.

"대체 여긴 어디죠? 역사에 나오는 유적인가요?"

뒤에서 이화운이 담담히 대답했다.

"내 집이다."

헐.

* * *

성 내부는 화려하고 멋있었다.

과연 이렇게 멋진 성을 개인이 소유한다는 것이 가능한 일인지 믿을 수 없었으니까.

그리고 설수린은 보았다. 안으로 향하는 긴 복도 양측에 설치된 기관 장치들을. 교묘하게 숨겨져 있었지만, 그녀의 눈을 속일 순 없었다.

그것은 분명 비영단의 지하 작전소에 들어갔을 때 보았던 것과 같은 최상급 장치들이었다. 쉭쉭쉭 하는 순간, 그냥 이승 하직이다.

다행히 작동하지 않고 있었다. 먼지가 쌓인 기관 장치를 보면서 설수린은 내심 의아한 마음이 들었다.

저 대단한 장치들을 왜 사용하지 않는 것일까? 설마 사용법을 모르는 것일까?

오늘 처음 그를 봤다면 그렇게 추측했을 수도 있을 것이다. 하지만 지금까지 봐온 그는, 절대 그런 어수룩한 사람이 아니었다.

그렇다면 결국 자신의 실력을 믿는 것일까?

"뭐해, 오지 않고?"

복도 저 끝에서 이화운이 그녀를 돌아보았다.

"아, 죄송해요. 성은 처음이라서요."

"거짓말을 잘하는군."

"거짓말이라니요?"

"무림맹에서 나왔다고 하지 않았나?"

무림맹 역시 맹주가 기거하는 곳은 성의 모습을 갖추고 있었다.

'아무나 들어갈 수 있는 곳이 아니라고요!' 라고 하기에는 자존심이 상해서.

"가보셨나 봐요?"

무심코 던진 말이 정곡을 찌른 것일까? 이화운이 화제를 돌렸다.

"당신이 이곳의 첫 방문자다."

"정말요?"

이화운이 고개를 끄덕였다.

괜히 첫 손님이라고 하니 가슴이 두근거렸다.

이거 왠지 대접받는 기분이잖아?

"왜 저를 초대하신 거죠?"

이화운이 어이없다는 표정을 지었다.

"초대? 침입이겠지."

안으로 들어서자 손님을 맞이하는 작은 공간이 나왔다. 그곳의 벽에도 역시 먼지가 수북이 쌓인 또 다른 기관 장치가 숨겨져 있었다. 정문의 그것처럼 최상급 기관 하나하나가 큰 집을 몇 채라도 살 수 있을 만큼 비싼 것들이었다.

대체 이 돈을 다 어디서 번 것일까?

그곳을 지나 문을 열고 들어가자 비로소 널따란 대청이 나왔다.

벽에 등이 걸려 있지 않음에도 실내가 대낮처럼 환했다. 사방 벽에 야명주가 박혀 있었던 것이다.

"헉!"

강호제일 부자의 침소에나 있을 야명주였다. 비영단의 작전소 벽에도 고작 조각이 박혀 있는데, 여긴 떡 하니 제대로 된 야명주가 박혀 있었다.

"하나, 둘, 셋, 넷…… 다섯!"

자그마치 사방 벽과 천장까지 다섯 개나 박혀 있었다.

돈으로 따지면 이게 다 얼마지?

설수린이 이화운의 코앞으로 얼굴을 가져갔다.

이화운이 뒤로 몸을 피했다.

"왜 이래?"

"얼굴 좀 똑똑히 보려고 그래요. 혹시 무림맹에서 수배 중인 도적이 아닌가 하고."

도둑도 그냥 좀도둑이 아니라 대도겠지.

"돈 많은 사람은 다 도둑인가?"

"너무 젊어서요."

"물려받았을 수도 있잖아?"

무섭게 그를 노려보던 설수린이 인상을 풀며 말했다.

"아! 부러워요. 부자 아버지."

이화운이 피식 웃었다.

내부 장식들도 화려했다. 대청 가운데 십여 명이 앉을 수 있는 고급스러운 원목 탁자가 놓여 있었고 사방 벽으로 장식장들이 있었다.

비싸 보이는 도자기나 그림들이 가득 장식되어 있었는데, 그쪽으론 무지해서 그것들이 얼마나 비싼 것인지는 알 수 없었다.

그때 구석에 놓인 상자 하나가 그녀 눈에 띄었다. 상자에 몇 가지 무기들이 아무렇게나 꽂혀 있었는데, 무심코 지나치던 그녀의 시선을 잡아끄는 것이 있었다.

"설마 이거? 백호검(白虎劍)?"

그것은 한 자루의 검이었는데 손잡이에 호랑이 문양이 새겨져 있었다.

백호검은 강호에 이름난 명검으로 돈으로 그 값어치를 따질 수 없는 귀한 검이었다.

"이것을 어떻게 당신이?"

그뿐만이 아니었다.

"헉! 설마 청룡도(青龍刀)?"

손잡이에 푸른 용 문양이 그려져 있는 한 자루의 도. 그것 역시 백호검과 마찬가지로 일반 병기들은 무 자르듯이 싹둑 잘라 버리는 엄청난 보도였다.

그 뒤에 세워진 한 자루의 창. 놀랍게도 그것은 주작창(朱雀槍)이었다.

짧은 단창 두 개를 합체해 사용하는 그것은 창을 다루는 이들이라면 꿈에서라도 한번 가지고 싶어 하는 창중지왕(槍中之王)이었다.

그렇다면 마지막 장갑이 무엇인지 답이 나왔다.

"현무갑(玄武匣)."

그것은 바로 권법가의 주먹 힘을 몇 배로 키워주는 보물이었다.

동청룡, 서백호, 남주작, 북현무의 네 신의 이름을 따 온 이 병기들은 강호에 사신투병(四神鬪兵)으로 알려진 것들이었다. 각각의 분야에서 일이등을 다투는 절대신병들. 이것들이 왜 사신투병으로 묶여서 따로 분류되었는지는 그녀 역시 자세히 알지 못했다.

어쨌든 그 엄청난 네 개의 병기가 상자 속에, 그것도 먼지가 쌓인 채 있었다. 내다 팔면 삼 대가 흥청망청 돈을 써대도 다 쓰지 못할 것이다.

"가지고 싶나?"

그 말에 깜짝 놀란 설수린이 이화운을 향해 돌아섰다. 가지고 싶다면 금방이라도 다 내 줄 것 같은 얼굴로 이화운이 서 있었다.

설수린이 희미하게 웃으며 말했다.

"강호에 이런 말이 있죠. 그것을 지킬 능력이 없는 사람이 보물을 가지면 결국 화(禍)를 부른다. 신병이기의 주인이 자주 바뀌는 것도 그런 이유 때문이죠."

이화운을 바라보는 그녀의 눈빛은 더없이 맑고 깊었다.

"그래서 안 가지겠다고?"

순간 진지했던 그녀의 표정이 풀어지며 울상을 지었다.

"꼭 그런 것은 아니고요. 사람이 왜 그래요? 생각할 시간을 주셔야죠."

이화운이 성큼성큼 다가와서 백호검을 들어서 그녀에게 내밀었다.

"검 쓰지? 가져."

"이거 시험이죠?"

"그렇다면?"

"왜 이리 사람이 못됐어요?"

"안 가져?"

"네. 안 가져요."

그녀가 피식 웃으며 대답했다. 그와 장난을 쳤을 뿐, 사실 처음부터 정해져 있던 대답이었다.

"기회를 놓치는 어리석은 년 말고, 그냥 욕심 없는 년 정도로 봐주시길."

"진심이야?"

"젊어 보인다면서요? 실제로도 나 젊어요. 젊으니까……."

그래서 거절할 수 있다. 젊으니까.

"제힘으로 얻어요. 보는 것만으로도 가슴이 설레는 것들인데. 제힘으로 얻을 기회를 내가 왜 버려요? 그 기쁨이 얼마나 클 텐데."

이화운이 희미하게 웃었고, 그녀도 따라 웃었다.

"한데 어디서 난 거죠?"

"내 것이 아니다."

"네? 그런데 왜 나를 준다고?"

"당신이 가진다고 하면 못 준다고 했을 거다."

"뭐라고요!"

어이없다는 표정으로 그녀가 한마디 하려는데, 이화운이 먼저 말했다.

"당신이 거절할 것을 알았지."

"……!"

두 사람의 시선이 허공에서 얽혔다.

"거 참, 할 말 없게 만드시네."

따지지 못하는 것은 기분이 좋아서였다. 그가 자신을 믿어줬다는 사실에 기쁜 것이다.

그녀가 어깨를 으쓱하며 말했다.

"하긴, 내가 좀 멋지긴 하죠."

"기다려. 먹을 것 좀 가져올 테니까."

이화운이 문을 열고 사라졌다.

"다 훔쳐가 버릴 거예요!"

혼자 남은 설수린이 탁자에 턱을 괴었다. 생각이 많아진 것이다.

사신투병의 주인들은 따로 있다고 했다. 한 사람일 수도 있고, 네 사람일 수도 있다. 과연 그들이 보통 사람들일까? 아닐 것이다. 그런데 어떻게 그런 대단한 사람들의 병기를 보관하고 있는 것일까?

설마 뺏은 것은 아니겠지?

문득 설수린은 이전에 오두막에서 보았던 검을 떠올렸다. 혼자 울었던 바로 그 검.

분명, 이 네 개의 병기를 모두 합쳐도 그 하나에 미치지 못했다. 그냥 봤을 때는 단순히 대단한 검이란 생각만 들었다.

하지만 오늘 다른 신병이기(神兵異器)들을 보니, 그 검이 얼마나 대단한 것인지 알 수 있었다. 애초에 비교조차 되지 않을 정도였다.

원래라면 이 모든 것을 보고해야 했다. 이 성에 대한 것도, 저 사신투병도, 침상 아래의 그 검도.

하지만……, 그녀의 본능이 왠지 그래선 안 될 것 같다고 속삭였다.

그는 자신에게 모든 것을 보여주고 있었다. 물론 그것이 그의 전부는 아니겠지만.

오두막도, 섬도, 성도. 여러 병기와 심지어 그의 무공까지. 그가 굳이 숨기려 했다면 그 어느 것도 쉽게 볼 수 없었을 것이다. 이유를 알 수는 없었지만, 그는 분명 자신에게 호의를 베풀고 있었다.

왜일까?

어쨌든 그런 그인데……. 홀랑 다 상부에 보고해? 그건 또 내 방식이 아니지.

그때 이화운이 차와 간단한 간식거리를 가지고 나왔다. 복잡한 속

마음을 감춘 채 그녀가 웃으며 물었다.

"당과도 있죠?"

第五章
백안사

天下第一

울창한 대나무 숲으로 방갓을 눌러쓴 사내가 들어섰다.

그는 일전에 설수린에게 암기를 던지고 사라졌던 바로 그 사내였다. 방갓 아래 그의 얼굴은 각지고 날카로운 인상이었는데 전형적인 무인의 얼굴이었다.

그를 기다리고 있던 사람은 일남일녀의 두 사람으로 놀랍게도 그들은 대나무 잎 끝에 서 있었다.

그 가는 대나무 잎에 서 있는 것만으로도 그들이 얼마나 대단한 고수인지를 알 수 있었다.

여인은 육감적이고 관능적인 매력이 흐르는 미인이었다. 고혹적인 붉은 입술과 길게 찢어진 두 눈은 그녀를 남자를 유혹해 파멸에 빠뜨릴 치명적인 매력의 여인처럼 느껴지게 했다. 여인의 허리에는 주 무기로 사용하는 채찍이 걸려 있었다.

그에 비해 사내는 보통 사람의 두 배는 됨직한 몸집을 지녔는데, 빡빡 깎은 대머리에 우람한 체구가 흡사 소림사의 금강동인(金剛銅人)을 연상하게 했다. 덩치에 걸맞은 광폭한 분위기였지만 권법을 사용하는지 병장기는 착용하지 않았다.

여인이 차가운 미소를 지으며 사내를 내려다보았다.

"실수했더군, 십삼호(十三虎)."

번호를 부를 때의 호(號)가 아니었다. 호랑이 호자로, 열세 번째 호랑이란 뜻이었다. 그들은 호랑이를 상징으로 삼고, 번호로 상대를 부르는 신비 조직의 일원이다.

"죽을죄를 지었습니다. 부디 용서를."

십삼호가 땅바닥에 무릎을 꿇었다. 고개를 숙인 그의 눈동자가 두려움에 떨고 있었다.

"구호(九虎)님, 부디 용서를!"

여인이 구호였고, 뒤에 선 덩치 사내가 십호(十虎)였다.

십호의 몸에서 싸늘한 살기가 흘러나왔다. 당장에라도 달려들어 그 거대한 주먹으로 십삼호의 얼굴을 날려 버릴 것만 같았다. 그가 서 있던 대나무 잎이 아래위로 흔들렸다.

구호가 손을 들어 제지했다. 그러자 십호가 살기를 가라앉혔고 흔들리던 잎이 다시 움직임을 멈췄다.

"이번 한 번은 용서하지."

"감사합니다. 감사합니다."

십삼호가 몇 번이고 땅바닥에 머리를 조아렸다.

"명심해라. 앞으로 또다시 실수하면 그것이 너의 마지막이 될 것이다."

"명심하겠습니다."

내심 안도하며 십삼호가 자리에서 일어났다.

구호가 눈빛을 예리하게 발하며 나직이 말했다.

"상부에서 이화운을 제거하라는 명령이 내려왔다."

십삼호의 얼굴에 긴장감이 감돌았다. 이제 진짜 작전이 시작되는 것이다.

"제게 맡겨주십시오."

"그럴 필요 없다. 이미 칼은 뽑혔다."

칼이 뽑혔다는 말은 그를 죽일 자들이 이미 나섰다는 뜻이었다.

"어딥니까?"

"망향곡(望鄕谷)."

그들은 강호에서 열 손가락에 드는 살수 집단이었다.

"너는 뒤에서 그들의 일 처리가 제대로 되었는지만 확인해라."

"알겠습니다."

"뽑힌 칼은 모두 셋."

구호가 혓바닥을 내밀어 붉은 입술을 핥았다.

"무림맹이 찾아낸 세 이화운은……."

휘리릭.

구호와 십호가 동시에 몸을 날렸다. 댓잎을 박차고 날아오른 두 사람의 신형이 새처럼 날아 순식간에 그곳에서 사라졌다.

오직 구호가 남긴 말만이 메아리치며 갈대숲을 맴돌았다.

"오늘 모두 죽는다."

* * *

"그날 이후, 놈들이 자취를 감췄습니다."

과연 전호의 보고처럼 주위를 감시하는 자들은 완전히 사라졌다.

"피라미들이 아니란 뜻이지."

꼬리가 밟히자 곧장 끊어내고 자취를 감춘 것이다.

지금 이 시간에도 비영단의 작전조가 놈들을 추적하고 있지만, 놈들을 잡기는 쉬워 보이지 않았다.

그날 놓쳤던 사내를 떠올렸다.

그만 해도 상대하기가 쉽지 않은 자였다. 그보다 더 고수가 등장하지 말라는 보장이 없다. 제아무리 후방의 든든한 지원이 있다고 하더라도 죽음은 아차 하는 순간에 벌어지는 일이다.

"조심해. 방심하면 한 방에 간다."

만약 놈들이 이번 일의 내막을 제대로 알고 들어온 것이라면? 짐작하건대 절대 이대로 물러날 리 없었다.

"알겠습니다."

전호가 진지하게 대답했다. 그 역시 많은 작전 경험이 있었다. 정체불명의 놈들이 등장함으로써 이번 일이 본격적으로 위험해졌음을 피부로 느끼고 있을 것이다.

"그나저나 섬에 다녀오셨다고요?"

"응."

"어땠습니까?"

"돈 겁나게 많더라."

"완전 부러운데요?"

전호가 장난으로 그 말을 받았다.

"부럽지."

설수린의 눈빛이 깊어졌다. 성이나 침상 아래의 검 이야기도 꺼내지 않았다. 그녀는 일단 그런 사실들을 보고하지 않기로 마음먹은 것이다.

"일단 그렇게 중간보고 하겠습니다."

"거기에 한 가지 더."

"뭡니까?"

"그는 고수다. 나보다도 더."

모든 것을 다 감출 수는 없었으니 무공 수위는 정확히 보고해야 했다.

"정말입니까?"

전호가 깜짝 놀랐다. 비록 나이는 어렸지만, 설수린의 무공 실력은 절정에 이르러 있었다. 말이 쉬워 절정 고수지, 보통 사람은 평생을 수련해도 도달하기 어려운 경지였다.

"직접 상대해 보신 겁니까?"

설수린이 고개를 내저으며 말했다.

"다른 자와 싸우는 것을 봤다."

"아, 그 흑부오견요? 그럼 잘못 보셨을 수도 있죠."

"그래, 잘못 봤다."

"그러시면서 왜 과대평가하십니까?"

"그의 움직임이 너무 빨라서 제대로 못 봤다고."

그제야 전호의 표정이 심각해졌다. 절정 고수인 그녀가 상대의 수법을 알아보지 못했다는 것은 믿기 어려운 일이었다.

"우리가 찾은 이화운이 강호를 구할 그 이화운일 수도 있군요."

"어쩌면."

"알겠습니다. 일단 그의 무공 수위까지 보고하겠습니다."

설수린은 다른 쪽의 이화운이 궁금했다. 그들도 이곳 중경의 이화운처럼 특별할까? 과연 이보다 더 특별할 수 있을까?

과연 알 수 없는 일이었다.

"한데 어디 가시려고요?"

전호가 자신을 따라 방을 나서는 그녀에게 물었다.

"그 사람하고 사냥을 가기로 했어."

"오호?"

"내 치명적인 매력에 빠져든 거지."

사실은 억지를 부렸다. 사람을 시험했으면 그에 따른 보상을 해야 하는 게 아니냐고. 여기가 바로 인격 말살의 현장이라고. 한바탕 진상을 떨며 시끄럽게 굴었더니 그가 결국 같이 사냥을 가는 것을 허락했다. 물론 딱 한 번이라는 단서를 내걸었지만.

외부 세력이 개입한 이상, 이화운과 더 많은 시간을 함께 보내며 가깝게 지내야 했다.

안 봐도 척이었기에 전호가 사뭇 진지하게 말했다.

"조심하십시오."

"뭘?"
"그자의 화살 말입니다."
"응?"
"저라면 이번 기회에 그냥."
이 자식을!
설수린이 전호의 뒤통수를 때리려 했다. 하지만 그는 재빨리 그 손길을 피해 저 멀리 달려갔다.
"하하. 그에게 조심하라고 전해 줘요. 호랑이보다 더 무서운 것이 여자라고."

*　　*　　*

"여자가 무서운 것이 아니라, 마음에 상처 입은 여자가 무서운 법이죠."
이화운의 뒤를 따라 걸으며 설수린이 종알거렸다.
"여자는 사소한 데 감동한다고요? 그건 여자뿐만 아니라 사람이라면 다 그렇죠. 여자는 사소한 데 감동하는 것이 아니라 특별한 것에 감동하죠. 그 감동에 돈이 많이 들고 말고는 중요하지 않아요. 그것이 얼마나 특별한지가 중요하죠."
……라고 언젠가 전호가 말했다.
물론 녀석의 말이 모두에게 해당하는 것은 아니겠지만, 어쨌든 녀석의 여자를 사귀는 기술만큼은 절정 고수쯤 된다고 볼 수 있었다.
자신에게 거절당한 이후, 전호는 '삐뚤어질 테다.'를 가슴에 써 붙인 철부지처럼 여자들을 만나고 다녔다. 외모를 꾸미기 시작한 것도 그때부터였다.

"제 말 듣고 있어요?"

여전히 이화운은 아무 대꾸도 하지 않고 걸음만 옮기고 있었다. 설수린이 도발을 감행했다.

"사귀는 사람 없죠? 하긴 그 성격에…… 당연히 없겠죠. 설마 한 번도 여자를 안 사귀어 본 것은 아니죠?"

그제야 이화운이 발걸음을 멈추며 말했다.

"입 안 아픈가?"

이제야 돌아보시는군.

설수린이 희미하게 웃으며 말했다.

"그거 안 무거워요?"

그는 꽤 무거워 보이는 활과 화살통을 둘러메고, 허리에 작은 단도를 찼다. 흑부오견을 상대하던 실력을 봤을 때, 호랑이도 맨손으로 때려잡을 그였다.

"하긴 무거운 것 좋아하시죠."

슬쩍 침상 아래 검을 언급했지만, 이화운은 아무 반응도 하지 않았다.

"우리 어디까지 가야 하죠?"

"아직 멀었다."

다시 이화운이 돌아섰다. 설수린이 그의 걸음을 유심히 살폈다.

분명 내공을 사용하지 않고 있어.

그러고 보니 흑부오견을 상대할 때도 그는 내공을 사용하지 않은 것 같았다.

그깟 일에 내공을 쓸 필요가 없다는 것일까?

알 수 없는 일이었다.

그렇게 한 시진가량을 더 걸었다. 그녀 역시 내공을 사용하지 않고 걸었다.

그 결과 그녀의 체력은 바닥났다. 산에 익숙한 노련한 약초꾼도 쉽지 않은 험난한 산행이었다.

"이런 말 하기 싫지만…… 잠시 쉬었다 가요."

그녀가 헉헉대며 말하자 비로소 이화운이 발걸음을 멈췄다.

"반 각만 쉬지."

이화운이 바위에 걸터앉자, 설수린은 그 옆에 아예 큰대자로 드러누웠다.

"아아, 힘들다!"

내공을 사용하지 않고 따라온 것은 일종의 오기였다. 중간에 몇 번이나 내공을 사용하고 싶었지만, 그런 식으로 지는 기분이 드는 게 싫었다.

아! 이 쓸모없는 승부욕이란.

남자들에게 지지 않으려고 이를 악물던 습관 때문이었다. 남자들 중심의 강호에서 여인이 성공하기란 정말 쉽지 않았다. 무림맹을 떠나기 전, 진천대주와 싸움을 벌였던 이유도 결국 자신을 여자라고 만만히 보았기 때문이었다.

어쨌든 체력으로는 완벽하게 이화운에게 졌다. 그것도 완패였다. 이화운은 이곳에 도착하는 순간까지 숨소리 한 번 거칠게 내쉬지 않았다.

설수린이 누운 채로 물었다.

"우리 사냥은 언제 해요?"

"사냥감이 있어야 하지."

"사냥감을 찾을 때까지 마냥 이렇게 산속을 헤매는 것인가요?"

"그게 사냥꾼이 주로 하는 일이지."

"당신, 솔직히 말해 봐요. 나 골탕 먹이려고 이러는 거죠? 일부러 사냥감 없는 곳으로만 끌고 다니는 거죠?"

"그게 더 어렵겠다."

그녀가 피식 웃었다. 이렇게 누워 있으니 나른했다.

눈꺼풀이 무거워지며 잠이 솔솔 왔다. 이화운 옆에 있으니 마음이 편안해져 긴장이 풀렸다.

그러나 그 안락함만큼이나 큰 경계심이 생겼다.

그녀는 이 강호가 절대 호락호락하지 않다는 것을 경험으로 알고 있었다.

언제나 배신을 하는 사람이 마지막에 보이는 것은 따뜻한 미소다. 상대를 안심시키는 말이고, 기분이 좋아지는 말이다. 이런 포근하고 편안한 마음은 경계해야 한다.

절대 남을 믿어선 안 돼!

강호를 살아가는 그녀의 첫 번째 인생철학이다.

언제 봤다고 이 사람을 믿나? 방심하지 마, 설수린!

그녀가 마음을 다졌다. 말이 삐딱하게 나간 것은 그래서일 것이다.

"당신은 굳이 일하지 않아도 되잖아요? 돈도 많은데. 취미로 일하기, 이거 재수 없다고요."

꽤 기분이 나쁠 수도 있는 말이었지만 이화운은 그냥 흘려들었다.

"아! 난 언제쯤 한가롭게 살 수 있을까요?"

"일 년 내내 논다면 그 삶도 무미건조해질 거야."

"……."

어쩌면 그럴지도 모르겠다는 생각이 들었다. 가지지 못한 것이기에 간절히 가지고 싶은 것이겠지.

"사람이 일을 해야지. 재수 없는 취미일지라도 말이지."

남자가 뒤끝은.

"사냥 말고 다른 일도 많잖아요?"

"예를 들면?"

잠시 사이를 두고 설수린이 진지한 눈빛으로 말했다.

"강호를 구한다거나."

이화운이 고개를 돌려 그녀를 응시했다. 황당한 반응 대신 그가 진지하게 물었다.

"내가 그런 대단한 사람처럼 보이나?"

"그런 사람이 어떤 사람인지 몰라서요."

두 사람의 시선이 허공에 얽혔다. 지금 이 순간, 설수린은 이화운이 어떤 생각을 하고 있는지 알 수 없었다. 분명 저 맑고 깊은 눈에 많은 생각과 감정들이 담겨 있는데.

"반 각 지났다. 이만 가자."

"안 돼요! 조금만 더 쉬어요!"

설수린은 다시 벌러덩 드러누웠다.

"일어나."

그러면서 이화운이 손을 내밀었다.

"흥! 좋아요. 대신 사냥감 못 찾기만 해 봐요. 오늘 여우, 아니지, 호랑이 잡아요. 잡을 때까지 절대 내려가지 말자고요!"

그녀가 일어나려고 이화운의 손을 잡던 그 순간.

바로 그때, 어떤 장면이 스쳐 지나갔다.

예전에 봤던 그 장면이었다.

이화운을 처음 만났을 때 보았던 그 장면.

비좁은 복도……, 흔들리는 시야.

장면 속의 그는 저 앞으로 보이는 문을 향해 걸어가고 있었다.

자신이 그가 되었기에 느낄 수 있었다. 그의 감정이 가파른 절벽을 구르고 있다는 것을. 분노하고 있음을. 슬퍼하고 있음을.

그렇게 문 앞에 도달했다.

좌우로 복도가 있었고 그곳에도 이런 문이 있었다. 음침한 분위기.

사내가 손을 내밀어 정면의 문을 열려고 하는 그 순간.

덜컹!

좌측 복도 끝의 문이 활짝 열렸다.

그리고 그곳에서 무엇인가 쏟아져 날아왔다.

쉭쉭쉭쉭쉭쉭쉭쉭쉭쉭쉭!

그것은 수십 발의 강침이었다. 빠르고 강한, 복도를 가득 덮은 그것을 피할 공간은 절대 없었다.

온몸의 털이 곤두서는 그 순간이었다.

"아악!"

그녀가 짤막한 비명을 내지르던 순간, 장면이 사라졌다. 동시에 이화운이 그녀의 몸을 확 잡아당겼다.

팍팍팍팍팍!

그녀가 있던 자리에 비수가 날아들어 박혔다.

이화운이 자신을 잡아당겨 날아든 암기를 피하게 해 준 것이다.

그녀는 침착하게 상황부터 살폈다.

바위에 박힌 다섯 자루의 비수.

상대는 바위에 비수를 박아넣는 것으로 자신의 강함을 증명했다.

이십여 걸음 떨어진 곳에서 모습을 드러낸 사내.

호랑이보다 백 배는 더 강해 보이는 그가 방갓을 푹 눌러쓴 채 천천히 걸어왔다.

*　　　*　　　*

왜소한 체구의 그는 일반 무인들보다 훨씬 강한 살기를 내뿜고 있었다.

살기 속에 독특한 기운이 섞여 있었다.

그것은 음울하고 날카로웠다. 색으로 따지면 붉은색이고, 맛으로 따지면 시큼한 맛이 난다고 할까?

그리고 설수린은 이 강호에서 어떤 사람들이 그런 기운을 풍겨내는지 정확히 알고 있었다.

살수!

자객이라고도 불리는 그들은 돈을 받고 사람을 죽이는 잔혹한 자들이었다.

설수린은 긴장했다. 그가 살수라서 긴장한 것이 아니라, 살수가 당당히 모습을 드러내서 긴장했다.

언제나 살수들은 숨어서 기회를 노린다. 청부 대상이 잠이 들 때나, 뒷간에 가기를, 혹은 갈증이 나서 물 한 모금 얻어먹을 그 순간을. 이렇듯 살수는 기습에 특화된 이들이다.

원래라면 앞서 던진 비수가 빗나갔을 때 그의 선택은 두 가지일 것이다.

두 번째로 준비된 암습을 가하거나, 두 번째가 없다면 그냥 물러가거나.

그런데 그가 당당히 모습을 드러냈다는 것은 단 하나, 실력에 자신이 있다는 뜻이리라.

그녀가 이화운을 돌아보았다. 조심하라는 경고를 해주려던 그녀가 입을 다물었다. 이화운은 조금도 긴장한 기색이 아니었던 것이다.

그러게. 누가 누굴 걱정해.

설수린이 바위에서 내려섰다. 그녀는 침착했다. 상대가 강적일수록 침착해야 한다는 것, 싸움에서 가장 중요한 철칙 중 하나였다.

기도로 볼 때 그는 특급으로 분류된 살수가 틀림없었다. 강호의 고수를 죽이는 특급살수.

사내가 방갓을 벗자, 애꾸 노인이 모습을 드러냈다. 그는 하얀색 안대를 하고 있었는데 특이하게도 그 안대에 똬리를 튼 뱀이 그려져 있었다.

그것을 확인한 순간 설수린의 표정이 굳어졌다.

"망향곡주(望鄕谷主) 백안사(白眼蛇)!"

"날 알아보는가? 어린 계집이 제법이군."

강호에 이름난 살수 집단의 주인이 직접 모습을 드러낸 것이다.

"그뿐만이 아니지."

"또 무엇을 알지?"

"돈이라면 여자든 아이든 가리지 않고 죽이는 비정한 개새끼란 것도."

"하하하, 맹랑한 년이로다."

웃음을 뚝 그친 백안사가 싸늘히 말했다.

"사람을 죽이는 데 돈 말고 다른 이유도 필요한가?"

백안사가 살수가 된 것은 열세 살이었다. 이후 오십 년을 오직 사람을 죽이는 일만 하며 살아왔다.

그리고 그는 고향을 그리워하는 자들의, 하지만 영원히 고향에 돌아갈 수 없는 자들이 모인 그곳, 망향곡을 세웠다.

"돈을 준다는데 애면 어떻고 여자면 어떻단 말이더냐?"

"이번에는 얼마에 팔려왔지?"

"충분히 받았다."

하긴 그랬으니 저 늙은이가 몸소 기어 나왔을 것이다. 이번 일의 배후가 단순하지 않다는 것을 알 수 있는 대목이었다.

망향곡주인 백안사를 불러냈다면 막대한 청부금을 들였을 것이다.

살수를 동원하는 이유는 간단하다. 강호에서 가장 입이 무거운 자들이 바로 조직에 속한 살수들이었으니까. 입이 가볍다는 소문이 퍼지면 그 살수 집단은 그날로 문을 닫아야 한다. 그런 곳에 청부할 사람은 아무도 없을 테니까. 망향곡 역시 청부자에 대한 비밀 엄수로 유명한 곳이었다. 하물며 그 곡주라면? 어쨌든 백안사를 움직인 배후 세력은 막대한 금력(金力)을 소유하고 있었다.

그녀가 표정을 풀며 부드러운 어조로 물었다.

"우리 중 누구를 죽이러 온 것이죠?"

"그건 왜 묻지?"

"청부 대상이 제가 아니면, 전 그냥 보내달라고요."

"뭣이?"

백안사가 어이없다는 표정을 지었다. 설수린은 아주 공손한 눈빛으로 한술 더 떴다.

"전 오늘 아무것도 못 봤어요. 맹세해요!"

백안사가 어이없다는 표정으로 웃었다.

"그리고 이렇게 예쁜 여자가 죽으면 강호의 큰 손실이지 않겠어요?"

"재밌는 년이군."

아주 잠깐 백안사가 방심하는 순간.

쉬이이이익!

쨰앵!

바람 소리와 쇳소리, 그 결과 저 멀리 날아가는 한 자루의 비수.

설수린이 백안사를 향해 기습적으로 비수를 던졌고, 그것을 백안사가 검으로 쳐낸 것이다.

그녀가 아쉬운 표정으로 입맛을 다셨다.

"역시 안 통하는군."

"감히 날 기습해? 살 생각은 말아야 할 것이다."

백안사가 싸늘한 살기를 뿜어내자 그녀가 비웃으며 말했다.

"늙어서 어인 지랄이세요. 원래부터 죽이려고 그랬잖아요."

살수가, 그것도 백안사쯤 되는 자가 목격자를 살려둘 리는 절대 없었다.

그녀가 뒤를 돌아보며 이화운에게 말했다.

"어떻게 좀 해 봐요."

"어떻게?"

그러자 설수린이 이화운의 등 뒤로 물러났다.

"거기 앞에서 저 늙은이의 무서운 눈빛을 마주하고 서 있으면 생각이 날 거예요."

겉으론 여유로워 보였지만, 사실 그녀는 바짝 긴장하고 있었다. 분명 자신의 실력으론 백안사를 감당할 수 없었다.

하지만 한 가지 변수가 있었다.

바로 이화운이었다. 과연 백안사가 이화운의 무공 실력을 정확히 파악했을까? 아니기를 바랄 뿐이다. 만약 그렇다면 승산이 있었다.

백안사가 천천히 다가왔다.

"너희가 어떤 수를 쓰더라도, 오늘이 너희 제삿날임은 변하지 않을 것이다."

그녀가 빠르게 이화운에게 전음을 보냈다.

『제가 놈의 왼쪽 어깨를 공격하겠어요. 당신은 오른쪽 다리를 기습해요.』

둘 중 하나만 성공한다면 해볼 만한 싸움이 될 것이다. 쉽지 않겠지만, 반드시 해내야 했다.

그의 등 뒤에서 전음을 보냈기에 입술을 달싹거리는 것을 감출 수 있었다.

"그러지."

이화운의 대답에 다가서던 백안사가 흠칫 놀랐다.

더 놀란 것은 설수린이었다. 그녀가 어이없어하는 표정으로 말했다.

"그냥 큰소리로 다 말해 줘요! 우리 작전을!"

작전 변경.

어차피 자신이 전음을 보낸 것을 들킨 상황이었다. 차라리 이렇게 된 이상, 어수룩한 인상을 줘서 방심을 유도하려는 것이다.

하지만 백안사는 자신의 말을 듣고 있지 않았다. 그는 이화운을 뚫어질 듯 노려보고 있었다.

"그 목소리, 어디선가 들어본 적이 있다."

이화운은 아무 대답도 하지 않았다.

"너! 날 본 적 없느냐? 어디선가 우리는 분명 만난 적이 있다."

백안사는 기억력이 좋았다. 인상적으로 만났던 사람을 결코 잊는 법이 없었다. 분명 조금 전의 그 목소리는 귀에 익었다.

생각날 듯 말 듯, 생각이 나지 않았다. 보통 이런 경우는 찝찝한 것으로 끝나야 하는데, 이번은 그렇지 않았다. 머릿속의 궁금함이 발목을 잡았다.

시간을 더 끌지 말고 대상을 없애 버려야 하는데, 발걸음이 떨어지지 않았다.

그의 본능이, 평생을 함께하며 숱한 위기에서 그를 구해줬던 생존 본능이 외치고 있었다.

반드시 알아내야 한다고.

그때 그곳으로 일단의 무인들이 모습을 드러냈다. 경쾌한 경공술로 도착한 삼십여 명의 무인들, 그들을 보자 설수린의 표정이 환하게 밝아졌다. 그들은 바로 비영단의 지원 무인들이었던 것이다.

그 선두에 전호가 있었다.

"괜찮으십니까?"

그들의 등장에 백안사는 낭패한 표정을 지었다. 이화운이 누군지 떠올리려다 일을 그르친 것이다.

"오늘은 이만 물러가지."

따라올 테면 따라오라는 듯 백안사가 당당히 땅을 박차고 날아갔다.

"뒤쫓지 마라!"

설수린의 명령에 무인들이 제자리를 지켰다.

한곳에서 합공을 해도 희생자가 다수 나올 강적이었다. 하물며 대책 없이 우르르 뒤쫓다가는 결국 각개격파 당해 전멸하고 말 것이다.

설수린이 안도의 한숨을 내쉬며 전호에게 걸어갔다.

"어떻게 알고 왔지?"

'제가 누굽니까' 로 시작하는 농담이 나올 상황이었는데, 전호의 표정은 심각했다.

한옆으로 그녀를 데려간 후, 전호가 속삭였다.

"섬서(陝西)의 이화운이 암습을 당했습니다."

순간 설수린의 표정이 심각하게 굳었다.
"누구에게?"
"살곡(殺谷)이랍니다."
살곡 역시 망향곡과 마찬가지로 강호에서 열 번째 손가락에 드는 살수 집단이었다.
"그래서?"
"그쪽 이화운이 살수들을 모두 없앴답니다. 죽은 자 중에는 살곡의 부곡주도 포함되어 있답니다."
"그래?"
역시 그쪽 이화운도 만만치 않다는 것인가?
"호북(湖北) 쪽 이화운은?"
"아직 그쪽 소식은 듣지 못했습니다. 섬서와 우리가 암습을 받았다면 그쪽도 마찬가지 아니겠습니까?"
"그렇겠지."
"맹에서 새로운 명령이 내려왔습니다."
"데리고 들어오라지?"
"네, 당장 이화운과 함께 귀환하라는 명령입니다."
설수린의 눈빛이 깊어졌다.
"그렇겠지."
처음 맹을 나설 때는 그냥 바람이 부는 줄 알았다.
강호 멸망이니 뭐니 하는 말들이 크게 와 닿지 않았으니까.
하지만 한날한시에 망향곡과 살곡을 움직이는 상대가 있음을 확인하고 나니 비로소 알 수 있었다.

그 바람은 모든 것을 휩쓸어 버릴 거대한 해일에 앞선 산들바람에 불과했다는 것을.

강호를 휩쓸어 버릴 태풍이 오고 있었다.

어쩌면 이미 그 태풍의 눈에 들어 있는지도 모를 일이었다.

*　　*　　*

한 시진 후, 설수린은 이화운의 오두막을 두드리고 있었다.

"문 좀 열어요."

비영단의 지원조는 인근을 철통처럼 지키고 있었다.

"잠깐만요."

설수린이 다시 문을 두드리자 문이 열렸다. 조금 전의 소동에도 그는 평소와 다름없는 모습이었다.

"함께 가야 해요."

이화운이 문을 닫히려는 것을 설수린이 손을 넣어 막았다.

"당신, 위험하다고요."

문이 닫히려는 것을 그녀가 머리를 집어넣어 막았다. 이화운은 차마 그 상황에서 문을 닫진 못했다. 이화운이 방으로 들어갔다. 그녀가 따라 들어가서 보니 그는 그릇을 씻던 중이었다.

"이 상황에서 설거지라니! 미쳤어요?"

들은 척도 않고 설거지를 하는 그를 보며 그녀가 한숨을 내쉬었다.

"당연히 절세신공이 숨겨진 그릇이겠죠?"

설수린의 놀림에 이화운이 피식 웃었지만, 뒤에 있던 그녀는 그 모습을 보지 못했다.

"좋아요. 우리 솔직하게 이야기해 봐요. 보다시피 망향곡에서 당신을 죽이려 하고 있어요. 그것도 곡주가 직접 왔다고요. 좋아요, 운 좋게 당신이 그를 죽일 수 있다고 쳐요."

"그게 왜 운인가?"

생각지 못한 말에 설수린이 눈을 껌벅였다.

"좋아요. 당신 실력으로 그 늙은이를 죽였다고 쳐요. 과연 그걸로 끝일까요? 망향곡주를 동원할 정도의 배후가 그냥 포기할까요?"

"그게 함께 가야 할 이유인가?"

순간 그녀가 뜨끔했다. 차라리 추궁하듯 물었다면 다른 대답을 했을 텐데. 그릇을 씻으며 지나가는 투로 물으니 더 마음에 걸렸다.

"조직에 있어 봤나요?"

과거 그가 어떤 삶을 살았는지는 모를 일이다. 하지만 지금의 그에게는 어떤 자유로움이 느껴진다. 기관의 톱니처럼 꽉 맞춰져서 굴러가는 자신과는 전혀 다른. 그래서 조금은 부러운.

"지켜야 할 것들이 많다고요. 게다가 상부에서는 현장의 상황은 전혀 이해해 주지 않죠. 그들이 원하는 것은 단 한 가지, 결과뿐이에요. 데려와, 하면 데려가야죠."

이화운이 설거지를 마치고 돌아섰다.

그의 앞을 막아서며 설수린이 말했다.

"날 봐서 같이 가요."

이화운이 만난 이래로 가장 어이없다는 표정을 지었다.

"뭘 봐서?"

"……저요."

"그만하고 돌아가."

눈물이라도 흘려야 할까? 그러고 보니 눈물을 흘려본 적이 언제인지 기억도 나지 않네.

"제가 처음 맹에 들어간 것이 아홉 살이었죠. 아홉 살 꼬맹이가 대체 뭘 알겠어요? 하루하루가 지옥 같았죠. 아무도 제가 어리다고 봐주지 않았어요. 다들 자신들 앞가림하기도 바빴으니까요. 어흐흑."

가만히 그녀를 응시하던 이화운이 가까이 다가왔다.

아! 내 연기가 통했나?

이화운이 그녀 얼굴에 자신의 얼굴을 가져다 대었다.

그의 얼굴이 입맞춤하려는 듯 가까이 다가왔다. 놀란 그녀가 한걸음 뒤로 물러났다.

아, 내 과거에 연민을 느껴서 입맞춤까지? ……는 개뿔. 이런 식으로 쫓아내시겠다?

이화운이 다시 다가섰고 설수린이 한 걸음 더 뒷걸음질을 쳤다.

자꾸 이러면 확 해 버리는 수가 있어!

하지만 그녀는 어느새 문까지 뒷걸음질을 친 상황이었다.

이화운이 문을 열었다.

"저 안 나가요."

다시 이화운이 얼굴을 가까이 댔다. 코가 맞닿으려 할 때까지 버티던 그녀가 결국 후다닥 뒷걸음질을 쳤다.

꽝, 이화운이 사정없이 문을 닫았다.

그녀 옆으로 전호가 다가왔다.

"방금 뭐였어요? 설마 저놈하고 입맞춤했어요?"

"아냐."

"어라, 얼굴에 홍조까지?"

"미쳤어?"

"거기에 강한 부정까지! 하긴, 이제 남자를 사귈 때도 됐지. 불쌍한 우리 대주님, 그동안 남자를 너무 굶었어요."

저 망할 말이 사실이란 것이 너무 슬프구나.

"그래서 함께 안 가겠다고요?"

"그렇다네."

"억지로라도 끌고 가야죠."

"네가 가서 끌고 와봐."

"그러죠."

오두막을 향해 십여 걸음 당당히 걸어가던 전호가 발걸음을 멈췄다.

"참, 저자가 대주님보다 더 강하다는 것, 확실해요?"

"확실해."

"직접 봤죠?"

"응, 피도 눈물도 없이 막 죽이더라. 푹푹!"

전호가 망설이지 않고 다시 설수린 옆으로 돌아왔다.

"개인의 선택이 존중받는 강호가 되어야지요. 무림맹이랍시고 강압적으로 데려간다는 것이 말이 돼요? 우리가 뭐라고."

하긴. 장난처럼 말했지만, 전호의 말이 맞다. 가기 싫다는데 억지로 데려가는 것도 횡포는 횡포지.

"그나저나 오늘 내로 출발해야 하는데. 큰일이군요."

"얼마나 미룰 수 있겠어?"

"잘해 봐야 한나절? 그것도 나중에 사유서 써야죠. 알잖아요? 내사단(內査團) 애들 얼마나 지독한지."

"알지. 하루 정도는 못 미루나?"

"불가능해요."

"작전에 융통성도 있어야지."

"그 융통성에 월봉도 깎이고 휴가도 날아가겠지요."

"억지로 데려가는 것은 더 불가능해."

"그냥 지원조 애들 투입해서 강제로 데려가죠?"

"과연 걔들로 될까?"

"당연히 되죠. 정예로 삼십입니다."

그럼에도 그녀의 걱정이 진심임을 깨닫자 전호가 경악했다.

"그의 무공이 그 정도라고 평가하시는 겁니까?"

그녀가 고개를 끄덕였다.

"절 좀 그렇게 과대평가 해 주십쇼! 아! 촌놈 분장까지 해가며 이 고생을 했는데 징계 먹을 순 없죠. 어떻게든 데려가야죠."

바로 그때, 그녀의 두 눈이 반짝였다.

"그래, 맞아! 내가 왜 그 생각을 못 했지? 우리에겐 정말 엄청난 무기가 있잖아."

"그게 뭔데요?"

"나."

"네?"

설수린이 활짝 웃으며 말했다.

"나 말이야. 나."

얼굴의 분장을 싹 지우고 미인계(美人計)를 쓰는 거다!

第六章
미인계

天下第一

백안사는 숲에서 양구(楊究)를 만나고 있었다.

양구는 망항곡의 특급살수로 이번에 백안사를 보필해 함께 나왔다.

"늦으셨습니다."

"그렇게 되었다."

"그들에게 알리고 나머지 청부금 회수하겠습니다."

망항곡의 원칙이었다. 처음에 절반을 받고, 나머지 반은 청부대상이 죽었을 때 받았다.

"잠깐. 아직 놈은 죽지 않았다."

그 말에 양구가 깜짝 놀랐다.

"놈을 못 만나셨습니까?"

"만났다."

"한데?"

"무림맹 놈들이 끼어들었다."

"아, 그러셨군요. 하면 그쪽에 뭐라 전할까요?"

"오늘 내로 해치울 것이다."

사실 이화운을 죽이지 못한 것은 무림맹 무인들 때문이 아니었다. 바로 이화운 때문이었다. 그를 기억해 내지 못해서 망설인 탓이었다.

'대체 누구지?'

백안사는 아직도 그 생각에 빠져 있었다. 살면서 이렇게까지 신경에 거슬린 적은 없었다.

"놈에 대한 신상 자료, 지금 있나?"

"네. 여기 있습니다."

양구가 품에서 서류를 꺼냈다. 앞서 읽었던 자료인데, 무심코 넘어간 부분이 있을까 해서 다시 살피려는 것이다.

자료를 넘기던 백안사의 시선이 한 곳에 고정되었다.

"오 년 전, 이곳 중경에 정착했다? 오 년 전?"

백안사의 표정이 진지해졌다.

다음 순간, 그가 두 눈을 둥그렇게 떴다.

"아!"

이화운을 언제 봤는지 기억해 낸 것이다.

바로 그 순간.

푸우욱!

살이 찢기는 소리와 함께 피가 튀었다. 백안사가 벼락처럼 검을 뽑았다.

기습을 통해 이미 양구를 죽인 상대가 이번엔 백안사를 향해 쇄도해 왔다.
두 사람의 신형이 맞부딪쳤다.
푸우욱!
절정 중에서도 상당히 높은 수준의 절정인 백안사였다. 게다가 산전수전(山戰水戰) 다 겪어 싸움이라면 이골이 난 그였다.
백안사가 믿을 수 없다는 시선으로 자신의 가슴을 내려다보았다. 한 자루의 검이 자신의 가슴을 관통해 있었다. 단 한 수! 그는 평생 이렇게 빠른 검을 겪어본 적이 없었다.
"쿨럭."
백안사가 울컥 피를 토해내며 힘겹게 고개를 들었다. 상대가 누군지 확인한 그가 경악했다.
"……당신은? 설마?"
그것이 이승에서의 그의 마지막 말이었다.
곧장 검이 뽑혔고, 그는 피 분수를 내뿜으며 앞으로 꼬꾸라졌다.
그를 죽인 검에서 피가 뚝뚝 떨어졌다.

*　　*　　*

만반의 준비를 마친 설수린이 다시 오두막에 섰다.
그녀는 완전히 달라져 있었다.
세안을 깨끗이 하고 거기에 몸매가 드러나는 화려한 궁장(宮粧) 차림에, 순수하게 보이는 엷은 화장까지!

내 입으로 이런 말을 하기에는 낯간지럽지만, 솔직히 이 얼굴과 몸매, 사내라면 거절하기 어렵지.

쿵쿵쿵.

그녀가 자신 있게 문을 두드렸다. 물론 그전에 전호의 만류가 있었다.

"전 책임 못 져요!"

"내 얼굴을 왜 네가 책임져."

"명령 위반이라고요."

"융통성이야."

사실 전호의 걱정도 계획에 포함되어 있다. 이렇게 본 얼굴을 드러낸 것은 명백한 명령 위반이다. 이제 난 조직에서 큰일 났다. 그러니 함께 가달라.

아무리 생각해도 완벽한 작전이잖아!

그가 다시 문을 열고 나왔다.

"가라니까 왜 또 왔어?"

설수린이 내 얼굴을 똑바로 보라며 당당히 그를 쳐다보았다.

"정말 안 갈 거야?"

어? 이 사람아, 전에 봤던 그 여자 아니라고.

"제가 누군지 알아보시겠어요?"

"진짜 미친 거야?"

어라? 어떻게 날 알아본 거지? 아, 목소리! 아무리 그렇다고 해도 변한 내 모습을 보고 반응이 있어야지. 저 무덤덤한 표정은 대체 뭐지?

"저 알아보겠어요?"

"당연히."

"저인지 어떻게 알았느냐고요?"

"너니까. 화장이 달라졌다고 못 알아볼 리 없잖아."

이화운이 다시 문을 쾅 닫았다.

황당한 표정을 짓고 있는 그녀 옆으로 전호가 다가왔다.

그녀가 맥이 풀린 얼굴로 말했다.

"혹시 나 분장 다 안 지워졌니?"

"아뇨."

"내 맑은 피부, 빛나고 있어?"

"눈부시게요. 오랜만에 봤더니 완전히 죽여주는데요."

"그런데 왜 저런데?"

"……"

"확실해. 저 사람…… 고자다."

"……"

"왜? 아냐?"

"대주님이야 쩔죠. 하지만 개인 취향이란 것도 있잖아요?"

"취향? 취향이라……. 그렇군! 그는 남색(男色)을 즐기는 것이 틀림없어. 이제야 모든 비밀이 풀렸어!"

"충격이 너무 크신 것 같은데……."

"남자를 좋아하다니."

"이리로. 아무래도 좀 쉬셔야 할 것 같습니다."

설수린이 한숨을 내쉬었다.

하아. 이 얼굴이 안 통한단 말이지?

그녀는 내심 놀랐다. 그의 태도는 절대 연기가 아니었다. 정말 그는 자신을 무덤덤하게 쳐다봤다. 자신을 그런 눈빛으로 본 남자는 그가 처음이었다.

"좋아, 이판사판이야. 밧줄 줘."

전호에게 밧줄을 받아든 그녀가 다시 문을 쾅, 쾅 두드렸다.

다시 이화운이 문을 열고 나왔다. 그는 앞에 펼쳐진 광경에 흠칫 놀랐다.

그녀가 마당 옆에 세워진 나무 앞에 서 있었는데, 나뭇가지에 올가미가 걸려 있었다.

"명령을 수행하지 못하면 어차피 죽을 텐데. 여기서 죽겠어요."

그녀가 올가미에 머리를 들이밀었다.

"처녀 귀신이 되어서라도 복수할 거예요. 그 문 닫기만 해요!"

그때 이화운이 제지하려는 듯 손을 들었다.

그래, 설마 사람이 죽는다는데 그냥 보고만 있겠어. 그 정도로 무정하면 그게 사람이야?

이화운이 담담히 말했다.

"옆에 튼튼한 가지에 매. 부러지면 나무는 뭔 죄야?"

쾅, 문은 냉정히 닫혔다.

설수린은 너무 어이없어 다리에 힘이 풀렸다.

"아앗!"

휘청하는 순간 발판이 넘어졌고 그녀가 올가미에 걸렸다.

"켁켁!"

올가미에 버둥거리던 그녀를 보며 한심하다는 듯 지켜보던 전호가 줄을 잘라 주었다.

쿵.

바닥에 떨어진 그녀 옆에 전호가 쪼그리고 앉았다.

"일부러 저 웃기려고 그러셨죠?"

"차라리 그랬으면 좋겠다."

"이제 어쩌죠?"

"어쩌긴. 마지막 수를 써야지."

"지원 요청을 할까요?"

"아니. 그건 가장 먼저 포기한 수법이야."

설수린의 눈빛이 깊어졌다. 그녀가 다시 오두막으로 걸어갔다.

"문 열어봐요."

차분한 그녀의 목소리에 이번에는 두드리지 않아도 이화운이 문을 열었다.

"천기자가 예언을 했어요. 이화운이란 이름을 가진 사람이 세상을 구할 것이라고. 당신 말고도 두 사람의 후보가 더 있어요."

멀찌감치 서 있던 전호가 깜짝 놀랐다. 설마 그녀가 자신들의 임무를 사실대로 말해 줄지 몰랐던 것이다.

설수린은 차분했다.

"죄송해요, 처음 만났을 때 말했어야 했는데."

"당연히. 들어와."

이화운이 문을 열어 주었고 그녀가 안으로 들어갔다.

집 안에 펼쳐진 광경에 그녀가 깜짝 놀랐다.

이화운이 짐을 싸고 있었던 것이다. 침상 밑의 검은 천으로 둘둘 말린 꾸러미가 탁자 위에 놓여 있었고, 활과 화살도 준비된 상태였다. 그는 그 옆에서 몇 벌의 속옷과 무복, 그리고 알 수 없는 약병들과 십여 가지의 약초를 따로 종이에 싸고 있었다.

"순순히 갈 거였으면 기밀 누설을 안 해도 되었잖아요."

그녀가 안도의 한숨을 내쉬었다.

"어쨌든 됐어요. 마음을 돌려줘서 고마워요."

"난 함께 가지 않아."

"네?"

잠시 멍하게 이화운을 쳐다보던 그녀가 흠칫 놀랐다.

"설마? 여길 떠나겠다고요?"

이화운이 고개를 끄덕였다.

"안 돼요!"

"왜?"

"조금 전에 말씀드렸잖아요. 당신이 강호를 구할……."

이화운이 그녀의 말을 잘랐다.

"관심 없어."

"가져요! 관심!"

"왜?"

"그렇지 않으면 다 죽으니까요! 누군 당신이 좋아서 이러는 줄 알아요!"

그녀가 버럭 소리를 내질렀다.

여전히 담담한 이화운의 모습에 이내 그녀가 차분함을 되찾았다.

"전에 흑부오견을 죽이고 말했죠? 놈들이 복수하러 오는 것은 당신이 아니라 그들이라고. 그 약한 사람들이라고."

"……."

"그들을 위해서 가요. 아니, 가줘요."

이화운은 말없이 그녀를 응시하고 있었다. 그가 어떤 생각을 하고 있는지 알 수 없었다. 하지만 그녀는 온 힘을 다했다.

"무림맹을 위해서나 저를 위해서가 아니라. 그들을 위해서 가줘요. 이 시간에도 아무것도 모르고 살아가고 있는…… 그들을 위해서요."

그녀의 진심이었다.

"그래요, 강호를 구할 사람이 당신이 아닐지도 모르지요. 괜히 나섰다가 죽을 수도 있겠지요. 하지만 제가 목숨을 다해 지켜드릴게요."

아…… 죽는다는 말은 여기서 왜 꺼내나. 감정이 너무 북받쳐서 실수를 해 버렸네.

"진심인가?"

"네?"

"목숨을 다해 날 지켜주겠다는 말, 진심이냐고."

"네. 그래요, 진심이에요."

두 사람의 시선이 허공에서 얽혔다. 가만히 그녀를 응시하던 이화운이 다시 짐을 싸기 시작했다.

"한번 믿어보지."

"그럼 함께 가겠다는 말인가요?"

이화운이 고개를 끄덕였다.

설수린이 진 빠진 얼굴로 의자에 주저앉았다.
“아! 먹고 살기 힘들다.”
그 말에 이화운이 피식 웃었다.
짐을 싸는 모습을 지켜보던 그녀가 물었다.
“남자가 뭔 짐이 이렇게 많아요?”
“알다시피 가진 것이 많잖아.”
말이나 못하시면!
이화운이 그녀를 보며 말했다.
“가기 전에 들러야 할 곳이 있어.”

*　　　*　　　*

좌아아아악.
설수린은 뱃전에서 갈라지는 물살을 말없이 쳐다보고 있었다. 어느새 주위는 금방 어둠이 내릴 듯 어둑해져 있었다.
이화운이 들러야 한다고 한 곳은 사신도였다. 아마 성에 가려는 것이리라.
지원조가 따르겠다는 것을 모든 일은 자신이 책임지겠다며 반강제로 막았다. 둘만 가는 것이 옳다는 판단 때문이었다.
그녀가 힐끗 이화운을 쳐다보았다. 그는 묵묵히 노만 젓고 있었다.
“혹시 나 골탕 먹이려고 떠난다고 그런 것은 아니죠? 원래 함께 가려고 마음먹고선.”
그러자 이화운이 뜻 모를 미소를 지었다. 그런 것 같기도 하고, 아닌 것 같기도 했다.

사실 그가 함께 가기로 마음먹은 이유보다 더 궁금한 점이 있었다. 그는 자신이 강호를 구할 세 사람 중 한 명일지도 모른다는 말을 듣고서도 그다지 놀라지 않았다. 다른 것은 몰라도 그 점만은 물어보고 싶었다.

"천기자에 대해 아나요?"

"소문은 들었지."

"그럼 지금까지 그의 모든 예언이 모두 들어맞았다는 것도 알겠군요."

"그렇다고 하더군."

"당신이 강호를 구할 사람일 수도 있어요."

"당신도 그렇게 생각하나?"

"전에도 대답했듯이, 그런 사람을 본 적이 없어서요."

잘 모르겠다는 것이 솔직한 심정이었다.

참, 그에게 궁금한 것이 또 있다. 사실 이게 제일 궁금하지.

그는 여전히 자신을 무덤덤하게 바라보고 있었다.

'나 안 예뻐요?' 라고 대놓고 물어볼 수도 없고.

"화장이 바뀌니까 저 달라 보이나요?"

이게 어디 화장이 바뀐 정도냐고!

"요즘 화장 기술이 많이 발전했군."

"아!"

그녀가 탄식했다.

그러니까 지금 이 사람, 처음 보여준 얼굴이 본 얼굴이고 지금이 화장으로 예뻐졌다고 생각하고 있잖아?

하긴 상식적으로 누가 일부러 안 예쁘게 화장을 했다고 생각하겠는가?

"처음 내려올 때 너무 눈에 띈다고……."

"다 왔다."

때마침 배가 선착장에 도착했다.

아! 안 돕네, 안 도와.

이화운이 내리고 입술을 삐죽 내민 설수린이 뒤따라 내렸다.

그래, 이러면 어떻고 저러면 어떠하랴. 어차피 그와 사귈 것도 아닌데.

자포자기의 심정으로 그녀가 뒤따랐다.

과연 그녀의 예상대로 이화운이 온 곳은 그의 성이었다.

안으로 들어선 그가 천천히 대청을 돌아보았다. 물건 하나하나에 많은 추억이 담긴 것 같았다.

사신투병은 이전의 그 자리에 그대로 있었다.

"천으로 싸는 것 제가 도울까요?"

침상 밑의 검처럼 이것들도 천으로 쌀 것으로 생각했다. 오히려 이 병기들은 남들이 알아보기 쉬웠다. 워낙 유명한 것인데다 병기에 각각의 고유 문양이 그려져 있었으니까.

"두고 갈 거야."

"뭐라고요?"

그녀가 깜짝 놀랐다.

"누가 훔쳐 가면 어쩌려고요? 아, 설마 그 기관을 작동……, 아!"

그녀가 황급히 입을 다물었다. 기관이 설치된 것을 자신이 알아보았다는 사실을 들킨 것이다.

어차피 이렇게 된 것.

"제가 그 정도 눈썰미는 있어요."

별로 상관없다는 표정으로 이화운이 한옆 장식장으로 걸어갔다. 그곳에 놓여 있던 도자기를 치우고 탁자 아래를 눌렀다.

스르륵.

그러자 탁자가 열리며 무엇인가 올라왔다.

주판으로 된 기관 조정 장치였다. 이화운이 그것을 능숙하게 조작했다.

탁, 타탁, 탁탁.

십여 개의 숫자를 주판에 입력했다.

그러자 집안 곳곳에서 기계가 작동하는 소리가 들렸다. 기관이 작동하는 소리였다.

크르르릉!

내부가 크게 진동하며 움직이기 시작했다.

"설마?"

설수린의 눈빛이 커다랗게 변했다. 분명 자신이 서 있는 그곳이 통째로 내려가고 있었다. 성이 지하로 내려가고 있었던 것이다.

"말도 안 돼!"

하지만 분명 성은 지하로 내려가고 있었다. 창밖이 어두워졌다.

이번에는 이화운이 입구 쪽의 기관을 작동했다. 뿌옇게 먼지가 쌓여있던 기관이 무시무시한 강침을 발사할 구멍들을 드러내며 재가동

되기 시작한 것이다.

"나가지."

"설마 지하 세계인가요?"

이화운을 따라 그녀가 밖으로 걸어 나왔다.

정말 성은 지하로 내려와 있었고 천장은 닫혀 있었다. 아래에 이런 커다란 공간이 있고, 그곳에 성이 있다는 것은 꿈에도 모를 것이다.

대체 이런 엄청난 장치를 만드는 데 얼마나 많은 돈이 들었을까? 돈을 떠나서 이런 것을 만들 수 있는 장인이 강호에 있다는 것이 믿기지 않았다.

지하에 성이 존재한다는 사실을 안다고 하더라도 기관 장치로 인해 외부인은 성 안으로 들어올 수 없었다. 한마디로 성은 완벽하게 안전하다는 뜻이었다.

이화운은 앞에 나 있는 작은 통로로 걸어갔다. 통로는 지상으로 나 있었고, 닫힌 통로는 그곳에 입구가 있다는 사실을 알지 못하는 한 절대 발견할 수 없도록 위장되어 있었다.

그곳에서 조금 떨어진 곳에 호수가 있었다. 약속이나 한 듯 두 사람이 호수 앞에 멈춰 섰다.

달을 품은 호수는 그야말로 한 폭의 그림 같이 아름다웠다.

그녀가 침묵을 깼다.

"왜죠?"

"뭐가?"

"왜 제게 이 모든 것을 보여주는 거죠?"

잠시 사이를 두고 나온 대답은 정말 의외였다.

"입이 무거워 보여서."

한 대 얻어맞은 것처럼 멍하게 있던 설수린이 큰 소리로 웃었다.

앞서 말이 농담이 아니었다는 듯 이화운이 덧붙여 물었다.

"내가 잘못 봤나?"

"아뇨, 잘 봤어요. 하지만…… 그건 나의 일부분일 뿐이죠."

"그렇겠지."

"다른 면을 보신다면 후회하실 거예요. 몰래 돌아와서 다 훔쳐갈 수도 있어요."

"그런 사람은 미리 이런 말을 하지 않겠지. 두근거리는 심장을 애써 억누르며 화제를 다른 곳으로 돌리려 애쓰고 있겠지."

"허허실실(虛虛實實) 작전일 수도 있죠."

"당신은 허(虛)든, 실(實)이든 한길로 살아가는 사람이잖아?"

"……!"

"아닌가?"

"뭐든 자신만만하군요."

"그럴 만할 때에는."

그럴 만한 상대를 만났을 때겠지.

그럼에도 그녀는 크게 기분 나쁘지 않았다. 앞서 그가 자신을 본 것이 정확하다는 생각 때문이었다. 적어도 자신은 남의 물건을 훔치는 사람은 아니었으니까. 그것이 아무리 귀한 것이라 할지라도.

이화운이 침묵을 깼다.

"내겐 한 가지 나쁜 버릇이 있어."

"그게 뭐죠?"

"스스로 결정하기 어려운 문제가 닥쳤을 때……."

호수로 시선을 돌리는 이화운의 눈빛이 깊어졌다.

"운명에 기대곤 하지."

"운명?"

"그래, 운명."

"이 모든 것이 다 운명이라고요? 그래서 운명에 따라 맹으로 가겠다고요?"

이화운은 아무 말도 하지 않았지만, 그 비슷한 의미로 한 말임을 확신할 수 있었다.

"그게 왜 나쁜 버릇이죠?"

물론 그런 말, 그와 어울리지 않는다고 생각했다. 그를 안 지 얼마 되지 않았지만, 그는 운명을 개척하는 유형으로 보였으니까. 하지만!

"사람은 때론 운명에 기대야 하잖아요?"

이화운이 그녀를 돌아보았다. 이유를 묻는 그의 눈빛에 그녀가 당당히 대답했다.

"그런 탈출구조차 없다면…… 힘들어서 어떻게 이 강호를 살아가죠?"

한참을 그녀를 응시하던 이화운이 나직이 물었다.

"그런가?"

"네, 그렇다고 생각해요."

이화운은 아무 말도 하지 않았다. 깊어진 눈빛으로 그저 호수를 바라볼 뿐이었다.

잠시 후 침묵을 깬 것은 설수린이었다.

“그리고 어쩌면…….”

그녀가 호수에 뜬 달을 바라보며 나직이 덧붙였다.

“이제부터 조금 더 운명에 기대야 할지도 몰라요.”

* * *

마차 앞에서 간단한 인사가 이뤄졌다.

“전호요.”

전호가 환한 미소에 인상 좋은 얼굴로 인사했다.

“원래는 이런 얼굴인데…….”

이번에는 전호의 인상이 딱딱하게 굳었다.

“누구 밑에서 고생하다 보니, 보통은 이런 얼굴을 하고 있소.”

나름 재치를 발휘한 것인데 이화운은 무뚝뚝했다.

“이화운이오.”

“반갑소. 당신이야말로 고생이 많은 사람 같소.”

인사를 끝낸 전호가 설수린을 끌고 한옆으로 데려갔다.

“대체 어떻게 데려오신 겁니까?”

“짐작대로, 내 얼굴로지.”

“혹시 가족으로 인질로 삼으셨나요?”

“이 몸매 봐라. 너라면 안 넘어 오겠냐?”

“저야, 대주님이 제 취향이시니 그렇다 치더라도. 헉! 설마 독약이라도 먹였습니까? 해독약을 미끼로…….”

설수린이 장난스럽게 그의 뒤통수를 때렸다.

"그만 까불고 어서 출발 준비나 하시지요."

"지원조는 앞뒤로 조금 떨어져서 움직일 겁니다."

주위의 이목을 끌지 않기 위해서였다.

일단 세 사람은 마차로 이동하는 것에 합의했다. 길에 흔하게 다니는 평범한 마차였는데, 마차는 전호가 몰기로 했다.

이화운이 마차에 큼직한 가죽 주머니를 실었다. 주머니에 천으로 둘둘 말은 검이 꽂혀 있었다.

저 엄청난 검을 그냥 짐짝 취급하는구나.

마차는 두 명씩 마주보고 앉을 수 있도록 되어 있었다.

이화운이 그녀 옆으로 앉았다.

"내가 그리로 앉지. 마차에 거꾸로 앉으면 멀미가 나서."

그 말에 설수린이 '풋' 하고 웃음을 터뜨렸다.

"재미난 농담인데요?"

"농담 아닌데?"

"하하, 그냥 옆에 앉아서 가고 싶다고 하시지."

"그건 더 아닌데."

"그렇다고 치죠. 하긴 저도 뱃멀미 작살이죠."

밖에서 전호의 힘찬 목소리가 들려왔다.

"자, 출발합니다!"

네 마리의 말이 끄는 마차가 힘차게 달려 나가기 시작했다.

*　　*　　*

"단 일 수에 당했습니다."
십삼호의 보고에 구호가 고개를 갸웃했다.
"망향곡주가 단 일 수에 당했단 말이지?"
매혹적인 그녀 옆에는 근육질의 십호가 함께 있었다.
"기습이긴 하지만 확실히 대단한 실력이었다고 합니다."
"시체를 남겨뒀다고?"
"네."
구호가 혀로 그 붉은 입술을 핥으며 말했다.
"우리에게 경고하는 거지."
그러자 십호가 강렬한 살기를 뿜어냈다. 그의 감정은 단순했다. 그는 감정에 충실했기에 강한 사내였다. 분노를 그대로 드러내고 그것을 힘으로 바꿀 줄 알았기에.
"흥분하지 마. 놈이 바라는 것이 그것이니까."
구호의 나긋나긋한 말에 십호가 살기를 누그러뜨렸다.
"대체 누구 짓일까?"
"무림맹의 짓이겠지요."
십삼호의 대답처럼 정황은 그러했다.
"이 정도 고수까지 나왔단 말이지? 하긴, 사안이 사안인 만큼."
하지만 시체를 남겼다는 것이 마음에 걸렸다. 확실히 무림맹의 방식은 아니었다.
십호가 눈에 힘을 주며 나직이 말했다.
"내가 가서 이화운이란 놈부터 없애고 오겠다."
우렁차게 울리는 십호의 말에 십삼호가 조심스럽게 말했다.

“그러실 필요는 없으실 것 같습니다. 이미 망향곡에서 복수를 위해 나섰습니다.”

그러자 십호가 버럭 소리쳤다.

“멍청한 소리! 이화운을 없애라는 명령을 받은 것은 우리다. 그깟 살수놈들에게 우리 일을 맡겨 놓을 수는 없지.”

“살수들이 실패하고 나서도 늦지 않을 것입니다.”

“닥쳐라! 내가 가서 이화운이고 살수놈이고 모두 없애 버리겠다.”

움찔 놀란 십삼호가 구호를 쳐다보았다.

‘설마 당신도 저 미련한 놈과 같은 생각은 아니지?’

물론 그녀의 생각은 달랐다. 그녀가 달콤한 눈웃음을 지으며 말했다.

“살수들이 실패하면 그때 나서도 늦지 않아.”

그러자 십호가 고개를 끄덕였다.

“좋은 생각이군.”

십삼호가 고개를 숙였다. 어이없고 황당한 마음을 표정에 들킬까 봐서였다.

‘이 무식한 놈아! 내 말이 그 말이었다고!’

고개를 숙였기에 그는 보지 못했다. 하지만 분명 느낄 수 있었다. 저 무식하고 다혈질인 십호가 구호를 두려워하고 있다는 것을.

‘저 약해 보이는 구호가 십호보다 더 강하다.’

자신들은 철저히 점조직으로 운용되었다. 총 몇 호까지 있는지 알 수 없었다.

게다가 십삼호는 구호와 십호를 제외하고 제대로 다른 조직원을 만나 본 적이 없었다. 처음 가입할 때 만난 이가 육호(六虎)였다.

그는 이 두 사람을 합쳐놓은 것보다 훨씬 강하고 두려운 상대였다. 한 가지 확실한 점은 숫자가 적어질수록 강해진다는 사실이었다.

십삼호가 조직에 들어온 것은 전적으로 돈 때문이었다. 그들은 자신에게 큰돈을 제시했다. 절대 거절할 수 없을 정도의 큰돈을.

'그렇다면 일호나 이호는 정말 엄청난 돈을 받았겠군.'

휘리리릭.

바람 소리에 상념에서 벗어난 십삼호가 고개를 들었을 때, 이미 두 사람은 저 멀리 점이 되어 사라지고 있었다.

*　　*　　*

"속도를 좀 줄이겠습니다."

길이 험한 곳에 들어서자 마차 속도를 줄이며 전호가 말했다.

"안 피곤해?"

"왜 아니겠습니까? 삭신이 쑤시죠."

"교대해 줄까?"

"저 마음에도 없는 호의를 덥석 물었다가 저녁에 다들 고기 먹을 때 저만 국수 먹겠죠."

"그 눈치면 고기 먹고도 남겠다."

사실 전호는 마차를 잘 몰았다. 그는 손재주가 뛰어나 여러 잡다한 일에 능통했다. 마차를 모는 일도 그중 하나였다.

물론 그의 팔방미인 재능이 무공에만 집중되었다면 더욱 좋았겠지만 그렇지 못했다. 그래도 신화대 내에서는 뛰어난 실력을 지닌 축에 드는 그였다.

"저녁에 맛있는 것 많이 사줄게."

"술은요?"

"당연히 사드려야지."

마차를 모는 전호의 손길이 경쾌해졌다.

설수린이 옆자리의 이화운에게 물었다.

"당신은 안 힘들어요?"

"괜찮아."

"한 시진만 더 가면 오늘 묵을 객잔이 나올 거예요."

이화운이 묵묵히 고개를 끄덕였다.

"떠나니까 어때요?"

"뭐가?"

"섭섭하지 않냐고요."

이화운의 시선이 다시 창밖을 향했다.

"별로. 그리고 어차피 다시 돌아갈 곳인데."

"그건 그렇죠."

왠지 다시 돌아간다는 말이 낯설게 느껴졌다.

과연 무사히 돌아갈 수 있을까?

자연스럽게 그에게 미안한 감정이 들었다.

그때 이화운이 불쑥 말했다.

"당신, 가족이 있나?"

"왜 묻죠?"

"가족이 있으면…… 그들에게 돌아가라고."

"가서 농사나 짓고 살라고요?"

"가능하다면."

"왜 당신은 돌아가지 않죠?"

"난 없으니까."

순간 설수린이 살짝 당황했다. 이내 그녀가 고개를 내저으며 말했다.

"그런 말을 쉽게도 하시는군요."

"어렵게 할 말도 아니지."

설수린이 희미하게 웃었다.

"그럼 저도 쉽게 말하죠. 저도 없어요."

가족 같은 것.

설수린은 돌아가신 어머니가 떠오르며, 자연스럽게 아버지 생각이 났다. 자연스레 인상이 굳어졌다.

"설령 있다 하더라도 가서 농사나 지으며 살고 싶지는 않고요."

이렇게 혈혈단신(孑孑單身) 부평초처럼 강호를 살아가다가 이름 모를 전장의 한구석에서, 흘러내리는 자신의 피를 바라보며 생을 마치면 그만이다. 그녀가 가끔가다 한 번씩 떠올리는 최후의 모습이었다.

"그런데 갑자기 왜 그런 말을 해요?"

"강호는 위험하잖아."

분명 뭔가를 암시하는 말투였다.

그때 약속이나 한 듯 전호가 마차 속도를 줄이며 소리쳤다.

"저 앞에 사람이 쓰러져 있습니다."

강호에서 공교로운 일이 겹친다는 것은?

설수린이 망설이지 않고 소리쳤다.

"세우지 말고 달려!"

그녀의 외침에 전호가 다시 채찍을 가했다.

쉥!

이화운과 설수린이 동시에 좌석에 몸을 바짝 기댔다.

좌측 창으로 날아든 암기가 그들의 코앞을 지나 우측 창으로 날아갔다.

"계속 달려!"

그녀의 외침에 마차가 내달리기 시작했다.

쉭쉭쉭쉭쉭쉭쉭쉭!

마차를 향해 암기 비가 쏟아져 내렸다.

저 앞에 쓰러져 있던 사람이 벌떡 일어나 비수를 날렸다. 비수의 목표는 말이었다.

창! 창! 창!

전호가 앞으로 몸을 날려 비수를 튕겨내고는 곡예를 하듯 다시 마부석으로 되돌아왔다.

쉬익!

이번에는 전호가 사내에게 비수를 날렸다. 사내가 몸을 날려 피했다.

두두두!

그사이 마차가 그곳을 통과해 지나쳤다.

하지만 안심도 잠시.

쿠르르릉.

말과 마차가 바닥의 구덩이로 추락했다. 길에 구덩이를 파고 천 위에 흙을 덮어 위장해 두었던 것이다.

전호가 구덩이에서 몸을 날려 나왔다. 설수린과 이화운은 걱정하지 않았다. 이 정도 추락에 다칠 그녀가 아니었으니까. 그녀보다 더 무공이 강하다는 이화운도 마찬가지일 것이다.

쉭쉭쉭쉭쉭!

사방에서 암기가 날아드는 바람에 전호가 다시 구덩이로 몸을 날렸다. 암기가 아슬아슬하게 그를 스쳐 지나갔다.

과연 그사이 이화운과 설수린은 구덩이에 처박힌 마차 지붕 위에 올라서 있었다.

"여기 있다간 당할 겁니다."

구덩이 속에서 적을 맞게 되면 절대적으로 불리한 상황이 될 것이다. 암기도 문제지만 독액이라도 부어 버린다면 이곳은 그대로 무덤이 될 것이다.

우드드드득.

설수린이 망설이지 않고 마차 지붕을 뜯어냈다. 그녀의 뜻을 짐작한 전호가 다른 쪽 벽도 뜯어냈다.

"제가 앞장서겠습니다."

"부탁해! 그리고 당신, 이런 상황은 내가 더 익숙하니 내 말을 따라줘요."

"그러지."

"내 옆에 딱 붙어서 움직여요. 당신이 죽으면, 우리도 죽어요. 이건 진짜예요."

이화운이 고개를 끄덕이며 자신의 짐을 둘러맸다.

전호가 부서진 마차 벽을 방패로 삼고 구덩이 벽을 박차고 날아올랐다.

쉭쉭쉭쉭쉭!

날아드는 암기가 벽에 꽂혔다.

탁탁탁탁탁!

전호가 정면에서 날아드는 암기를 검으로 튕겨내며 앞쪽 수풀로 뛰어들었다.

탁탁탁!

그의 뒤를 노리고 날아든 암기들은 설수린이 든 벽에 모조리 박혔다. 말하지 않아도 서로 약속이라도 한 듯 전방은 전호가 후방은 설수린이 맡은 것이다.

전호가 먼저 수풀로 뛰어들었고 두 사람이 뒤를 이었다.

전호가 조심스럽게 전방으로 이동하고 있었다.

사사사삭.

싸움에 경험이 많은 전호였다. 매복한 적을 상대하면서 이동하지 않고 그 자리에 가만히 있는 것은 죽여 달라고 목을 내미는 격이었다.

그의 뒤를 따라 두 사람도 뛰었다.

쉬이익.

이화운을 노리고 좌측의 수풀에서 복면 사내가 검을 찌르며 달려들었다. 하지만 설수린이 한 발짝 빨랐다.

푸우욱!

복면인이 목에서 피를 뿜으며 쓰러졌다. 그녀의 검이 상대보다 한 발 먼저 이화운의 목을 스치듯 지나가 상대의 목을 찌른 것이다.

그녀는 한마디 말도 없이 다시 전방을 보며 달렸다. 그녀는 엄청난 집중력을 발휘하고 있었다. 위험이 닥치면 그녀는 오직 그 상황에만 몰입했다. 그것은 그녀를 지금까지 살아 있게 해 준 가장 큰 장점이었다.

앞장선 전호는 오직 한 방향으로만 달렸다. 매복, 즉 포위를 당했을 때 이리저리 방향을 바꾸는 것은 절대 금물이었다. 오직 한 방향으로 파고들어 포위망을 뚫고 나가야 했다.

피잇! 푹!

전호가 전방에서 나타난 사내의 가슴을 찔렀다. 사내의 검이 전호의 어깨를 스쳤다.

전호가 검을 들어 괜찮다는 신호를 보냈다.

쉭쉭쉭쉭!

이번에는 설수린의 머리 위로 암기가 쏟아졌다.

챙챙챙챙!

그녀가 검을 휘둘러 암기를 튕겨냈다.

바로 그 순간이었다.

휘리리릭.

이화운이 그녀의 허리를 감싸고 몸을 날렸다.

슁! 퍼억!

그녀가 서 있던 곳을 지나간 화살이 뒤쪽 거목에 박혔다. 엄청난 속도로 날아온 화살은 정확히 그녀의 얼굴을 노리고 있었다.

나무에 박힌 화살이 파르르 떨렸다. 한눈에 봐도 범상치 않은 화살이었다.

쉬! 쉬! 쉬! 퍽! 퍽! 퍽!

연이어 화살이 날아들었고, 바닥을 굴러 세 사람이 바위 뒤로 몸을 숨겼다. 그러자 화살이 멈췄다.

설수린이 이화운에게 재빨리 말했다.

"고마워요."

"별말을."

전호가 심각한 표정으로 말했다.

"저격시(狙擊矢)입니다."

암살만을 목적으로 하는 궁술의 고수가 날린 화살이었다.

"놈부터 잡아야 한다."

화살의 정확도나 위력을 볼 때, 상대는 상당한 고수였다. 움직이기가 쉽지 않은 상황이었다.

"곧 놈들이 몰려들 겁니다."

놈들이 노리는 것도 이것이었다. 저격시로 발을 묶어두고 포위망을 새로 구축하는 것이다. 그렇게 되면 빠져나가기가 절대 쉽지 않을 터였다.

설수린이 입술을 깨물었다. 이러지도 저러지도 못하던 그때, 이화운이 자신의 짐에서 활과 세 발의 화살을 꺼냈다.

설수린이 깜짝 놀라 물었다.

"화살로 상대하게요?"

"저들이 하면 우리도 할 수 있겠지."

그러자 전호가 빠르게 말했다.

"하지만 저들의 활과 화살은 암살을 위해 특별히 제작된 것입니다. 사정거리 밖에서 쏘는 것이지요. 더구나 한 명도 아니고!"

이화운이 말없이 화살을 시위에 걸었다. 세 발을 한꺼번에 활시위에 걸었다.

"다 좋다고요. 하지만 놈들이 어디에 숨어있는 줄 알고요?"

"그건 아는 방법이 있지."

설수린의 물음에 이화운이 행동으로 대답했다.

이화운이 벌떡 일어났다. 그가 모습을 드러내는 순간, 세 발의 화살이 날아들었다.

쉭! 쉭! 쉭!

그 순간 그녀는 볼 수 있었다.

저격시가 한 발은 이화운의 어깨를, 나머지 두 발이 양쪽 얼굴을 스치며 지나가는 것을.

그것들은 애초에 이화운의 심장과 얼굴을 노린 것들이었다.

저 빠른 것들을 대체 어떻게 피했지?

의문도 잠시 더 놀라운 일이 이어졌다.

핑! 피잉! 핑!

이화운이 화살을 날렸다. 연속해서 세 발의 화살이 시위를 떠났다.

빨리 앉으란 말을 하려던 그녀가 말문을 닫았다.

이제 저격시는 날아들지 않았다.

"설마?"

이화운이 날린 그 세 발의 화살에 사정거리 밖에서 저격시를 쏘던

세 사람 모두 죽은 것이다. 활에 맞는 소리나 비명조차 들리지 않는 거리에 있는 자들이었다.

이화운이 경악한 두 사람을 내려다보며 차분히 말했다.

"그만 가지. 여기서 토끼까지 잡아 저녁 해먹을 게 아니라면."

第七章
객잔풍운

天下第一

서류를 정리하던 제갈명은 문득 고개를 들어 창 너머로 보이는 작전실을 쳐다보았다.

그곳의 사람들은 평소처럼 바쁘게 움직이고 있었다.

그때 비상 전서를 담당하는 무인이 긴장된 얼굴로 부단주 광진에게 보고서를 건넸다. 그것을 받아 읽던 광진이 흠칫 놀라더니 곧장 자신의 집무실 쪽을 향해 달려오기 시작했다.

제갈명이 심호흡하며 마음의 준비를 했다.

어떤 조직의 군사든, 크게 봐서 해야 할 일은 두 가지다.

새로운 일을 도모하거나, 벌어진 일을 수습하거나.

집무실로 달려오는 광진의 바쁜 발걸음에서 지금 얼마나 큰일이 벌어졌는지 짐작할 수 있었다.

광진이 문을 열어젖히며 뛰어 들어왔다.
“귀맹하던 설 대주가 공격을 당했습니다.”
제갈명의 눈빛이 예리하게 빛났다. 광진이 달려오는 것을 보며 떠올린 몇 가지 상황 중 하나였는데, 그중 가장 달갑지 않은 것이었다.
“누구에게?”
“망향곡의 살수들입니다. 놈들 다수가 동원된 것 같습니다.”
“왜지?”
제갈명이 고개를 갸웃했다. 첫 번째 기습에 실패했다고 살수 집단이 이렇게 대규모로 공격을 가하는 것은 드문 일이었다.
“아직 정확히 확인되지는 않았지만 망향곡주가 죽었다는 정보가 있습니다.”
“뭣이?”
내용이 확인되지 않았다는 것은 설수린이나 그쪽에 나간 지원조가 죽인 것이 아니란 뜻이었다.
“대체 누가?”
“현재 확인 중입니다.”
“설 대주는?”
“지원조가 그들을 놓친 모양입니다. 인근을 수색하고 있지만 찾지 못한 상태고, 상당히 위험한 상황으로 추정됩니다. 인근 지단에 지원 요청을 할까요?”
제갈명은 고민했다.
강호에는 정파인들만 있는 것이 아니었다. 지금은 무림맹주 천무광의 무위에 숨을 죽이고 있지만, 분명 사파와 마교도 암중에서 활동하고 있었다.

그들이 이번 예언과 관련된 사실을 알게 되면 골치 아파질 것이다. 하지만 그보다 더 골치 아픈 일은 이미 그들이 이번 일에 끼어들었을지도 모른다는 점이었다.

일단 제갈명은 최악의 상황은 제쳐놓고 내부에서 문제가 생겼다는 가정하에 움직이는 중이었다.

"일단 보류하도록."

"설 대주 일행이 위험할 수도 있습니다."

"보류하게."

"알겠습니다."

광진은 제갈명이 신화대주 설수린을 특별히 믿고 있다는 것을 잘 알았다. 사람을 보는 그의 안목만큼은 강호 누구보다 뛰어나다는 것을 잘 알기에 더는 그에 대해 말하지 않았다.

"여전히 호북 쪽은 연락이 없나?"

"네, 아직입니다."

호북 쪽 이화운을 공격한 이들은 추혼사(追魂獅)였다. 그들은 망향곡이나 살곡보다 더 유명한 살수 집단이었다. 그래서였을까? 호북 쪽 이화운에게 간 무인들에게서는 아예 연락이 끊어졌다. 죽었다면 시체라도 나와야 하는데, 시체조차 찾지 못했다.

"섬서 쪽 이화운은?"

"아직 그쪽은 괜찮습니다."

"귀맹 경로를 여러 차례 바꾸도록. 경로는 자네가 직접 관리하고."

"알겠습니다."

광진이 바쁘게 집무실을 나갔고, 제갈명은 집무실 창가로 걸어갔다. 긴박한 상황에 작전실은 더욱 분주해졌고, 긴장감마저 감돌았다.

"휴, 쉽지 않군."

세 명의 이화운이 동시에 습격을 받았다. 섬서 쪽은 무사히 귀맹중이고, 중경의 설수린은 지원조와 연락이 끊어졌다. 그리고 호북의 이화운 쪽은 지원조들까지 완전히 소식이 끊겼다.

"대체 어디서 비밀이 새어나간 것이지?"

백룡단주 배구척을 내사한 결과가 나왔다. 별다른 수상한 점이 없다는 결과였다.

제갈명은 다음으로 전각주 남궁정을 조사하라 명령을 내렸다.

만약 그에게서 비밀이 샌 것이라면?

이번 일의 배후자들은 강호 십 대 살수 집단 중 셋을 동시에 움직일 정도의 돈과 힘을 지닌 자들이었다. 그들이 전각까지 장악한 것이라면? 정말 끔찍한 상황이었다.

그러지 않기를 간절히 바라며 제갈명이 설수린을 떠올렸다.

'설 대주, 무사히 돌아오리라 믿는다.'

* * *

바람 부는 언덕길에 작은 주점이 하나 서 있었다. 장대에 걸린 주(酒)자 깃발이 모래바람에 펄럭였다.

주점으로 세 사람이 들어섰다. 그들은 바로 이화운과 설수린, 그리고 전호였다.

매복지를 무사히 벗어난 세 사람은 원래의 경로를 바꿔서 돌아가고 있었다. 혹시라도 비밀이 샐까 지원조에도 연락을 취하지 않았다.

계산대에서 졸고 있던 주인장이 반갑게 세 사람을 맞았다.

"어서 옵쇼!"

설수린은 들어서자마자 내부부터 살폈다. 두 탁자에 손님이 있었는데, 우선 입구에서 가까운 곳에는 장사치로 보이는 사내 둘이 술을 마시고 있었다.

그리고 그 옆으로 일가족으로 보이는 중년 남녀와 열 살쯤 되어 보이는 아이가 밥을 먹고 있었다.

"자, 이리로 오시죠."

설수린은 주인장이 안내한 자리를 지나쳐 다른 자리에 앉았다. 입구가 잘 보이고, 옆에 창문이 있어 언제라도 밖으로 튀어 나갈 수 있는 자리였다.

그런 일쯤은 일상인 듯 주인 사내가 친절히 주문을 받았다.

"무엇을 드릴까요?"

"국수 셋과 소고기 볶음 삼 인분, 그리고 술부터 한 병 내오시고."

"알겠습니다."

주인장이 간단한 안줏거리와 술을 가져다 주었다.

전호가 잔에 술을 따르자 설수린이 품에서 은침을 꺼내서 술에 담갔다. 일반 은침에 특수한 처리를 해서 술이나 음식에 든 독의 유무를 알아내는 탐독침(探毒針)이란 것이었다.

설수린이 고개를 끄덕이자 전호가 빠르게 잔을 다 채웠다. 세 사람이 동시에 술을 비웠다.

"캬, 좋다."

전호가 행복한 미소를 지었다.

위험한 순간을 넘긴 후, 한 잔의 술이란 그야말로 천상의 맛이었다.

설수린은 간단히 목만 축인 후 술잔을 내려놓았다.

아직 긴장을 풀어선 안 될 시기였다. 원래 전호 역시 술을 마시면 안 되는 상황이었지만 이곳까지 오는 길이 너무 험난했다.

저격시를 피한 후에도, 십여 명을 더 베어야 했다.

전호가 목소리를 낮춰 말했다.

"망향곡의 살수들이 틀림없습니다."

그래서 탈출하는 데 더 힘들었다. 기습 공격에 능통한 그들이 만든 함정이었다.

설수린이 이화운을 쳐다보았다. 그가 아니었다면 앞서 날아왔던 저격시에 목숨을 잃었을 그녀였다. 그때 경황없이 고맙다는 인사를 하긴 했지만, 그걸로는 부족했다. 물론 순순히 고맙다는 말을 다시 할 그녀가 아니었다.

"당신 때문에 죽을 뻔했군요."

이제 그녀의 억지에 제법 익숙해진 탓일까? 이화운이 예의 그 입꼬리를 말아 올리며 말없이 술을 마셨다.

전호가 이화운의 빈 잔을 채워주며 말했다.

"이해하십시오. 원래 저런 분 아니었는데. 저게 다 음양의 조화가 깨져서 그래요. 적은 안 놓치는 분인데 혼기는 놓쳤거든요."

그 말에 이화운이 희미하게 웃었다. 전호가 이화운에게 건배를 권했다. 이번 일로 이화운에 대한 호감이 급상승한 것이다. 하긴 이 험난한 강호에서 가장 큰 빚은 뭐니 뭐니 해도 목숨 빚인 법이다.

"이번 일 기회가 되면 꼭 보답하겠습니다. 제가 물러터져서 원한은 잘 잊어도, 은혜는 잘 안 잊지요."

"그러면 삶이 피곤하지."

이화운의 말에 전호가 다시 술잔을 비우며 말했다.

"그러게 말입니다. 요즘 강호, 냉정해야 잘 사는데. 하지만 어쩌겠습니까? 착한 것을 경쟁력으로 삼고 살아온 인생이라. 거기다 성질 못된 직속상관에, 박봉에, 일은 많고, 예쁜 여자는 널렸는데 만날 시간은 없고."

설수린이 눈을 가늘게 떴다.

"네 피곤한 삶에 이상한 것이 하나 끼어 있는 것 같다."

전호가 못 들은 척 이화운에게 말했다.

"활 잘 쏘시더군요."

"그게 내 일이니까."

물론 그 활 솜씨는 일개 사냥꾼의 실력이 아니었다. 그렇다고 활이나 화살이 특별난 것도 아니었다.

이화운에게 홀딱 빠진 전호를 보며 설수린이 어이없다는 듯 말했다.

"당장에라도 형님이라고 부르고 싶은 표정인데?"

그러자 전호가 기회다 싶어 재빨리 물었다.

"그래도 되나요? 형님?"

설수린이 두 눈을 가늘게 좁히며 말했다.

전호가 그녀 눈치를 보며 물었다.

"또 제 마음을 들여다보시는군요. 이번에는 뭐가 보이죠?"

"배신! 전에 빼두었던 그 배신!"

"형제애겠죠. 너무 끈끈하게 얽혀 있어서 잘 안 보일 거예요."

"줄타기와 아부!"

"우정과 착각하기 쉬운 것들이죠."

"그럼 너와 나의 그것들은 뭐였지?"

"아련한 추억?"

"이 자식이!"

두 사람의 너스레에 이화운이 피식 웃었다.

그러는 사이, 주인 사내가 요리를 가져 나왔다.

이번에도 역시 탐독침으로 요리에 독이 들었는지 확인했다. 술과 마찬가지로 독은 없었다.

"든든히 먹어둬요. 갈 길이 머니까."

그녀가 소고기 볶음에 젓가락을 대던 순간이었다.

탁.

이화운이 젓가락으로 그녀의 젓가락을 막았다.

"왜 이래요?"

"그냥 국수만 먹지."

"혹시 식탐(食貪) 있어요?"

농담처럼 물었지만 설수린의 표정은 심각해져 있었다. 이화운이 식탐이 있을 것 같지도 않았고, 설령 그렇다고 혼자서 요리를 먹으려고 막을 사람도 아니었다.

그렇다면? 음식에 독이 든 것이다!

그녀의 오른손이 자연스럽게 검의 손잡이로 내려갔다. 전호의 소맷자락에서 비수 한 자루가 내려와 손에 쥐어졌다.

설수린과 전호가 객잔 안을 훑었고 마지막으로 시선이 향한 곳은 계산대에 앉아 있는 주인 사내였다. 주방으로 들어가 음식을 해온 사람이 그였으니까.

전호가 계산대 쪽으로 걸어가며 주인장을 불렀다.

"이봐, 주인장."

"무슨 일이십니까?"

"누가 음식에 먹어선 안 될 것을 넣었는데?"

순간 시간이 멈춘 듯한 침묵.

그 순간 전호는 보았다. 찰나의 순간 사내의 두 눈에 스친 낯선 감정을. 그것은 결코 변두리 객잔 주인의 눈에서 발견되어서는 안 될 섬뜩한 살의(殺意)였다.

"하하, 그럴 리가요."

주인 사내가 웃으며 자리에서 일어서던 그 순간, 살의는 행동으로 이어졌다.

"죽어!"

주인장의 손에 십여 개의 구멍이 뚫린 커다란 원통이 들려 있었다. 살수들이 주로 사용하는 암기, 격살통(擊殺桶)이었다.

쉭!

하지만 전호의 손에 들려 있던 비수가 한발 빨랐다.

주인 사내가 자신에게 날아드는 비수를 피했다.

동시에 격살통에서 암기가 발사되었다.

쉭쉭쉭쉭쉭쉭쉭!

하지만 날아드는 비수를 피하느라 사내는 제대로 겨냥하지 못했다.

팍팍팍파팍팍팍!

격살통에서 날아간 독침이 뒤쪽 벽에 박혔다.

사내가 격살통을 내던지고 다른 암기를 꺼내 들던 그 순간, 이미 전호는 그를 덮치고 있었다.

쉬이익!

푸우욱!

전호의 검이 한발 먼저 사내의 가슴에 박혔다. 두 번째로 날린 암기는 천장에 박혔다.

사내의 몸에 박힌 검을 뽑으며 전호가 한숨을 내쉬었다. 상대의 움직임이 워낙 빨라 한발만 늦었어도 역으로 당할 뻔한 것이다.

전호가 뒤를 돌아봤을 때, 설수린도 피가 뚝뚝 떨어지는 검을 들고 있었다.

주인 사내가 공격을 가하던 그 순간, 뒤쪽에서 술을 마시던 두 사내가 설수린을 기습했던 것이다.

하지만 이미 온정신을 지금 이 상황에 집중하던 그녀였다. 사내들이 암기를 꺼내 들던 그 순간, 한발 먼저 몸을 날려 그들을 없앤 것이다.

옆자리에서 밥을 먹던 일가족 중 여인이 그제야 비명을 내질렀다.

"아아아아악!"

설수린이 웃는 얼굴로 그들을 향해 걸어가며 말했다.

"안심하세요, 다 끝났으니까요."

그때 이화운이 불쑥 말했다.

"과연 다 끝났을까?"

가족들을 서너 걸음 앞에 두고 설수린의 발걸음이 딱 멈췄다.

"설마?"

다음 순간이었다.

사내와 여인이 동시에 몸을 날렸다. 그들의 손에 날카로운 비수가 들려 있었다.

서걱!

사내를 벤 설수린의 검이 그대로 허공을 가로질렀다. 직선의 궤적을 그리며 날아간 검이 여인의 가슴을 갈랐다.

서걱!

하지만 진짜 문제는 지금부터였다.

거의 동시에 허물어지는 두 사람 뒤로 아이가 몸을 날려온 것이다. 아이의 손에도 시퍼런 날의 비수가 들려 있었다.

순간 설수린은 망설였다. 강호에 뛰어든 이래 아직 아이는 죽여본 적이 없었기 때문이었다.

쇄애애액!

아이의 공격은 빨랐다. 앞의 두 남녀는 이 마지막 아이의 공격을 성공하게 하기 위한 희생양이라 생각해도 좋을 정도로.

위기의 순간이었다.

"조심해요!"

전호의 외침과 동시에.

푸욱!

살이 찢기는 끔찍한 소리가 들렸다.

쨍강.

바닥에 떨어진 것은 아이의 손에 들려있던 비수였다. 그녀의 검이 아이의 가슴에 박혀 있었다.

설수린의 뒤에 이화운이 서 있었다. 이화운이 검의 손잡이를 그녀와 함께 잡고 있었다. 망설이는 그녀의 검을 아이에게 찔러 넣은 사람은 이화운이었다.

이화운이 아니었다면 그녀는 아이에게 죽었을 것이다.

"하아."

그녀가 길게 탄식했다. 상대는 이제 겨우 열 살이나 되었을까 한 꼬마였다.

"빌어먹을! 젠장. 미친 살수 놈들!"

아이의 몸에서 검이 뽑혀 나왔다. 이번 역시 이화운이 그녀의 손을 잡고 검을 빼낸 것이다. 설수린의 손이 파르르 떨렸다.

아이가 피를 내뿜으며 뒤로 넘어갔다.

이화운이 성큼성큼 걸어가 아이의 얼굴을 매만졌다. 다음 순간.

찌이이익.

이화운이 아이의 얼굴에서 뭔가를 벗겨 냈다.

설수린이 깜짝 놀라 소리쳤다.

"인피면구(人皮面具)!"

면구 아래에 드러난 얼굴은 삼십 대 사내였다. 사내는 왜소한 몸을 지닌 난쟁이였던 것이다.

인피면구는 얼굴을 감추기 위해 쓰는 일종의 가면이었다. 예전에는 실제 사람 가죽으로 만들었는데, 이제는 기술이 발전해 동물 가죽으로 만들었다. 물론 아직까지도 마교나 사파인들은 실제 사람 가죽을 벗겨 만든다는 흉흉한 소문이 있었다.

설수린이 상대가 아이가 아니란 사실에 안도의 한숨을 내쉬었다.

"아이가 아닌 줄 어떻게 알았어요?"

"손을 봐."

설수린이 사내의 손을 살폈다. 과연 마디에 주름이 많은 것이 아이의 손이 아니었다.

설수린이 고개를 내저었다.

객잔에 들어와서 그들을 지나쳐 가는 그 짧은 순간, 이화운은 그것을 확인한 것이다.

"그럼 애초에 이들이 살수란 것은 어떻게 알았죠?"

"처음 싸움이 났을 때, 여인은 비명만 지를 뿐 아이를 챙기지 않더군. 손만 내밀면 안을 수 있는 거리임에도."

"너무 놀라면 그럴 수 있잖아요?"

"아니, 부모는 그러지 않아."

"데려다 키운 자식이라면요? 원수의 자식이라면요!"

"우리가 이곳에 막 들어왔을 때, 그녀는 아이에게 고기를 먹이고 있었지. 열 살이나 된 아이에게 직접."

"그러니까 그것이 다 연기였다?"

"우리가 들어서는 순간 다복한 분위기를 연출하려 한 것이지."

"오히려 그것이 당신 눈에 띄었군요."

정말 대단하다는 생각이 들었다. 자신이나 전호는 그들에게 그 어떤 위화감도 느끼지 못했다.

이번에는 설수린이 탁자 위의 요리를 쳐다보았다.

"정말 음식에 독이 들었었나요? 독이 들었다면 탐독침이 변했을 텐데요."

"각각에는 독이 들지 않았지."

"네?"

설수린의 물음에 이화운이 탁자에 놓인 소고기 볶음을 내려다보며 말했다.

"그냥 따로 먹으면 괜찮은데 술과 함께 먹으면 독이 되는 것이 있지. 바로 이 요리에 든 주독초(酒毒草)지."

"그게 든 것을 어떻게 알았죠?"

"주독초에는 특유의 알싸한 향이 나지."

"설마 그것을 맡았다고요? 이 강한 향신료 냄새에서?"

"나도 긴가민가했지. 하지만 저길 봐."

이화운이 가리킨 곳은 계산대 옆이었다. 계산대 옆에 작은 화분이 있었는데, 그곳에 심긴 개나리꽃이 시들어 있었다.

"주독초는 봄꽃과는 상극이지. 주독초를 다룬 자가 저 계산대에 가까이 있었단 말이지."

"들어오면서 저 화분에 개나리꽃이 시든 것을 봤다고요?"

"저기 보이잖아?"

설수린이 어이없다는 표정을 짓자 이화운이 살짝 고개를 내저으며 말했다.

"당신은 정말 아무것도 안 보고 다니는군."

헐. 그쪽이 비정상이라고요!

"일단 이곳을 떠나요."

바로 그때였다.

객잔으로 누군가 들어섰다. 그는 작고 왜소했지만, 어둠 속의 맹수처럼 안광이 강렬한 노인이었다. 그 눈빛에 담긴 것은 상대를 죽일 듯한 적대감이었다.

설수린이 전호를 힐끗 쳐다보며 한숨을 내쉬었다.

"이 난리인 것을 보니 네 존경하는 형님이 이 강호를 구할 사람 맞나 보다."

"그러게요. 하지만 그전에 우리부터 구해 주셔야겠는데요."

두 사람이 쳐다보자 이화운이 나직이 앞서 했던 말을 반복했다.

"날 보지 말고 저자의 손을 봐."

* * *

노인은 양손에 얇은 장갑을 끼고 있었는데 푸르스름한 빛을 띠고 있었다.

설수린과 전호가 심각한 눈짓을 교환했다. 강호에 저런 장갑을 끼는 사람들은 한 부류였다.

바로 독을 다루는 사람들이었다.

설수린이 망설이지 않고 품에서 작은 약병을 꺼내 반만 마셨다. 전호 역시 약병을 꺼내 반만 마셨다.

두 사람이 동시에 그 약병을 이화운에게 건넸다.

"뭐지?"

"해약이에요."

그것은 강호에서 주로 통용되는 몇 가지 일반적인 독을 해독할 수 있는 해약이었다. 무림맹 무인들이 비상용으로 가지고 다니는 해독약이었다.

"어서 마셔요."

설수린이 이화운을 재촉했다.

"반이나 날 주면 두 사람은 어떻게 하나?"

"우린 걱정하지 말고, 당신이나 마셔요. 어서요."

"그러지."

더는 사양하지 않고 이화운이 두 사람이 내민 약을 모두 마셨다.

그 모습을 지켜보던 노인이 크게 웃었다.

"크하하하하! 멍청한 것들이 정말 웃기는군. 내가 무슨 독을 쓸 줄 알고 미리 해약을 마신단 말이냐?"

스르륵.

소맷자락에 숨겨져 있던 작은 비수가 설수린의 손으로 내려왔다.

독을 쓰는 자들은 상대하기 까다롭다.

그들을 상대하는 가장 좋은 방법은 독을 풀기 전에 죽이는 것이다.

설수린은 비수를 던질 기회만 노리며 화사하게 웃었다.

"선배의 존성대명을 알려 주실 수 있나요?"

그녀의 미소는 늙은 독물의 마음을 뒤흔들 정도였다.

"요망한 년! 우물(尤物) 같은 년이로다!"

그러자 설수린이 활짝 웃으며 전호를 쳐다보았다.
“들었지? 내가 밖에서는 우물 소리를 듣고 다닌단 말이지. 나 아직 안 죽었…….”
그녀는 자신의 말이 끝나기 전에 비수를 날리려고 했다.
쿵!
하지만 전호가 먼저 나무토막처럼 뻣뻣해진 채 바닥에 쓰러졌다.
다음 순간 설수린이 핑 현기증을 느꼈다. 갑자기 토할 듯 속이 메스꺼웠다.
저 빌어먹을 늙은이가 벌써 하독했구나!
쉬익.
설수린이 비수를 날렸다. 하지만 비수는 노인에게서 훨씬 빗나갔다.
그녀가 앞으로 쓰러졌다. 노인은 이곳에 들어서자마자 하독(下毒)한 것이다. 그리고 상대적으로 내공이 약한 전호가 먼저 중독되어 쓰러진 것이다.
바닥에 부딪히기 직전에 그녀가 생각했다.
아, 이렇게 죽는구나.
그녀는 아쉬웠다. 죽을 때 죽더라도, 좀 멋지게 싸우다 검에 찔려 죽기를 바랐는데. 지저분하게 독이라니.
그나저나 우리 부자 싸가지는…… 내가 지켜줘야 하는데. 아니다. 내가 죽는데 뭔 남 걱정이냐.
그렇게 그녀는 정신을 잃었다.

*　　*　　*

"네 이름이 뭐냐?"

고개를 들어보니 제갈명이 자신을 내려다보고 있었다.

"설수린입니다. 빼어날 수자에 옥빛 린입니다."

"예쁜 이름이군. 몇 살이지?"

"아홉 살입니다."

"왜 무림맹에 들어오려 하는 것이냐?"

"강해지기 위해섭니다."

"왜 강해지고 싶은데?"

"강한 사람이 되면 가족을 지킬 수 있기 때문입니다."

제갈명이 묘한 표정으로 그녀를 내려다보더니 이내 말했다.

"틀렸다. 이 강호는 강하다고 가족을 지킬 수 없다. 오히려 강하면 강할수록 적이 많고, 가족을 잃기 쉽다. 그게 강호다."

제갈명이 냉정하게 돌아섰다.

"꼬마야, 그만 돌아가거라."

설수린이 걸어가는 그의 소맷자락을 잡았다.

자신을 돌아보는 제갈명에게 그녀가 웃으며 말했다.

"그런 이유라면 괜찮아요. 전 이미 가족을 다 잃었거든요."

다음 순간, 설수린이 눈을 번쩍 떴다.

낯선 천장이 눈에 들어왔다. 코를 찌르는 약 냄새. 몸을 일으키던 그녀가 현기증에 다시 뒤로 누웠다.

"조금 더 누워 있어."

귀에 익은 목소리의 주인공은 이화운이었다.

"설마 당신, 지옥도 따라온 건가요?"

"내가 지옥은 왜 가나? 그리고 따라다니는 쪽은 그쪽이지."

그 퉁명스러운 말에 설수린이 미소를 지었다. 비로소 살아났음을 실감한 것이다.

순간 어딘가에 생각이 미친 그녀가 벌떡 몸을 일으키며 소리쳤다.

"아! 전호! 전호는요?"

그때 반대쪽에서 들려오는 반가운 목소리.

"저 여기 있어요."

옆을 돌아보니 전호가 누워 있었다.

"이렇게까지 걱정을 해 주시다니 감격스러운데요?"

자신을 향해 히죽 웃는 전호를 보며 설수린이 내심 안도했다. 그녀가 뒤로 드러누우며 말했다.

"걱정해야지. 앞으로 오십 년은 더 부려 먹어야 하는데."

전호가 킥킥대며 웃었다. 그가 정말 기분이 좋을 때 내는 경박한 웃음이었다. 누군가 자신을 진심으로 위해 준다는 것을 느낄 때의 감정은 그 무엇과도 바꿀 수 없는 기쁨이다.

설수린이 방 안을 살폈다. 객잔은 아닌 것 같았는데, 어디 민가의 방을 빌린 듯 보였다.

"어떻게 된 거죠?"

이화운은 돌아앉은 채 그릇에 약초를 갈고 있었다.

"독에 중독되었어."

"무슨 독이죠?"

"오공독(蜈蚣毒)."

그 말에 설수린이 깜짝 놀랐다. 오공독은 지네에서 추출한 독으로 극독 중의 극독이었던 것이다.

"다행히 해약을 빨리 복용해서 살 수 있었지."

"해약은 어디서 났어요?"

"어디서 났겠어?"

순간 그녀의 머릿속에 객잔으로 들어섰던 노인이 떠올랐다.

"그 망할 늙은이!"

이화운이 고개를 한 번 끄덕였다. 설마하는 마음으로 설수린이 물었다.

"설마 그를 해치웠나요?"

"무공은 별로더라고."

설수린이 깜짝 놀랐다. 분명 노인은 독공의 고수임이 틀림없었다.

"당신은 어떻게 중독되지 않았죠?"

"당신이 해약을 미리 줬잖아."

"뭐라고요?"

물론 자신과 전호가 반씩 해약을 줬다.

"그 해약은 기본적인 독을 해독하는 것이지, 오공독과 같은 상위의 독을 해독하지는 못해요!"

"그런가?"

"만독불침(萬毒不侵)도 아니고. 대체 어떻게 된 일이냐고요?"

그제야 이화운이 힐끔 돌아보며 말했다.

"왜 아니라고 생각해?"
"뭐가요?"
"만독불침."
설수린은 물론이고 전호까지 깜짝 놀랐다.
만독불침은 독에 완전한 저항력을 가진 상태로, 세상의 그 어떤 독으로도 죽일 수 없는 경지를 의미했다.
설수린과 전호가 이내 피식 웃었다.
절대 그런 경지에 올랐을 리 없다고 생각했기 때문이었다.
평생 독공을 연구하고, 의술을 배워도 만독불침의 경지에 이르기는 쉽지 않았다.
그녀가 아는 한, 당대에 만독불침에 이른 사람은 단 한 사람이었다. 새외 밀림 깊숙한 곳에 있다는 독으로 유명한 가문, 만독문(萬毒門)의 문주였다.
평생을 독공만 익혀온 그도 칠십의 나이가 되어서야 만독불침의 경지에 이르렀다고 알려졌다.
설수린이 한숨을 내쉬며 말했다.
"저 허풍 봐. 이게 네 새 형님의 실체다."
"그러게요. 이 부분은 좀 실망인데요."
"어서 돌아와. 문 열려 있다."
"아직은요. 그래도 우릴 구해줬잖아요."
전호와 장난을 치고 있지만 사실 그녀는 이화운에게 너무나 고마웠다.
벌써 그에게 두 번이나 목숨 빚을 졌다. 고맙다는 말을 하고 싶은데 왠지 그 말이 나오지 않았다.

약초를 갈고 있는 이화운의 등을 보고 있자니 문득 예전의 한 장면이 떠올랐다. 흑부오견을 해치우고 혼자 먼저 걸어가던 모습.

그날도 이랬다. 조금은 외로워 보이는, 그래서 왠지 가서 어깨동무를 해 주고 싶은 그런 마음이 드는 뒷모습.

"당신 때문에 또 죽을 뻔했군요."

설수린의 말을 재빨리 전호가 받았다.

"이 망언은 제가 대신 사과드리죠."

피식 웃고 난 이화운이 두 사람에게 약을 내밀었다.

"먹어, 상한 속을 다독여 주는 약이야."

두 사람이 약을 마셨다. 먼저 마신 설수린이 인상을 찌푸렸다.

"아! 쓰다."

"원래 몸에 좋은 것은 쓴 법이죠. 이런 약은 단숨에…… 아앗! 쓰다, 써."

전호가 죽겠다고 엄살을 떨었다.

설수린이 이화운을 바라보았다.

"재주도 좋으셔."

"잊었나? 난 약초꾼이기도 하잖아."

어디 그뿐이겠어요? 섬의 주인이자, 성의 주인이고, 신검의 주인이기도 하고, 또…… 어떤 모습을 보여줄지.

"한데 여긴 어디죠?"

"인근 민가에 방을 하나 빌렸어."

"위치는요?"

"지났던 길을 오 리쯤 되돌아왔지."

"아! 잘하셨어요!"

추격하는 처지에서는 설마 자신들이 되돌아왔을 것이라고는 생각지 않을 것이다.

이 선택이 과연 우연일까?

분명 실전을 많이 겪어본 사람만이 내릴 수 있는 선택이었다.

"일단 푹 쉬어."

이화운이 방을 나섰다.

"후우."

한숨을 내쉬며 그녀가 다시 누웠다. 조금 전에 먹은 약 기운 때문인지 전호는 이미 잠이 들어 있었다.

그녀에게도 잠이 밀려왔다. 신경이 곤두서야 하는데, 밖에 이화운이 있다고 생각하니 왠지 마음이 편안해졌다.

눈이 감기는 가운데 그녀는 마지막 그 노인을 떠올렸다. 분명 보통 노인은 아닌 것 같았는데. 대체 그 노인은 누구였을까? 또 이화운은 어떻게 그를 죽인 것일까?

여러 의문도 밀려드는 수마(睡魔)를 막지는 못했다. 이내 그녀는 깊은 잠에 빠져들었다.

* * *

"독야(毒夜)입니다."

시체가 널린 객잔에서 노인의 시체를 살피던 십삼호가 설명했다.

"망향곡 제일 살수이자, 독공의 고수입니다. 망향곡에서 가장 아끼는 살수로, 지난 십 년간 단 한 번도 살행에서 실패하지 않은 자입니다. 무공 수위는 이류지만, 독공은 절정에 속해 있습니다."

탁자에 걸터앉아 듣고 있던 사람은 구호와 십호였다.

"독공을 사용하지도 못하고 당했나?"

"당연히 그랬겠지요. 독야가 독을 쓰고도 상대를 죽이지 못했을 리는 없으니까요."

"사인(死因)은?"

"검으로 심장을 찔렸습니다."

십삼호가 진지한 표정으로 덧붙였다.

"이화운이란 놈, 보통이 아니군요."

"그의 짓이라 생각하나?"

구호의 물음에 십삼호가 당연하지 않느냐는 표정으로 대답했다.

"중경의 이화운에게 파견된 인물은 신화대의 젊은 대주입니다. 그것도 계집…… 아! 죄송합니……."

촤르르르륵.

순식간에 날아든 구호의 채찍이 그의 목에 감겼다.

"끄윽!"

채찍은 마치 살아 있는 것처럼 꿈틀거리며 목을 잘라 버릴 듯 죄어왔다. 죽을죄를 지었다는 말을 하려 했지만, 숨이 막혀 한마디도 할 수 없었다.

새하얗게 질린 채 정신을 잃기 직전, 그의 목에서 채찍이 풀렸다.

"후아아아아."

십삼호가 바닥에 주저앉은 채 숨을 몰아쉬었다.
"죽, 죽을죄를 지었습니다."
땅바닥에 이마까지 대었지만 물론 그 속마음은 달랐다.
'망할 년! 정말이지 상대하기 까다롭구나.'
마음 같아선 욕이라도 퍼붓고 싶지만 그랬다간 죽은 목숨이었다.
차갑게 그를 내려다보던 구호가 언제 그랬냐는 듯 부드러운 어조로 말했다.
"계속하도록."
"아, 네. 그녀는 아직 새파란 애송이입니다. 절대 독야를 당해낼 수는 없습니다."
"넌 한 사람을 잊고 있군."
"그게 누굽니까?"
"망향곡주를 죽인 자!"
"아! 그렇군요."
듣고 있던 십호가 주먹을 꽉 쥐었다. 그 주먹에서 폭발할 듯한 잠력이 느껴졌다.
"어쨌든 이제는 내가 나서야 할 때로군."
"잠깐."
구호가 손을 들어 그를 제지했다.
그녀가 독야의 품을 조심스럽게 뒤졌다. 십삼호는 감히 독공의 고수인 독야의 품을 뒤질 생각을 하지 못했었다. 잘못하다 독이 든 병이라도 하나 깨뜨리면, 모두 죽게 될 것이다.
하지만 구호는 겁도 없이 그의 품을 능숙하게 뒤지더니 책자처럼 생긴 작은 주머니를 하나 꺼냈다. 펼쳐 보니 십여 개의 약병이 일렬로 꽂혀 있었는데, 그중 하나가 비었다.

"해독약이 하나 사라졌다."

십삼호가 깜짝 놀랐다.

"설마?"

"그래. 하독했는데도 당했다는 뜻이지."

"그런 것 같습니다만……."

십삼호가 말꼬리를 흐렸다. 독야가 독을 풀고도 상대에게 당했다는 것이 믿기지 않은 탓이다. 그만큼 독야의 독공은 무서운 것이었다.

"애초에 하나가 비어 있었을 수도 있지 않습니까?"

"과연 그럴까?"

그에 비해 십호의 태도는 달랐다.

"상관없다."

"상관있어."

"설마 내가 놈들을 죽이지 못할 것으로 생각하나?"

"그렇지 않아. 다만 신중해야 한다는 거지."

십호의 눈에서 강렬한 빛이 뿜어져 나왔다. 자신만만한 그가 객잔을 나가려 했다.

"신중은 약한 자들이나 하는 것이다!"

짝!

구호가 사정없이 십호의 뺨을 때렸다. 십호가 울컥 화를 내려는 순간, 구호와 시선이 마주쳤다. 구호의 눈빛에서 흘러나오는 살기에 십호의 심장이 얼어붙었다.

구호가 차갑게 말했다.

"그럼 내게 신중해야지."

그 날카로운 기세에 십호는 차마 그녀에게 욕설을 내뱉지 못했다.

"흥! 막을 테면 막아보든지!"

그가 객잔 밖으로 몸을 날렸다. 구호는 십호를 막지 않았다.

"괜찮겠습니까?"

짝!

괜한 입방정에 이번에는 십삼호의 뺨에서 불이 났다.

"네놈이 걱정할 상대이더냐!"

"죄송합니다."

"망향곡의 동태는?"

"이번에 주력 살수가 상당수 죽었습니다. 더는 이번 일에 개입하지 못할 듯합니다."

"그렇겠군."

구호가 먼저 걸어 나가며 명령했다.

"다 태워 버려라."

"알겠습니다."

그녀가 객잔에서 조금 떨어진 곳에 잠시 멈춰 섰다.

화르르르르!

그녀의 등 뒤로 불길이 높게 치솟았다. 일렁이는 불길이 노을처럼 번져 그녀를 물들였었다.

그녀의 시선이 다시 손에 든 가죽 주머니를 향했다.

"독야의 해약 주머니……."

그 비어 있는 한 자리를 응시하며 그녀가 나직이 말했다.
"어떻게 이걸 보고도 겁이 나지 않지?"

第八章 풍멸권

天下第一

설수린이 잠에서 깨었을 때는 늦은 오후였다.

푹 자고 일어나니 한결 몸이 가벼웠다. 이화운이 준 약의 약효가 제대로인 것 같았다.

여전히 전호는 잠이 들어 있었다.

전호가 깨지 않게 조용히 그녀가 방 밖으로 나왔다.

그곳은 작은 마당이 있는 모옥(茅屋)이었는데, 이화운은 마당 한옆에 솥을 걸어두고 무엇인가를 삶고 있었다.

"뭐에요?"

그녀의 물음에 이화운은 돌아보지 않고 대답했다.

"닭. 아플 때는 잘 먹어야지."

설수린은 눈을 가늘게 떴다.

"당신 왜 그러죠?"

그제야 이화운이 그녀에게 고개를 돌렸다. 무슨 뜻이냐는 표정을 보며 설수린이 말했다.

"당신 이렇게 다정한 사람 아니잖아요?"

"내가 무정한 사람이었나?"

"당연히……."

무정하다는 말을 자신 있게 내뱉지 못했다. 그러고 보니 그가 무정했던 적은 없었다. 정말 무정한 사람이었다면 이렇게 편한 마음도 들지 않았겠지.

조금 미안한 마음이 들려는 순간.

"그랬다면 미안하군. 목숨을 구해 준 사람이 너무나 무정한 사람이어서 말이지."

헐! 그새를 못 참고 못된 생색을!

그녀가 가마솥으로 다가갔다.

"어디 좀 봐요."

그녀가 솥뚜껑을 열었다. 닭 세 마리가 푹 삶기고 있었다.

"인삼이랑 대추는 넣었어요?"

"넣었지."

"아! 냄새 좋다."

끼니를 거른 채로 잠을 자서인지 그녀는 정말 배가 고팠다.

"그런데 이렇게 막 냄새를 피워도 될까요?"

"안심해. 설마 우리가 이러리라고 생각하지 않을 테니까. 그리고 그들은 더는 추적하지 않을 거야."

"왜죠?"

"살수 집단이 어떤 곳이지?"

"돈 받고 사람을 죽여주는 곳이죠."

"맞아. 그게 본질이지. 명분을 중시해서 멸망하더라도 복수를 이루려는 곳은 아니란 말이지."

이미 그들은 충분한 피해를 보았다는 뜻이었다.

"그랬으면 좋겠군요."

그녀가 가마솥 앞에 쪼그리고 앉으며 말했다.

"하지만 당신……, 앞으로 더 위험해질지도 몰라요."

망향곡이 문제가 아니었다. 진짜 문제는 그들을 청부한 자들이었다. 무림맹 무인을 가차 없이 죽이려 드는 간 큰 그자들.

"그런가?"

"그런 태평스러운 반응을 보일 때가 아니라고요."

뭐라 잔소리를 하려던 설수린이 말문을 닫았다. 말없이 가마솥 뚜껑을 쳐다보고 있는 그의 눈빛은 더없이 깊었다. 태평스러운 것도 아니었고 두려워하지도 않았다. 그렇다고 자신의 실력을 자만하는 것은 더더욱 아니었다.

"무슨 비밀이 그리 많아요?"

그녀의 말에 이화운이 피식 웃었다. 보기 좋은 그 미소였다. 이내 그의 얼굴에서 미소가 사라졌다.

이화운이 자리에서 일어났다.

"어디 가요?"

"새로 마차를 구해야지."

“같이 가요.”

“됐어.”

매정하게 발걸음을 옮기는 그를 보며 설수린이 입술을 내밀었다.

“그렇게 살면 좋아요?”

“좋아.”

“안 심심해요?”

“전혀.”

“병이라고요. 혼자 있는 것을 좋아하는 것.”

물론 설수린은 이런 쓸쓸한 모습이 왠지 그와 잘 어울린다고 생각했다. 하지만 쓸쓸함이 어울리는 삶, 그건 별로 바람직하지 않다는 생각이 들었다.

“안 외로워요?”

이번 대답은 잠깐 사이를 두고 나왔다.

“혼자라서?”

“네.”

“외로움은 사람들하고 있을 때 느끼는 것 아닌가?”

“……!”

다시 이화운이 걸음을 옮기기 시작했다. 집을 나서는 그를 보며 설수린이 큰 소리로 말했다.

“중병이에요, 중병.”

“외롭다고 죽진 않아.”

“장담하진 마시라고요.”

그렇게 이화운이 집을 나섰다.

그때 뒤에서 들려온 전호의 말소리.

"어쩌면 저 사람일지도 모른다는 생각이 드네요."

돌아보니 전호가 문 앞 나지막한 난간에 걸터앉아 있었다.

뜬금없는 말이었지만 설수린은 전호의 말뜻을 짐작할 수 있었다. 자신들이 데려가는 이화운이 진짜 강호를 구할 그 이화운일지도 모른다는 말이었다.

처음에는 절대 아니라고 주장했던 전호였다. 하지만 이제 생각이 많이 바뀌었다.

"전에 생각나죠? 망향곡주가 저 사람 목소리를 알아들은 것."

설수린이 고개를 끄덕였다. 유명한 살수 집단의 수장이 목소리를 알아본다는 것은 참으로 의미심장한 일이었다.

"무공 실력도 대단하고."

"대단하지."

"특별한 사람이에요."

특별한 것이 어디 그것뿐이겠는가? 전호는 모르는 것들이 더 있었다. 성에 있던 무기들. 그리고 이화운이 가져온 신검까지.

"암, 특별하지. 나 같은 미녀를 알아보지 못하는 그 이상한 눈만 봐도."

전호가 웃으며 그녀에게 걸어왔다.

"근데 이게 무슨 냄새죠?"

설수린이 하늘을 올려다보며 대답했다.

"어느 잘나신 분 외로움이 푹푹 삶아지는 냄새다."

전호가 솥뚜껑을 열어보며 히죽 웃었다.

"고놈의 외로움, 참 맛있게도 보이네요."

*　　*　　*

다음날 새벽, 한 대의 마차가 여명을 깨우며 달리고 있었다.

이젠 처지가 바뀌었다. 이화운이 마차를 몰았고, 설수린과 전호는 객실에서 쉬고 있었다. 거의 회복이 되었다지만, 아직 하루 이틀은 더 쉬는 게 좋겠다는 이화운의 판단 때문이었다.

창밖을 응시하던 전호가 나직이 말했다.

"마차 잘 모네요. 편한데요?"

과연 이화운의 마차 모는 실력은 일품이었다.

"편하긴. 엉덩이 아파 죽겠다."

그녀가 일부러 큰소리로 창밖에 소리쳤다.

전호가 눈을 가늘게 떴다.

"요즘 보면……."

뭔가 불손한 말이 나올 것 같은 서두에 설수린은 고양이 눈이 되었다.

"아무것도 아니에요."

"뛰어서 따라오고 싶어?"

"요즘 보면 대주님도 귀여운 면이 있으시다고요."

이화운과의 관계를 염두에 둔 말이었기에, 기분이 나쁠 수도 있을 농담이었는데, 오히려 설수린은 활짝 웃었다.

"가히 폭발적 귀여움이지."

전호가 피식 웃었다. 이래서 그녀를 좋아한다. 허심탄회하니까. 수하에게 너그러우니까. 장난을 장난으로 받아줄 줄 아니까.

휘이이잉.

그때 말 울음 소리와 함께 마차가 덜컹거리며 급하게 멈춰 섰다. 그 바람에 설수린과 전호가 앞으로 날아갔다.

앞자리에 처박힌 채 전호가 말했다.

"두 번만 귀여웠다가는 큰일 나겠는데요?"

"이봐요! 마차 잘 몬다고 칭찬한 지 얼마나 되었다고!"

설수린의 고함에 밖에서 이화운의 차분한 말이 들려왔다.

"잠시 나와 봐야겠는데?"

심상찮은 느낌에 설수린과 전호가 창밖으로 고개를 내밀었다. 사내 하나가 길을 막고 서 있었는데, 그 자세만 봐도 실력이 어느 정도일지 느낄 수 있었다.

적대감을 당당히 드러낸 그는 바로 십호였다.

"지금부터 내 말 잘 들어."

그를 보자마자 갑자기 설수린의 표정이 진지해졌다.

"내가 먼저 나갈 거야. 내가 싸우기 시작하면 넌 그대로 달아나! 뒤도 돌아보지 말고 뛰어! 내 심장이 뜯겨 나가기 전까지 충분히 달아날 시간이 있을 거야. 내 두 팔이 떨어져 나가면 놈의 다리를 걸어서라도 시간을 벌 테니까. 명심해! 복수 따윈 생각하지 말고, 이 길로 고향으로 돌아가. 그냥 평범하게 살아! 알았지? 널 만나서 행복했다. 지금까지 고마웠다."

"……."

"……."

"감동해서 제가 먼저 나가길 바라신 거죠?"

"표났어?"

"많이요."

"어떻게?"

"대주님은 거짓말할 때면 눈을 자주 깜박이거든요."

"아, 그거 잘 안 고쳐지네."

두 사람이 마주 보며 미소를 지었다. 어차피 상대를 두고 달아날 사람이 아니란 것을 누구보다 잘 아는 그들이었다. 그나마 이렇게 장난이라도 칠 수 있는 것은 모두 이화운 때문이었다. 왠지 그가 있으니 마음에 여유가 있었다.

"나가자."

"네."

마부석의 이화운은 가만히 고삐를 잡은 자신의 손만 내려다보고 있었다.

기왕 농담으로 여유롭게 시작한 것.

설수린이 이화운에게 말했다.

"목소리 한번 내봐요."

"왜?"

"전에 망향곡주처럼 저놈도 목소리를 알아듣고 그냥 갈 수도 있잖아요."

그러자 이화운이 십호를 보며 말했다.

"내 목소리 들어본 적 있나?"

십호가 싸늘히 대답했다.

"무슨 헛소리냐?"

이화운이 설수린을 보며 어깨를 으쓱했다.

"그렇다는군."

"할 수 없죠."

설수린이 한숨을 내쉬며 앞으로 나섰다.

"당신도 망향곡에서 나왔나?"

물론 그가 살수가 아니란 것을 알고서 물었다. 살수들과는 기도가 완벽하게 달랐다.

하지만 지금까지의 여느 사내들과는 다르지 않았다. 자신을 향한 눈빛에 어떤 열망이 담겨 있음을 느낀 것이다.

설수린이 이화운을 돌아보며 물었다.

"느껴져요? 내 옷을 갈기갈기 찢어 버리고 싶어하는 저 욕망이?"

이화운이 고개를 가로저었다. 전혀! 라는 표정으로.

별의별 것을 다 보고 다니면서 왜 저것을 못 봐!

"정말 이해할 수가 없군요."

듣고 있던 십호의 얼굴이 붉어졌다.

"망할 년!"

자신의 속마음이 들키자 수치스러움은 곧 분노가 되었다. 십호의 몸에서 살기가 뿜어져 나왔다. 설수린과 전호는 온몸이 얼어붙는 기분이 들었다. 분명 상대는 자신들보다 고수였다.

그때 이화운이 고개를 들었다.

"그 몸으론 무리야."

사실 몸이 제대로라도 이기기 어려운 상대였다.

그래도 말이라도 고맙네요.

설수린과 이화운의 시선이 허공에서 얽혔다.

"저놈은 내가 맡지. 대신 부탁이 하나 있는데."

"도와주면서 조건 거는 남자, 매력 없는데."

"다행이군."

어휴. 저 얄미운 입!

"부탁이 뭐죠?"

"끝내고 말하지."

이화운이 천천히 마부석에서 내렸다.

"네가 이화운이군."

십호는 자신만만한 미소를 지었다. 그는 실력에 자신이 있었다. 눈앞의 이화운을 이길 자신.

"검은요? 이거라도 가져가요."

설수린의 말을 못 들은 척 이화운은 맨손으로 걸어 나갔다.

십호의 표정이 와락 일그러졌다.

"검을 쓰는 자가 감히 내게 맨손으로 덤비겠다는 것인가?"

부웅!

십호가 신경질적으로 주먹을 내질렀다.

쾅!

마치 쇳덩이가 떨어진 것처럼 땅바닥이 움푹 파였다. 그의 주먹에는 바위를 가루로 만들 가공할 힘이 깃들어 있었다.

"풍멸권(風滅拳)이다."

풍멸권이란 말에 설수린과 전호가 깜짝 놀랐다.

분명 들어본 적이 있었다. 전대의 대권호(大拳豪)로 불리던 왕찬이 익혔던 권법으로 엄청난 위력의 무공이었다.

한번 바람이 불면 지옥을 보게 된다는 무공, 바로 풍멸권이었다.

십호는 바로 그 풍멸권의 전수자였던 것이다.

지금까지 이화운이 보여준 실력은 대단했다. 하지만 그동안 상대한 자들과 눈앞의 사내는 차원이 달랐다.

"이길 수 있을까요?"

전호의 물음에 설수린은 어떤 대답도 할 수 없었다.

"글쎄."

풍멸권. 전대의 고수 왕찬은 그 무공으로 강호를 종횡무진 휩쓸고 다녔다. 그런 대단한 무공을 익힌 자를 상대하는데 어찌 승리를 장담할 수 있겠는가?

하지만 적어도 지금, 그녀는 떨지 않았다. 당연히 떨려야 할 상황임에도 마음이 평온했다.

저 사람에 대한 믿음이 이 정도인가?

그런 생각이 들 정도였으니.

전호 역시 비슷한 마음이었는지 자조적인 미소를 지으며 말했다.

"옷 잘 입고 머리카락만 앞으로 내린다고 멋있고 신비해 보이는 것은 아니란 거죠."

이화운이 멋있고 신비해 보인다는 말이었고, 그에 비해 자신은 철부지 같았다고 반성하는 것이다.

"철 드니?"

“그래야 할까 봐요.”

“그러지 마라.”

“왜요?”

“네가 철들면 내가 심심하잖아. 부려 먹기도 철부지가 좋고.”

“역시 우리 대주님 이기심은.”

전호가 최고라며 엄지손가락을 치켜세웠다.

그러자 설수린이 가볍게 한숨을 내쉬었다.

“그러면 뭐하냐? 사는 게 만날 이 모양인데.”

만담 같은 둘의 대화에 이화운이 결국 피식 웃고 말았다.

“당신은 여기 신경 쓰지 말고 싸움에만 집중해요!”

설수린의 걱정에 이화운이 돌아보지 않은 채 물었다.

“나를 걱정하는 건가?”

“그럴 리가요. 제 목숨 걱정이죠. 조금 전에 뭐 들었어요?”

그 순간 십호가 움직였다. 그때를 공격의 기회로 잡은 것이다. 자신만만하고, 거침없는 그였지만, 일단 싸움을 시작하면 오만이나 방심으로 일을 그르치지 않았다. 그는 이화운의 여유를 실력으로 받아들였다.

쉬이이잉.

그의 움직임은 빨랐다. 덩치가 컸지만, 절대 둔하지 않았다.

그리고 주먹은 더 빨랐다.

그는 전형적인 권법가였다. 그 큰 덩치에 내공의 힘까지 더해지자 바위를 박살 낼 위력이 되었다.

팡! 파앙! 파팡!

가죽 북 터지는 소리가 연이어 허공에서 들렸다.

그 빠른 주먹을 이화운이 몸을 비틀어 피했다.

불과 몇 수 지나지 않았지만 지켜보던 설수린은 가슴이 철렁철렁 내려앉았다.

정말 스쳐도 죽는다는 표현은 저 주먹에 쓰라고 만들어진 말이란 생각이 들었다.

상대의 주먹을 피하는 이화운의 보법(步法)은 특이했다. 그야말로 가볍게, 편하게 움직이면서 상대의 공격을 피했다.

"언제까지 피할 수 있는지 보자!"

우렁찬 일갈을 내지르며 십호가 양 주먹을 연이어 내질렀다. 주먹에서 권풍(拳風)이 일었다. 죽음의 바람이 공기를 찢어발기며 이화운에게 날아들었다.

푸아아아아앙!

*　　*　　*

그 엄청난 권풍에 이화운의 뒤쪽에 서 있던 나무가 뿌리째 뽑혀 나갔고 바위가 부서지며 흙먼지가 일었다.

하지만 이화운은 한발 먼저 그 공격을 피한 후였다.

십호의 주먹에서 연속해서 권풍이 일었다.

푸아아앙! 푸아앙!

절대 피할 수 없을 것 같은 공격이었음에도 이화운은 권풍이 미치지 못하는 사각지대를 정확히 찾아내어 그곳으로 몸을 피했다.

연이어 이화운이 권풍을 피해내자 오히려 십호의 마음이 초조해졌다. 권풍을 일으키는 일에는 엄청난 내공이 소모되었다. 이대로라면 금방 내공이 고갈되고 말 것이다.

"이놈!"

일갈을 내지른 십호가 권풍을 거두고 다시 일반적인 공격으로 바꾸었다.

그 첫 번째 공격이 날아드는 순간.

지금껏 피하기만 하던 이화운의 움직임이 달라졌다.

십호가 심리적으로 위축되던 바로 그 순간을 공격의 시기로 잡은 것이다. 십호가 주먹질을 시작한 이후 가장 자신감 없는 공격을 한 순간이기도 했다.

이화운이 날아든 주먹을 몸을 비틀어 피하면서, 그 두꺼운 팔을 두 손으로 휘감았다.

생각지 못한 반응에 십호가 순간 당황했다. 타격기가 아니라 접근전으로 붙어온 것도 놀랐지만, 더욱 놀라운 일은 이화운이 힘으로 자신의 팔을 꺾으려고 한 것이다.

십호가 소리쳤다.

"어림없다!"

동시에 십호의 근육이 터질 듯 부풀어 올랐다. 도검도 튕겨내는 강철 같은 근육이었다. 힘으로는 그 누구에게도 절대 지지 않을 자신이 있는 그였다.

하지만 이화운이 두 팔에 힘을 주는 순간!

뚜두두둑.

"컥!"

십호의 입에서 비명이 터져 나왔다. 오른팔이 부러진 것이다.

십호는 두 눈을 부릅떴다. 육체의 아픔보다 자신의 팔이 부러졌다는 사실에 정신적 충격이 더욱 컸다.

쉬이이잉.

이번에는 십호의 왼 주먹이 다시 허공을 갈랐다. 이화운이 공격을 피하며 이번에는 그 왼팔을 휘감았다.

"안 돼!"

모든 힘을 왼팔에 집중했지만 십호의 육체는 그의 의지를 배반했다.

우두둑!

왼팔도 부러진 것이다. 자신의 육체가 이렇게 쉽게 부러진다는 것을 십호는 믿을 수 없었다. 너무 어처구니가 없어 지금 꿈을 꾸고 있을지도 모른다는 생각이 들 정도였다.

"죽어라! 이놈!"

두 팔을 늘어뜨린 채 그가 박치기를 해왔다.

이화운의 몸이 훌쩍 뛰어오르더니 두 발로 그의 목을 휘감았다.

휘리리리릭.

십호의 목을 다리 사이에 끼운 채 이화운이 허공에서 한 바퀴 공중제비를 돌 듯 회전했다.

우드드득.

목이 부러지는 끔찍한 소리가 들렸다.

육중한 십호의 몸이 덩달아 한 바퀴 회전하고는 그대로 땅바닥에 처박혔다.

이화운이 십호 앞으로 날렵하게 내려섰다.

십호는 꼼짝도 하지 않았다. 그는 이미 숨이 끊어진 것이다.

멀리 떨어져서 그 모습을 지켜보던 설수린과 전호는 두 눈을 휘둥그레 뜬 채 멍하게 서 있었다.

"대체 무슨 무공이죠?"

전호의 물음에 그녀는 대답하지 못했다. 팔을 꺾어 부러뜨리고, 마지막에 목을 부러뜨린 그 움직임은 그녀도 처음 보는 것이었다.

"나도 모르겠다."

그녀의 목소리가 떨렸다. 싸우는 것을 지켜보는 내내 가슴이 뛰었다. 이화운의 싸움은 보는 사람을 설레게 하는 어떤 힘이 있었다.

더욱 놀라운 것은, 그녀가 짐작하건대 이화운의 주 무공은 분명 검술이었다. 그가 지니고 있는 검을 생각하면 그것은 거의 확실했다.

한데 주력 무공도 아닌 맨손으로 저 무지막지한 상대를 해치운 것이다. 그것도 절정에서도 상위의 실력에 속해 있는 고수를.

그녀가 이화운에게 걸어가려는데, 이화운이 손을 들어 제지했다.

이화운의 시선이 천천히 나무 위를 향했다.

삼십여 걸음 떨어진 거목의 나뭇가지 끝에 한 여인이 쪼그리고 앉아 있었다. 매혹적인 눈웃음이 인상적인 그녀는 바로 구호였다.

"당신, 매력 있는데?"

그녀는 이화운의 무공 실력에 놀랐을 뿐, 십호의 죽음을 전혀 슬퍼하지 않았다.

이화운이 그녀를 올려다보며 차갑게 말했다.

"넌 별론데?"

그 말에 설수린이 피식 웃었다. 왠지 기분이 좋았다.

화가 날 만했음에도 구호는 전혀 동요하지 않았다.

"당신, 정말 매력 있어. 하지만…… 아쉽네. 이 강호는 매력 있는 사내를 한 번도 그냥 놔둔 적이 없거든."

휘리리릭.

구호가 새처럼 빠르게 그곳을 벗어났다. 그녀가 자신 있게 모습을 보인 것도 그 빠른 경공을 믿어서라고 생각이 될 만큼, 빠르고 화려한 경공술이었다.

이화운은 그녀를 쫓아갈 생각은 전혀 없는 듯 보였다.

설수린이 저 멀리 점이 되어 사라지는 구호를 보며 속삭였다.

"면전에서 너 못생겼다는 소릴 들어봐야 매력 타령이 쏙 들어가지."

그 말에 전호가 피식 웃었다.

그녀가 이화운에게 걸어갔다.

"대체 무슨 무공이었죠?"

"별것 아냐."

"좋아요, 그렇다고 쳐요. 한데 그 별것 아닌 무공으로 어떻게 저 무지막지한 팔을 부러뜨릴 수 있죠?"

그러자 이화운이 대답했다.

"약점(弱點)이란 말이 있지."

"알죠, 약점."

"말 그대로 약한 곳이지."

"그런데요?"

"대부분의 사물에는 가장 약한 지점이 존재하지. 사람은 물론이고 저 나무도, 바위도, 풀도. 난 그자의 팔에서 그 가장 약한 부분을 찾았을 뿐이야. 모든 무공의 기본 원리이기도 하지."

학당에서 지겨운 수업에 졸다 깬 악동처럼 설수린은 눈만 껌벅였다.

"지금 말해 주기 싫다는 거죠?"

뒤에서 전호의 말이 들려왔다.

"전 약점이란 말 나왔을 때 이미 귀를 닫았습니다."

설수린은 눈을 가늘게 뜬 채 이화운을 쳐다보았다. 끝까지라도 꼬치꼬치 물어보고 싶었지만, 지금은 한시라도 빨리 이곳을 떠나야 할 때였다.

"좋아요, 그럼 아까 말한 부탁은 뭐죠?"

"잠시 들러야 할 곳이 있다. 가는 데만 한 열흘 걸릴 거다."

그녀가 입술을 뾰족하게 내밀며 말했다.

"돈도 많으신 자유 영혼께서 어딜 자꾸 들러요?"

계속 습격을 받는 이 상황에서 이십 일이나 귀맹을 미루는 것은 꽤 부담스러운 일이었다.

하지만 약속은 약속이니까.

"가요."

*　　*　　*

열흘 후, 세 사람은 산을 오르고 있었다.

산 아래 객잔에서 기다리라는 이화운의 말에 설수린은 위험해서 안 된다며 박박 우겼다.

이화운을 보호해야 한다는 주장을 펼쳤으면 씨알도 안 먹혔을 것인데, 그녀는 자신과 전호를 앞세웠다.

우릴 여기서 죽게 할 셈이냐는 억지에, 열흘이나 일정을 버려가며 이곳까지 왔는데 그 정도도 못 해 주느냐는 억지까지 더해지자 결국 이화운은 동행을 허락하고 말았다.

설수린은 이번만큼은 내공을 사용하지 않고 산을 오르는 실수를 저지르지 않았다.

얼마나 그렇게 올랐을까?

산속 깊은 곳에 장원이 한 채 있었다.

"와! 이런 곳에 저런 집이 있다니!"

설수린과 전호는 진심으로 감탄했다. 정말이지 장원은 그림 속의 한 장면처럼 멋진 절경과 어우러졌다.

"여긴 어디죠?"

"두 사람은 잠시 여기서 기다리지."

"함께 가면……."

이화운이 굳은 표정으로 그녀를 노려보았다.

"……안 되겠군요."

사실 여기까지 따라온 것도 크게 봐준 셈이었다.

이화운은 혼자서 장원으로 걸어 들어갔다. 장원의 문은 열려 있었는데, 마당에서 느껴지는 분위기가 휑했다.

전호가 입맛을 다시며 말했다.

"우리 대주님, 제 눈에는 이렇게 예쁜데 말이죠. 저 사람한테는 전혀 안 통한단 말이죠."

"좋으면서 싫은 척하는 거지. 왜 이래? 알 만한 분께서."

"……."

"……아닌 것 같아?"

"전혀요."

"……."

사실 전호는 겉으로 표를 내지 않고 있었지만, 그녀를 대하는 이화운의 반응에 계속 놀라고 있었다.

남자이기에 남자의 마음을 잘 안다. 취향이니 어쩌니 하면서 설수린을 놀렸지만, 정말이지 설수린은 그 모든 다양한 취향을 대동단결시킬 만한 압도적인 미를 지니고 있었다.

하지만 이화운은 진정 그녀를 담담하게 대했다. 그의 눈빛, 행동 어디에도 가식은 없었다.

'정말이지 이렇게 예쁜데.'

전호가 웃으며 물었다.

"삐쳤어요?"

그렇다는 듯 설수린이 입술을 길게 내밀었다.

전호가 히죽 웃으며 너스레를 떨기 시작했다.

"이거 또 여심을 녹이는 귀한 혀를 한번 놀려야겠군요. 솔직히 외모로만 따져서 우리 대주님을 당할 여자가 어디 있겠어요? 양귀비나 서시는 대주님 앞에 서는 순간, 시비 복장 입고 차나 날라야 하죠. 천하제일미 선발대회는 왜 안 열리나 모르겠어요. 예쁜 것들 사이에 있어야 진짜 우리 대주님이 얼마나 아름다운지 확실히 알 수 있을 텐데. 아, 우승 상금으로 술도 진탕 먹을 수 있을 텐데."

그녀가 탄식하며 말했다.

"아! 너무 달콤하다. 더는 버틸 수가 없어."

"대주님의 가장 큰 약점이죠."

"소문만 내지 마."

두 사람이 마주 보며 웃었다.

이내 장난기가 사라진 얼굴로 전호가 물었다.

"여긴 어딜까요?"

"글쎄."

설수린이 이화운이 들어간 장원을 쳐다보았다.

"떠나기 전에 들러야 할 곳? 아니면 떠났기에 들러야 할 곳?"

그녀의 눈빛이 깊어졌다. 분명 이화운의 삶에 있어서 아주 중요한 곳일 것이다. 연달아 목숨의 위협을 받는 와중에도 들르고자 한 곳이니까.

그녀가 장원의 정문으로 걸어갔다. 조금 열린 문 사이로 안을 들여다보며 말했다.

"오랫동안 청소를 안 한 것 같은데?"

어느새 따라온 전호가 그녀 옆에 붙어서 안을 살폈다.

"그러네요. 강호인이 살았던 집 같은데……."

마당 구석에 무공 수련을 위해 사용하는 목곽 인형이 세워져 있었다.

"아! 도저히 궁금해서 못 참겠다."

설수린이 문을 살짝 열고 안으로 들어갔다. 만약 정말 들어가서는 안 될 상황이라면, 자신과 전호를 여기까지 데려오지 않았을 것이다.

전호가 그녀를 보고 말했다.

"안 말릴 겁니다."

"이놈아, 그런 말 자체가 말리는 거다."

몇 걸음 들어간 그녀가 전호를 돌아보았다.

"정말 같이 안 가?"

"저야 모험심이 없잖아요."

물론 그런 이유 때문은 아니었다. 들어오지 말라고 했는데 둘 다 들어가는 것은 예의가 아니라고 생각해서였다. 겉으로야 천방지축이지만 지킬 것은 확실히 지키는 성격이었다.

결국, 그녀 혼자서 장원 내부로 들어섰다.

안으로 들어선 그녀가 일부러 큰 소리로 말했다.

"이 먼지 좀 봐. 대체 청소를 언제 하고 안 한 거지?"

이화운이 이 안에서 무엇을 하는지, 누구를 만나는지 궁금했지만, 그렇다고 몰래 가서 훔쳐볼 생각은 전혀 없었다.

이화운은 건물 안에서 가장 큰 공간인 대청에 있었다. 그는 어딘가를 멍하게 지켜보며 서 있었다.

"어머! 뒷간을 찾는 중이었는데."

이화운의 옆으로 온 그녀가 깜짝 놀랐다. 이화운이 바라보고 있는 태사의의 중앙 부분을 그녀도 봤기 때문이었다.

일파의 수장에게 어울리는 화려하고 큰 의자의 등받이에 한 자루의 검이 박혀 있었다. 만일 그곳에 사람이 앉아 있었다면 심장을 꿰뚫었을 위치였다.

사람이 앉아 있는데 피한 것인지, 아니면 빈 의자에 검을 박아 넣었는지는 알 수 없었다.

왠지 묘한 느낌을 주는 광경.

그것을 바라보는 이화운의 눈빛이 더없이 복잡해 보였다.

그 순간.

설수린의 마음으로 또 하나의 장면이 떠올랐다.

예전에 떠올렸던 것과 이어지는 장면이었다.

복도를 걸어가서 그 끝에 있던 문을 열려고 하는 그 순간.

덜컹!

좌측 복도 끝의 문이 활짝 열리며 수십 발의 강침이 날아들었다.

쉭쉭쉭쉭쉭쉭쉭쉭쉭쉭쉭!

복도를 가득 덮은 그것을 피할 공간은 찾을 수가 없었다.

온몸의 털이 곤두서는 그 순간, 장면 속 사내의 몸이 좌측으로 홱 돌아서며 튕기듯 날아갔다.

챙챙챙챙챙챙챙챙챙챙

강침이 사방으로 튕겨져 나갔다. 검을 휘두르며 그는 달리고 있었다.

강침은 계속 날아들었다.

그의 시야로 모든 것을 보고 있는 설수린은 심장이 오그라들었다. 손에 들린 검은 상식적으로 불가능한 궤적을 만들어 내며 강침을 쳐

내고 있었다.

쟁쟁쟁쟁쟁!

게다가 그는 날아드는 강침들을 향해 달리고 있었다.

설수린은 비명을 내지르고 싶었다. 과거를 떠올린 장면에 불과하지만, 정말 실제처럼 생생했다.

저 멀리 수십 개의 구멍에서 강침을 쏘아내고 있는 벽이 보였다.

다음 순간, 그의 속도도 빨라졌다.

미친 속도로 날아드는 강침을 쳐내던 그 순간.

꽝!

검이 벽에 박혔다. 어둡게 번들거리는 쇠의 질감, 벽은 강철이었다. 그리고 번쩍하는 순간!

촤아아아아아아악.

검이 벽을 사선으로 갈랐다. 강철 벽이 종이처럼 갈라졌다.

크르르르르릉.

잘린 벽 안에서 거친 쇠바퀴가 돌아가는 소리가 들렸다. 마치 거대한 괴물의 심장을 벤 것처럼, 기계 소리가 천천히 잦아들었다.

그르르릉.

소리가 완전히 멈추며 떠오른 장면이 서서히 사라졌다.

기관에 박혔던 검이 자연스럽게 현실의 의자에 박힌 검과 겹쳐지면서 그녀가 현실로 돌아왔다.

여전히 이화운은 말없이 검을 응시하고 있었다.

장면 속의 그는 엄청난 무공을 지니고 있었다. 검기(劍氣)나 검강

(劍罡)을 일으킨 것이 아니라, 그냥 검으로 강철 벽을 잘라낸 것이다. 그야말로 엄청난 신위였다.

검기나 검강은 검에 기운을 불어넣어 원래보다 훨씬 강한 위력을 발휘하는 고수들만의 무공이었다.

일반적으로 일류 고수가 되면 검기를 사용할 수 있게 되고, 절정 고수가 되면 검강을 사용할 수 있었다. 검기는 빠르고, 검강은 강했다.

검기는 검에서 기운을 쏘아내는 것이고, 검강은 검에 강기를 머금어 강철도 싹둑싹둑 잘라내는 것이다.

어쨌든 장면 속의 사내는 검기도, 검강도 사용하지 않고 강철 벽을 잘라냈다.

대체 어떻게 그럴 수가 있지?

그리고 지난번과 마찬가지로 드는 자연스러운 의문.

장면 속의 그가 이화운일까?

그녀는 장면 속의 그 사람이 되어 움직였기 때문에, 말을 하거나 어딘가에 비치는 자신의 모습을 보지 않는 한, 장면 속의 사내가 누구인지 알 수 없었다. 막연히 그일 것이라고 짐작만 할 뿐이었다.

설수린은 아무것도 묻지 않고 이화운 옆에 서 있었다. 한참을 그렇게 의자에 박힌 검을 쳐다보던 이화운이 불쑥 내뱉었다.

"그는 내가 아무것도 모른다고 생각했지."

第九章

봉인해제

설수린이 깜짝 놀라 이화운을 돌아보았다.

"누굴 말하는 거죠?"

이화운은 아무 대답도 하지 않고 태사의 뒤쪽으로 걸어갔다.

"알아듣게 말을 해 줘요."

처음으로 자신에 대해 뭔가를 말한 그였다. 하지만 도통 알아들을 수 없는 말이었다.

대체 누가, 뭘 모른다고 생각했다는 것일까?

이럴 때 그와 관련된 장면이라도 떠올라 주면 좋겠는데.

덜컥.

이화운이 벽 모서리를 만지자 비밀 통로가 열렸다.

얼마나 정교했는지 열리고 나서야 그곳에 비밀문이 있었다는 것을 알 수 있었다.

이화운이 망설이지 않고 그 안으로 들어갔다. 설수린이 조심스럽게 그 뒤를 따랐다.

좁은 복도를 뒤따라 걸어가면서 설수린은 일부러 농담을 던졌다.

"또 음침한 곳으로 절 데려가시는 거군요. 그래도 못된 짓은 안 돼요!"

"또 그 짧은 말에 세 번이나 틀리는군."

설수린이 희미하게 웃었다. 음침하지도 않고, 그가 데려가는 것도 아니고, 물론 못된 짓은 더더욱 아니란 말. 덕분에 분위기는 좋아졌지만, 이화운은 여전히 아무 말도 해 주지 않았다.

복도 끝에 문이 있었다. 이화운은 문 옆의 벽에 붙어 있는 주판을 조작하며 또다시 알아듣지 못할 말을 했다.

"그는 내가 이곳을 모른다고 생각했지. 하지만 난 알고 있었지. 다만 모른 척했을 뿐."

역시 설수린은 그 말뜻을 정확히 알 수 없었다. 한 가지 분명한 것은 이곳이 그의 과거와 밀접하게 연관되어 있는 곳 중에 한 곳이란 점이었다.

설수린의 시선이 천장을 향했다. 대부분 문을 여는 기관은 잘못 입력했다가는 암기가 날아들도록 설계되어 있었기 때문이었다. 과연 천장에 수십 개의 작은 구멍이 나 있었다.

다행히 암호는 정확했고 문이 열렸다. 그 안에 작은 공간이 있었다.

그곳은 독특했는데 사방 벽면이 옥으로 만들어진 방이었다. 그 위에 범어로 된 글자가 가득 적혀 있어서 꼭 어떤 의식을 치를 때 사용하는 방 같았다.

"잠깐 기다리지."

이화운이 방 가운데 돌로 만들어진 옥돌에 앉았다.

그리고는 곧장 운기조식을 시작했다. 운기조식은 내공 수련을 위한 것으로 단전의 내공을 온몸의 혈맥을 따라 한 바퀴 돌린 후 다시 단전으로 모으는 심법 수련이었다. 그것을 진기를 일주천한다고 한다.

그가 운기조식을 시작하자 방에 어떤 변화가 있었다. 사방 벽에 적힌 글자가 은은하게 빛나기 시작한 것이다.

그녀는 깜짝 놀랐지만, 아무 소리도 내지 않았다. 운기를 하고 있을 때는 건드리는 것은 물론이고 말도 걸어서는 안 되는 것이다.

그래서 심법 수련은 안전한 곳에서 하거나, 누군가 지켜주는 사람이 있을 때 했다.

적어도 나를 이 정도는 믿는 것이군.

그렇게 생각하니 그다지 나쁜 기분은 아니었다.

그녀가 미소를 지으며 이화운을 쳐다보는 순간, 이번에는 그의 몸에서 어떤 변화가 있었다.

설수린은 깜짝 놀랐다.

진기를 일주천하고 눈을 뜬 이화운의 두 눈동자가 붉었던 것이다.

동시에 사방에서 은은하게 빛나던 글자가 붉게 빛났다. 글자에서 흘러나오는 색과 이화운의 눈동자 색이 같아진 것이다.

태어나 처음 보는 광경에 설수린은 눈을 동그랗게 떴다. 정말 두렵고도 신기한 모습이었다.

"뭐예요? 대체 무슨 일이 벌어지고 있는 거죠?"

"나중에 말해 주지."

이화운은 품에서 작은 목곽을 꺼냈다.

상자를 열자 청량한 냄새가 확 풍겨 나왔다. 안에 든 것도 한 알의 단약이었는데, 황금빛을 내는 그것은 그 청아한 냄새만큼이나 귀한 약처럼 보였다.

잠시 그것을 내려다보던 이화운은 망설이지 않고 약을 꿀꺽 삼켰다.

"잠시 날 지켜줘."

"또요? 날 뭘 믿고요?"

이미 이화운은 운기조식을 시작했다.

그녀는 하고 싶은 말이 많았지만, 심법에 방해가 될까 봐 애써 참았다.

그래도 지킬 건 지켜야지.

평생을 강호의 칼밥을 먹고 자란 그녀였다. 적어도 운기조식을 할 때는 방해해서는 안 되었다.

그녀는 밀실에서 나왔다. 복도 끝에서 뒤돌아보니 방 안 벽의 붉은 빛이 더욱 강렬하게 빛나고 있었다.

대체 뭘 하는 건지.

그녀가 고개를 내저으며 복도를 걸어 나왔다.

처음의 그 방으로 돌아온 그녀가 다시 의자에 박힌 검을 내려다보았다.

앞서 이 검을 보던 이화운은 심정이 많이 복잡해 보였다. 그는 분명히 이 자리의 주인도, 검의 주인도 알고 있었다.

대체 그에겐 어떤 과거가 있는 것일까?

물론 의문은 그뿐만이 아니었다.

대체 저 방은 무엇을 하는 방일까?

그렇게 그녀가 바깥에서 생각에 잠겨 있을 그때, 이화운의 몸에서는 신비한 현상이 벌어지고 있었다.

스르르르륵.

이화운의 머리 위로 아지랑이 같은 것이 피어올랐다.

운기조식을 할 때, 몸속의 기운이 몸 밖으로 나오는 것은 내공이 최소 일 갑자 이상에 이르렀을 때 가능했다.

내공이 일 갑자일 때 보통 아지랑이 같은 기운이 몸 주위에 넘실거리는 것을 확인할 수 있었다. 그것만 해도 대단한 일이었는데, 지금 이화운의 그것은 기존의 그것과 달랐다.

일단 기운은 뚜렷이 알아볼 수 있을 정도로 짙었다.

스스스스스스.

기운은 어떤 형상을 만들어내기 시작했다. 맨 처음 기운이 만들어낸 것은 한 마리의 용이었다.

이화운의 머리 위에서 용은 승천하는 모습으로 한바탕 용트림을 했다.

무공을 아는 사람이 보았다면 평생 잊을 수 없을 엄청난 광경이었다.

그리고 그것은 끝이 아니라 이제 시작이었다.

스스스스스.

또 다른 기운이 곁가지처럼 피어올랐다. 아지랑이처럼 피어오른 그것이 이번에는 호랑이의 형상을 만들어냈다.

용과 호랑이가 대치한 듯 서로에게 포효했다.

그야말로 용과 호랑이가 서로 싸우는 용호상박(龍虎相搏)의 모습이었다.

스스스스스.

그때 또 다른 곁가지가 피어오르며 이번에는 주작이 날아올랐다. 날개를 활짝 펼친 주작은 더없이 아름다웠다.

마지막으로 날아오른 것은 현무였다. 뱀의 머리와 거북이의 몸통을 한 현무는 그야말로 신비한 모습이었다.

용과 호랑이, 주작과 현무.

이화운의 몸 주위로 네 영물이 서로 뒤엉켰다. 싸우다가, 어루만지다가, 꼬리를 물며 회전하다가, 다시 싸우다가.

그리고 마지막 순간.

스스스스스스!

그것들은 하나로 합쳐지면서 원을 이루었다.

원에서 은은한 빛이 뿜어져 나왔다.

강렬한 태양 빛도, 은은한 달빛도 아닌 표현하기 어려운 신묘한 빛이었다.

어느 순간 원이 허공에서 펵하고 흩어진다 싶더니, 이내 이화운의 콧속으로 빨려 들어갔다.

아쉽게도 바깥에 있는 설수린은 평생 한 번 보기도 어려운 이 기현상을 보지 못했다.

그녀가 다시 이화운이 있던 밀실로 돌아왔을 때 그에게서 나왔던 모든 기운은 이미 그의 몸속으로 사라지고 없었던 것이다.

화르르륵.

사방 벽의 글자들에 불이 붙으며 타올랐다. 순식간에 벽에 있던 글자들이 완전히 타 버리면서 재가 되어 사라졌다.

이윽고 이화운이 천천히 눈을 떴다. 앞서 붉게 빛나던 눈동자도 정상으로 돌아와 있었다.

그리고 그녀를 향한 그의 눈빛은 이전보다 훨씬 맑고 깊었다.

"당신 뭔가 달라진 것 같아요."

그녀는 이화운의 변화를 느끼고 있었다. 하지만 그것이 무엇인지 정확히 알 수는 없었다.

"이게 무슨 일이죠?"

"내 몸이 원래대로 돌아왔다."

"무슨 말이에요?"

이화운이 가부좌를 풀고 일어나며 대답했다.

"내 몸의 금제(禁制)를 풀었다는 말이지."

"금제라면?"

육체의 능력을 봉인해서 제힘을 발휘하지 못하게 했다는 말이었다. 뒤늦게 그녀가 깜짝 놀랐다.

"뭐라고요? 그럼 지금까지 금제에 걸린 몸으로 그렇게 잘 싸웠단 말인가요?"

이화운이 희미하게 웃었다.

설수린의 눈빛이 가늘어졌다.

"그럼 아까 먹었던 그것이 뭐죠? 금제를 풀어 주는 약인가요?"

"직접 풀어 주는 것은 아니고, 푸는 데 도움을 주는 약이지. 그것이 없었다면 저 방에서 밤낮으로 칠 일간이나 운기조식을 해야 했지."

"아주 귀한 약 같아 보이던데요?"

"대환단(大還丹)이니까."

"아, 그렇군요. 잠깐……. 뭐, 뭐라고요? 대환단이라고요?"

깜짝 놀란 그녀가 두 눈을 부릅떴다.

대환단은 소림사의 영약으로 한 알을 복용하는 것으로 최대 일갑자(一甲子:60년)의 내공을 늘일 수 있는 보물이었다.

자고로 영약은 사람에 따라 그 효과가 달랐는데, 복용자가 익힌 내공심법이 상승의 것일수록 효과가 뛰어났다.

대환단을 일반인이 먹으면 그냥 평생 무병장수하며 건강하게 살 수 있을 것이고, 강호인이 먹으면 최소 십 년에서 최대 육십 년의 내공을 얻을 수 있었다. 그 효과의 차이는 복용자가 배운 심법에 따라, 혹은 지닌 재능에 따라 달랐다.

"하하, 거짓말은."

"……."

"사람이 실없이 왜 거짓말을 해요. 대환단은 소림사에도 몇 개 없다던데요. 그거 한 알 만드는 데 엄청난 돈과 십여 년의 시간이 걸린다던데."

"……."

"대환단은 황금빛을 내며 목곽을 열면 청량한 냄새가 천지를 진동한다던데요."

"아까 났잖아."

"……진짜군요."

이화운이 가만히 고개를 끄덕였다. 설수린이 버럭 소리쳤다.

"그걸 혼자 먹어요?"

"금제를 푸는 데 필요했으니까."

"안 먹어도 풀 수 있다면서요? 칠 일이면 된다면서요?"

"바쁘다면서?"

"아니, 그걸 변명이라고!"

설수린이 울상을 지으며 말했다.

"이웃 간에도 콩 한쪽도 나눠 먹는다는데!"

"그건 이웃 사이의 이야기겠지."

"그럼 우리가 남이란 말인가요?"

"남보다 못하지."

"아! 아깝다. 날 안 주더라도 좀 남겨두지."

"원래 보물은 피를 부르는 법이지. 그냥 먹는 것이 가장 나은 방법이야."

딱히 그 말을 부정할 수 없었다.

"당신만 해도 내 품에 대환단이 있다는 것을 알면 자꾸 신경 쓰일 것 아냐?"

"신경 안 써요!"

……는 거짓말이다. 어디 신경만 쓰겠는가?

"그래요, 아침밥에 독을 확 풀었겠죠. 아니지. 당신 독에 정통하니까, 뒷간에서 있을 때 살금살금 기어가서 그냥 벽 너머에서 궁둥이에 다가 칼을 팍!"

그래 봤자 이미 배 떠난 후요, 소화까지 다 끝난 대환단이었다.

"그래도 조금만 떼어주지. 참 정 없다. 야박하다. 운기조식할 때 콱 밀어 버렸어야 했어. 대체 그 귀한 대환단은 어디서 구한 거죠?"

이화운은 그에 대해 아무런 대답도 하지 않았다.

흥! 자기가 꼭 하고 싶은 말만 하시지!

다음 순간, 그녀는 어딘가에 생각이 미쳤다.

"그런데 당신? 설마 십단화 열매도 당신이 먹었나요?"

설마 하는데 이화운이 야속하게도 고개를 끄덕였다.

"정말 먹었어요?"

"먹었어."

"열 개를 다요? 하나도 남기지 않고요?"

이화운이 고개를 끄덕이자 그녀는 그 자리에 주저앉고 싶었다.

"십단화는 열매가 맺히면 그로부터 십일 안에 먹어야 효과를 볼 수 있다."

한마디로 안 먹을 수 없었단 말이었다. 복용 방법은 그녀도 처음 듣는 말이었다.

어라, 그러고 보니.

그녀의 머릿속이 복잡해졌다.

이게 다 몇 년의 내공이지?

십단화 열매 열 개면 백 년, 그리고 대환단이 최소 십 년에서 최대 육십 년.

저 사람이라면 아마 육십 년 내공을 다 흡수하겠지? 아니지, 금제를 푸는 데 썼다니까 다 흡수되지 않았을 수도 있어. 반만 잡고 삼십 년.

"뭐해?"

"가만있어요. 몸에 좋은 것은 혼자 다 쳐드시는 세상에서 가장 정 없는 분, 뱃속 계산 중이니까."

그녀의 말뜻을 알아듣고 이화운이 피식 웃었다.

헉! 그럼 백삼십 년!

이 갑자가 넘는 내공이다.

게다가 저 사람이 원래 지니고 있던 내공도 있었을 것이다.

그게 얼마인지 알 수가 없으니 도저히 정확히 계산할 수 없는 상황이었다.

정확한 것은 오직 이화운 자신만이 알고 있을 것이다.

설수린이 넋 나간 얼굴로 말했다.

"거짓말이죠? 그렇죠? 아까 그거 대환단도 아니고, 십단화 열매도 못 먹었죠? 사냥하고 돌아오니 열매가 맺은 지 열 하루가 지났죠? 그냥 다 거짓말이라고 해 줘요."

"그래, 거짓말이다."

우아아아아! 저렇게 쉽게 인정하니까 더 진짜인 것 같잖아!

"돈도 많은 양반이 내공까지 많아."

"내공은 그저 무공을 돕는 보조적인 부분에 불과해."

헐. 저걸 지금 말이라고!

"이건 마치 억만장자가 가난한 사람에게 돈이 행복의 전부는 아니야, 라고 말하는 것과 같다고요!"

그녀의 말에 이화운이 희미하게 웃었다.

물론 그의 말처럼 내공이 많다고 무조건 강한 것은 아니었다.

십 년 내공을 지닌 사람이라도 더 뛰어난 무공초식을 지녔다면 이십 년 내공을 지닌 사람을 죽일 수 있었으니까.

하지만 비슷한 실력이라면 내공의 많고 적음에 따라 확연한 유불리를 가지게 된다. 비슷한 실력이면 열에 아홉은 내공이 많은 쪽이 이긴다는 말이다. 같은 검을 휘둘러도 더 강하고, 더 빠르니까.

더구나 내공이 많으면 쉽게 지치지 않고 더 많은 적을 상대할 수 있다.

"그만 가지."

돌아서려는 이화운의 앞을 그녀가 막아섰다. 여전히 궁금한 것들이 많았지만, 그녀는 그중 가장 궁금한 것을 물었다.

"좋아요. 마지막으로 하나만 말해 줘요."

"뭘 알고 싶지?"

"여기 살던 사람, 아는 사람이죠?"

이화운이 가만히 고개를 끄덕였다. 순간 그의 표정이 살짝 어두워졌다.

"당신에게 금제를 가한 사람이죠?"

이번에도 이화운이 고개를 끄덕였다.

설수린은 진지한 표정으로 물었다.

"누구죠?"

"여기 주인."

"장난치지 말고요."

"나와는 오래전에 인연이 끊어진 사람."
"더요. 이거라도 제대로요!"
이화운이 방을 성큼성큼 나가며 대답했다.
"내 사부."
뭐라고요?

*　　*　　*

"십호가 죽었다고?"
싸늘한 중년 사내의 물음에 구호는 평소답지 않게 주눅이 들어 있었다.
"네, 그렇습니다."
중년 사내는 육호였다. 십삼호가 그렇듯이, 그녀가 아는 가장 높은 사람도 육호였다. 이 조직은 그야말로 철저한 점조직이었다.
육호는 그야말로 눈빛으로 사람을 죽일 수 있다는 표현이 어울리는 그런 사람이었다. 더구나 그 눈빛에 어울리는 저음의 목소리는 듣는 사람을 크게 위축시켰다.
"누구에게?"
"이화운입니다."
"이화운에게 십호가 죽었다? 어떻게 죽었지?"
"권법입니다."
"십호를 권법으로 죽였다?"
앞서와 마찬가지로 단조로운 어조였다. 그래서 이어진 말이 더 섬

뜩했을 것이다.

"넌 왜 안 죽었지?"

마치 함께 죽지 않은 것을 질책하는 듯한 물음에 구호가 침을 꿀꺽 삼켰다.

"경솔하게 달려들어서는 안 된다는 판단 때문이었습니다."

"겁을 먹었군."

구호는 변명하지 않았다. 그녀는 사람을, 특히 사내를 보는 눈이 있었다. 몇 번 보지 않았지만 육호에 대해 느낀 바가 있었다. 그는 구질구질한 변명을 싫어하는 유형의 사내였다.

"네, 그랬습니다. 죄송합니다."

구호가 자신의 직감대로 행동했다. 다행히 그녀의 직감은 정확했다.

육호가 조금 풀어진 어조로 말했다.

"십호를 주먹으로 죽였다면, 올바른 판단이라 할 수 있겠지."

구호가 더욱 고개를 숙였다.

"너그러이 봐주셔서 감사합니다."

"하지만!"

다시 육호의 눈빛이 날카로워졌다.

"놈들이 무림맹으로 들어가기 전에 없애야 한다."

구호가 대답이 없자 육호가 따지듯 물었다.

"왜? 자신이 없느냐?"

구호가 솔직하게 자신의 심정을 밝혔다.

"놈은 십호뿐만 아니라 망향곡의 독야까지 없앤 자입니다. 분명 저보다 한 수 위의 실력입니다."

잠시 구호를 응시하던 육호가 나직이 말했다.

"팔호를 보내 주지."

그 말에 구호의 표정이 환하게 밝아졌다.

"감사합니다. 그와 함께라면 충분히 놈을 죽일 수 있을 겁니다."

아직 팔호를 직접 본 적은 없었다.

하지만 분명 자신보다 무공이 뛰어날 것이다. 자신이 속한 조직의 성격이 그러했으니까. 그와 함께 합공한다면 분명 이화운을 죽일 수 있을 것이다.

설령 실패한다 하더라도, 그 일차적인 책임은 팔호에게 있었다. 자신은 구호고, 그는 팔호니까. 이 조직의 구성원들은 번호가 하나씩 오를 때마다 미친 듯이 강해지니까.

구호의 매혹적인 입술이 다시 붉게 빛나기 시작했다.

"이번에는 반드시 없애겠습니다."

*　　*　　*

"무슨 생각 하세요?"

전호의 물음에 설수린은 상념에서 벗어났다. 돌아보니 전호가 자신을 쳐다보고 있었다.

"반 시진 동안 아무 말씀도 없으셨어요."

"생각 중이야."

다시 설수린이 고개를 창쪽으로 돌렸다.

마차를 몰고 있는 사람은 이화운이었다. 전호를 쉬게 해 준다고 잠시 교대한 것이다.

"집 안에서 무슨 일이 있었어요? 혹시? 둘이 입맞춤이라도 한 거예요?"

하지만 이내 전호가 한숨을 내쉬었다.

"하긴. 그럴 리가 없죠."

"왜 그렇게 단정해? 내가 저 사람 취향이 아니라서?"

그녀가 발끈하자 전호가 미소를 지으며 말했다.

"아뇨. 그랬다면 대주님은 오히려 더 떠들어대고 있었겠죠. 어색하지 않은 척하려고. 다른 말들 막 하고. 그래서 오히려 제게 들켰을 거고."

아! 부정할 수가 없다. 분명 저랬을 것 같아.

"돗자리 깔아도 되겠다."

"천기자 때문에 힘들어요."

"그 늙은이가 여러모로 우릴 힘들게 하는구나."

"사는 게 너무 힘들어요."

말하고도 우스웠는지 전호는 피식 웃었고, 창밖을 보고 있던 설수린도 따라 웃었다.

그때 이화운이 마차를 천천히 세웠다.

"교대하지."

"그러지요. 감사했습니다."

"나중에 또 교대해 주지."

전호가 나가고 이화운이 마차 안으로 들어왔다.

“수고했어요.”
설수린은 이화운에게 조심스러웠다. 이화운이 말했던 사람이 사부였다는 사실이 자꾸 마음에 걸린 것이다.
그에 비해 이화운은 아무렇지도 않은 듯 평소와 다름없었다.
“뭐 하나 물어봐도 돼요?”
“아니.”
“왜요?”
“대답 못 해 줄 질문일 테니까.”
“무슨 질문인 줄 알고요!”
“내 사부에 대해 묻고 싶은 것 아니야?”
순간 설수린은 흠칫했다. 그의 말처럼 사부에 대해 물으려 했던 것이다. 이화운과 그의 사부는 분명 어떤 사연이 있는 것이 확실했다.
“흥! 돗자리 깔아야 할 사람 여기 또 있었네. 저한테 너무 하시는 것 아닌가요? 옷깃만 스쳐도 인연이라는데 우린 생사를 함께 하고 있잖아요? 당연히 그 정도는 물어볼 수도 있죠!”
이화운의 입꼬리가 말려 올라갔다.
“하다못해 내가 그 더럽고 치사한 대환단을 손톱만큼이라도 떼어 먹었다면 또 모를까.”
그러자 마부석에서 전호가 큰 소리로 말했다.
“하하, 그래서 그러셨던 거군요. 우리 형님이 대환단을 혼자 드셔서 우리 대주님 생각이 많아진…….”
휘이이이잉!
말 울음 소리가 들리더니 마차가 급하게 멈춰 섰다. 지난번처럼 설수린은 앞으로 쏠리며 날아갔다.

전호의 외침이 들려왔다.

"대환단이라고요?"

앞자리에 처박힌 채로 설수린이 나직이 말했다.

"일단 가면서."

"네."

다시 마차가 움직였다.

설수린이 다시 자신의 자리에 앉았다. 급정거에도 이화운은 제자리에 얌전히 앉아 있었다.

마부석에서 전호가 격앙된 목소리로 물었다.

"정말 소림사의 그 대환단이었나요?"

"응."

"가짜겠죠? 요즘 가짜가 판치는 세상이잖아요."

"나도 그랬으면 좋겠다."

"가짜였을 거예요."

"네 존경하는 형님이 드신 건데 왜 그래?"

"……."

"……."

"그럼 눈앞에서 저 사람이 대환단을 혼자 꿀꺽하는 걸 보신 거군요."

"그렇지. 그런데 형님이 아니라 저 사람이라고?"

"그걸 그냥 뒀어요?"

"먹고 말해 주더라."

전호에게서 안타까운 탄식이 흘러나왔다.

이내 전호가 득도한 고승의 목소리로 말했다.

"허허허. 욕심을 버리면 부처가 된다지요."

"십단화 열매도 자기가 다 먹었대."

"으아아아아!"

마차가 이리저리 휘청거리더니 이내 힘없는 전호의 목소리가 들려왔다.

"대주님 가슴속에 제가 돌아갈 자리, 아직 있나요?"

"언제나 네 자린 있지."

"죄송해요. 아까 놀려서."

"몰라서 그랬는데 뭘."

"앞으로 제가 잘할게요."

"과연 내 오른팔답다."

덜컹!

"그래도 마차는 살살 몰자."

"노력은 해볼게요."

하지만 전호의 심란한 마음만큼 마차는 거칠게 내달렸다.

이화운은 창밖을 바라보고 있었다.

그를 바라보는 설수린의 눈빛이 깊어졌다. 솔직히 그녀는 대환단이나 십단화는 이미 신경도 쓰지 않고 있었다.

예전에 이화운의 성에서 사신투병을 거절했듯이, 자신의 것이 아닌 것에 욕심을 부리지 않는 그녀였다.

사실 지금 그녀의 마음에 걸리는 것은 이화운이 금제를 푼 이유였다.

그녀는 죽은 십호를 떠올렸다. 분명 그는 망향곡의 살수가 아니었다. 그들을 고용한 배후 중 하나일 것이다.

대체 그들은 누구일까?

혹시 천기자가 예언한 강호 멸망과 관련이 있는 것일까?

이화운이 스스로 금제를 푼 것은 그들의 등장 때문일까? 혹시 그들이 누군지 알아본 것은 아닐까?

그 무엇 하나 확신할 수 있는 일이 없었다.

때마침 이화운이 그녀 쪽으로 고개를 돌렸다. 두 사람의 시선이 마주쳤다.

"좋아요, 사부 말고 다른 것에 대해 하나만 물어볼게요."

이화운의 대답을 기다리지 않고 그녀가 물었다. 왠지 묻지 말라고 할 것 같았기 때문이었다.

"의자에 그 검을 박아 넣은 사람은 누구죠? 당신인가요?"

대답 대신 이화운이 앞자리의 전호에게 말했다.

"교대하지."

그러자 전호가 불퉁한 음성으로 대답했다.

"일없소, 형씨! 거기서 우리 대주님 취조에 성실히 응하시오!"

이화운은 어이없다는 표정을 지었고 설수린은 피식 웃었다.

"멋지다, 내 오른팔!"

"돌아온 탕아(蕩兒)라고 불러주세요!"

이화운은 창밖으로 시선을 돌렸다. 그는 자신의 과거에 대해 쉽게 말해 줄 것 같지 않았다.

그를 향한 설수린의 눈빛이 깊어졌다.

조금 가까워진 것 같다가도 지금 같으면 남처럼 멀게만 느껴진다. 그가 농담처럼 말한 것같이, 어쩌면 남보다 못한 사이인지도 모르지.

하긴 죽을지도 모를 곳으로 그를 데려가고 있으니까.

이 모든 것이 정말 운명일까?

알 수 없는 일이다.

"그래요, 말아요, 말자고요. 당신이 강호를 구할 사람이든 아니든. 사부와 철천지원수를 진 사람이든 아니든. 검이 혼자 날아가서 의자에 박혔든 의자가 날아가 검에 박혔든 무슨 상관이겠어요? 나야 월봉이나 받으면서 시키는 일이나 하면 되죠."

여전히 이화운은 창밖을 쳐다보며 아무 말도 없었다.

*　　　*　　　*

같은 시각, 육호는 저잣거리의 한 정육점(精肉店)으로 들어서고 있었다.

입구 쪽에서 고기를 팔던 점원이 그에게 꾸벅 인사를 했다.

육호는 고개를 한 번 까닥해 준 뒤 안으로 걸어 들어갔다.

안쪽에 고기를 써는 방이 있었는데 커다란 탁자 앞에서 한 여인이 고기를 다듬고 있었다.

앞치마를 두른 그녀는 저잣거리에서 한 번쯤 만날 것 같은 그런 평범한 외모의 여인이었다.

삭삭삭.

육호는 그녀의 손놀림을 잠시 지켜보고 있었다.

빠르지도 느리지도 않은 손놀림.

하지만 저 작고 네모난 칼이 자신을 향하게 된다면, 단 십 초식도 견디지 못하고 죽고 만다는 것을 육호는 잘 알았다.

그녀는 바로 삼호(三虎)였다.

한참을 그렇게 고기를 발라내던 그녀가 도마 위에 칼을 탁하고 내리쳤다. 비스듬히 도마에 꼽힌 칼날에 육호의 모습이 비쳤다.

"어쩐 일이세요?"

삼호가 나직이 물었다. 부드럽고 다정다감한 목소리였다. 고기를 바르던 모습과는 또 다른 느낌이었다.

"보고드릴 일이 있습니다."

육호가 정중히 말했다.

"하세요."

삼호가 한옆에 앉아 손을 씻었다. 그녀의 손에서 핏물이 씻겨 내려갔다.

"십호가 죽었습니다."

육호의 보고에도 그녀는 전혀 동요하지 않고 천천히 아주 정성껏 손을 씻었다.

"구호에게 팔호를 딸려 보냈습니다. 분명 중경의 이화운을 죽일 수 있을 겁니다."

삼호는 차분한 얼굴을 한 채 하얀 천에 손을 닦으며 말했다.

"아마 그래도 못 죽일 겁니다."

"네?"

"임무는 실패할 겁니다."

왜냐고 물으려다가 육호는 입을 다물었다.

자신을 단 십 초 만에 저 도마 위의 고기처럼 발라 버릴 수 있을 무공을 지닌 그녀는 사호나 오호보다도 무공 실력이 떨어진다고 알고 있었다.

그럼에도 삼호의 자리를 차지한 것은 그녀의 머리가 비상했기 때문이었다. 그녀는 바로 이 조직의 군사 역할을 담당하고 있었다.

그녀가 실패한다고 예상하면 반드시 실패하게 될 것이다.

"임무를 중단시키겠습니다."

"아뇨! 그냥 두세요."

순간 육호는 의아한 눈빛을 발했다.

"팔호와 구호는 귀중한 자산입니다."

"알고 있어요."

"한데 왜?"

삼호는 야릇한 미소를 지었다.

"때론 버려야 얻을 수 있는 것들이 있지요."

그 미소에 무슨 뜻이 담겨 있는지 짐작조차 할 수 없었다. 어쨌든 그녀의 뜻이 그러하다면 시키는 대로 할 뿐이다.

"알겠습니다."

"우리는 아주 큰 그림을 그리고 있어요."

육호는 그것이 어떤 그림인지 알지 못했다.

자신도 언제 어느 때 큰 그림을 위해 덧칠되어 버릴지 모른다.

자신을 고용한 사람은 바로 이 눈앞의 삼호였다.

자신은 막다른 길에 몰린 상황이었고, 그랬기에 그녀가 제시한 조건을 절대 거절할 수 없었다.

이후에는 자신이 삼호의 명령을 받아 사람들을 고용했다. 칠호부터는 자신이 직접 그들을 끌어들인 것이다.

모두 저마다 다른 이유로 고용되었다.

누군가는 돈 때문이고, 누군가는 무공 비급을 미끼로, 누군가는 협박을 당했고, 또 다른 누군가는 정(情) 때문에 자발적으로 들어왔다.

과연 저 삼호는 무엇 때문에 이 일을 하게 된 것일까?

이 그림을 그리는 사람이 과연 그녀일까?

아니면 그녀 역시도 큰 그림의 한 부분에 불과한 것일까?

그의 복잡한 심경을 꿰뚫어 본 것처럼 삼호가 말했다.

"두려운가요?"

뭐라 대답할지 잠시 망설였다.

"잘 모르겠습니다."

그가 생각하기에 가장 무난한 대답이었다.

"당신은 살아남아야 할 이유가 있잖아요?"

"……."

삼호가 미소를 지으며 말했다.

"걱정하지 마세요. 모든 것은 계획대로 진행되고 있으니까요."

육호가 짤막하게 네, 라고 대답하며 고개를 숙였다.

"여전히 당신은 나를 믿지 못하는군요."

그녀가 웃으며 덧붙였다.

"좋아요, 그대를 위해 특별히 알려 주죠. 팔호와 구호 둘 중 하나만 살아오게 될 겁니다. 그건 제대로 일이 진행되고 있다는 증거지요. 그러니 살아 돌아온 쪽에 활짝 웃어주세요."

第十章

비봉철각류

天下第一

구호는 선착장 근처에 위치한 다루의 이 층에 앉아 차를 마시고 있었다.

저 멀리 정박한 배에서는 십여 명의 선원들이 부지런히 움직이며 출항 준비를 하고 있었다.

십삼호가 이곳에서 이화운 일행이 배를 타려 한다는 정보를 보내왔다. 반골 기질이 강해서 그렇지, 꽤 유능한 그였다.

그리고 구호는 이곳에서 팔호와 만나기로 약속했다.

'이번에는 절대 실패하면 안 돼.'

이번에도 실패하면 조직 내에서 자신의 위치까지 위태로워질 것이다.

그때 사내 하나가 그녀가 있는 층으로 걸어 올라왔다. 그곳에 손님은 그녀뿐이었기에 그는 곧장 그녀에게 다가왔다.

"배는 언제 떠나오?"

구호가 담담히 대답했다.

"저 배는 오늘 떠나지 못할 거예요."

두 사람 사이에 정해진 암어(暗語)가 오고 갔다.

사내가 그녀 앞에 앉았다. 그는 바로 이곳에서 만나기로 한 여덟 번째 호랑이, 팔호였다.

그는 상당한 미남자였는데 훤칠하게 큰 키에 날렵한 체구, 거기에 날카로운 눈매를 지니고 있었다.

구호는 조직에 들어온 이래 처음 그를 만났다.

'정말이지. 이 조직이란.'

보통 십호 내에 드는 사람이라면 한 번쯤 서로 얼굴을 봤을 법도 한데 이 놈의 조직은 이렇게 필요할 때만 서로를 만나게 하는 것이다.

그녀는 팔호를 탐색하듯 살폈다. 그는 병장기를 착용하지 않았다. 그렇다면 적어도 검이나 도, 창을 사용하는 사람은 아니란 뜻이었다.

그녀가 팔호의 손등을 보았다. 굳은살 하나 박이지 않은 매끄러운 손이었다.

'권법도 아니군.'

그렇다면 독이나 암기를 사용할 가능성이 있었다.

그때 사내가 신고 있던 신발이 눈에 띄었다. 신발 끝이 닳아 있었다. 그러고 보니 곧게 뻗은 두 다리가 남달리 길었다.

'각법(脚法)의 고수!'

각법이란 다리만 이용해서 상대를 제압하는 무공이었다. 강호에 각법의 고수는 흔하지 않았는데, 오늘 그 고수를 만나게 된 것이다.

침묵을 깬 것은 팔호였다.

"십호가 죽었다고?"

"네."

팔호는 편하게 물었고, 그녀는 정중히 대답했다.

"실력은 제법이겠군."

제법? 과연 저 사람은 십호를 죽인 자의 무공을 제법이란 정도로 폄하할 실력을 지니고 있는 걸까? 각법의 고수는 만나본 적이 드물어서 그녀는 상대의 실력을 가늠할 수 없었다.

그녀의 생각을 읽은 것일까?

"날 못 믿고 있군."

"돌아가신 우리 엄마가 남자는 믿지 말라고 해서요."

"착한 딸이군."

"이미 늦었지만요."

그녀가 싱긋 미소를 짓던 바로 그 순간.

팔호가 구호의 머리채를 확 낚아채며 자신 쪽으로 잡아당겼다.

"내가 그리 만만해 보이나?"

이미 그녀는 허리춤의 채찍을 움켜쥐고 있었다. 그녀의 성질 같아선 벌써 뽑혀 나왔어야 했다. 하지만 그녀는 뽑지 않았다.

팔호가 구호의 머리채를 움켜쥔 채 그녀의 얼굴을 자신의 코앞까지 잡아당겼다. 살짝 얼굴을 내밀면 입술이 닿을 만한 거리였다.

그녀는 동요하지 않고 침착한 눈빛으로 팔호를 응시했다.

사실 조금 전까지만 해도 그에 대해 알지 못했다. 하지만 이제는 알 것 같았다.

'자존심에 목숨을 거는 부류.'

거기에 더해 여자를 무시하고 제 마음대로 휘두르려는 성격. 그녀가 가장 경멸하는 부류였다.

'정말이지 운이 계속 내리막이군.'

하지만 그녀는 섣불리 분노를 드러내지 않았다. 이런 상대에게는 한 방울의 침조차 아까웠으니까.

그녀가 생긋 웃으며 말했다.

"진짜 사내라면 이만 일로 힘 빠진 않을 텐데요?"

순간 팔호의 한쪽 눈가가 파르르 떨렸다. 명백한 도발이었지만, 동시에 더는 화를 낼 수 없게 만드는 말이기도 했다.

"제법 기가 살아 있군."

그제야 팔호가 구호의 머리채를 놓았다.

구호가 창밖을 보며 말했다.

"저기 도착했군요."

저 멀리 이화운과 설수린, 전호가 선착장으로 들어오는 모습이 보였다.

팔호가 먼저 일어나서 계단으로 걸어갔다.

"놈들을 없애고 다시 이야기하지."

팔호가 먼저 계단을 내려갔다. 그를 뒤따르던 구호의 손에서 채찍이 날았다.

핑!

목표는 팔호가 마시던 찻잔이었다.

꽈직.

찻잔은 산산조각이 나며 깨졌다.

계단 아래에서 팔호가 대체 무슨 헛지랄이냐는 눈빛으로 그녀를 올려다보았다.

구호는 별일 아니라는 표정으로 싱긋 웃었다.

"마음에 안 들더라고요. 처음 볼 때부터."

*　　　*　　　*

"꼭 배를 타야 하는 거야?"

억지로 끌려온 설수린은 울상을 짓고 있었다.

"그냥 육로로 가자."

"배를 타면 사흘이면 닿는 거리지만, 육로로 가면 열흘이 걸립니다. 내려서도 맹과 가깝고요."

"너 화났지?"

"대환단도 못 먹는 이깟 더러운 세상. 배나 타죠."

"전혀 논리적이지 않잖아!"

설수린이 이화운에게 눈을 흘겼다.

"이게 다 당신 때문이라고요!"

"왜? 당신을 살려줘서? 하긴 그때 죽었으면 배 안 타도 됐겠네."

설수린은 황당한 표정을 지었다. 물론 그 말에 반박할 수는 없었다. 어이없는 말이긴 해도 틀린 말은 아니었으니까.

"당신 은근히 생색 잘 낸다는 것 알아요?"

"생색이 아니지. 사실을 말한 것뿐이지."

"어련하시려고요."

그녀가 배를 쳐다보며 크게 심호흡을 했다.

"좋아요, 타요. 타! 설마 멀미에 죽기야 하겠어요?"

전호가 웃으며 말했다.

"그럼요. 또 배가 커서 멀미가 안 날 수도 있습니다."

"그럴까?"

"암요. 절 믿으십시오."

배에 올라타려는데 이화운이 발걸음을 멈췄다.

"난 잠시 소피 좀 보고 오지."

설수린과 전호가 먼저 배에 올랐다. 선착장 옆에 있는 작은 건물로 걸어가는 이화운을 보며 전호가 소리쳤다.

"일 각 후에 출발입니다."

"그전에는 와."

이번에는 설수린이 소리쳤다.

"안 오면 두고 갈 거예요!"

"그러시든지."

"아! 얄밉다. 뒷간 못 찾아서 바지에 오줌 싸면 좋겠다."

그 유치찬란한 말에 전호가 의미심장한 미소를 지었다.

"왜 그렇게 웃어?"

여전히 그녀의 시선은 걸어가고 있는 이화운을 향해 있었기에 전호가 짐짓 놀란 듯 말했다.

"옆에도 눈이 있습니까?"

"있어, 여자는. 그리고 헛다리 짚지 마. 절대 아니니까. 저 사람에게 전혀 관심 없어."

전호가 희미한 미소를 지었다. 분명 그녀의 말은 사실일 것이다. 그런 감정을 속일 사람은 아니었으니까.

하지만 그녀가 모르는 것이 있다. 때론 저런 강한 부정에서부터 시작하는 남녀 관계도 있다는 것을. 그녀가 감정을 속이는 것이 아니라, 감정이 그녀를 속이고 있을 수도 있다는 것을.

설수린이 문득 전호에게 물었다.

"안 궁금해?"

"뭐가요?"

"산속 장원에서 무슨 일이 있었는지."

"입맞춤 안 했다면서요?"

"장난치지 말고."

그제야 전호의 얼굴에서 장난기가 사라졌다.

"안 궁금해요. 어차피 내가 알아야 할 일이라면 대주님께서 알려주시겠죠."

전호에게 고마웠고, 한편으론 미안한 마음도 들었다. 이화운과 관련해서 모든 것을 허심탄회하게 말한 것은 아니었다.

사실 전호에게는 모든 것을 말해 줘도 별 상관은 없었다. 보기보단 입이 무거운 그였으니까.

하지만 그렇게 하기에는 이화운에게 미안했다.

저 멀리 이화운이 건물을 돌아서 사라지는 것을 보며 전호가 넌지시 말했다.

"뭐 저 사람 정도라면?"
설수린이 돌아서며 말했다.
"전혀 안 괜찮아!"

* * *

이화운이 돌아들어 간 건물 뒤에 팔호와 구호가 기다리고 있었다.
"과연 내가 보낸 기운을 감지했군."
팔호는 강력한 살기를 이화운에게 쏘아 보냈고 그것을 감지한 이화운이 이곳으로 찾아온 것이다.
이화운의 시선이 다시 왼쪽 지붕 위로 향했다. 구호가 그곳에 쪼그리고 앉아 있었다.
"또 만났네."
이화운이 그녀를 보며 차갑게 말했다.
"너, 별로라고 했을 텐데."
기분 나쁜 말이었음에도 구호는 화사한 미소를 지었다.
"그럴수록 잘 보이려고 노력해야지."
그에 비해 팔호는 노골적인 적대감을 드러냈다.
"널 죽이고 배에 탄 애송이들도 없애 버릴 것이다."
이화운의 입꼬리가 말려 올라갔다.
"그럼 빨리 시작해야겠군. 배 떠나면 너도, 나도 곤란할 테니까."
"제법 입이 야무진 놈이구나!"
사실 팔호는 내심 이화운을 얕보는 마음이 있었다.

이화운의 젊은 외모 때문만은 아니었다. 이곳에 혼자 온 그의 선택 때문이었다.

배에 탄 둘과 함께 이곳에 왔다면, 아무래도 혼자인 이화운보다는 상대하기 껄끄러웠을 것이다.

하지만 상대는 자신의 실력을 과신해서 이곳에 혼자 왔다.

"건방진 놈!"

그것이 팔호가 내린 최종 결론이었다. 자만에 빠진 자를 이기는 것은 어렵지 않았다.

"그 대갈통을 산산조각 내주마! 그때도 그런 말을 지껄일 수 있는지 보자!"

그때 구호의 전음이 팔호에게 전해졌다.

『보통 놈이 아니니 신중하게 상대하세요.』

충고는 전혀 효과가 없었다.

『넌 뒤로 빠져 있도록.』

구호는 치밀어 오르는 짜증을 내심 억눌렀다. 이화운을 얕잡아 보는 것이 얼마나 위험한 일인지 이미 경험한 그녀였다.

팔호가 위협적으로 허공에 발을 내질렀다.

팡! 파앙!

허공에서 터져 나오는 날카로운 파공음!

그 모습을 보고 이화운이 나직이 말했다.

"비봉철각류(飛鳳鐵脚流)."

자신의 무공을 한눈에 알아보자 팔호가 흠칫 놀랐다. 하지만 이내 만족스러운 미소를 지었다.

“제법 안목이 있구나.”

정작 가장 놀란 사람은 구호였다. 비봉철각류는 각법 중에서도 가장 이름난 무공이었다.

‘그렇다면 저자는 천외각(天外脚) 소막충(召嘆充)이겠구나!’

당대 비봉철각류의 전수자가 바로 그였던 것이다.

그는 일대일로 싸워서 단 한 번도 패배하지 않았다고 알려졌다. 성격은 개차반이지만, 실력은 제대로라는 것이 그에 대한 세간의 평가였다.

구호는 팔호가 자신에게 보였던 불쾌한 행동들이 이제 이해가 되었다. 그는 원래 더러운 놈이었다.

또 저렇게 기고만장하여 자신감에 넘치는 것도 이해가 되었다. 그는 그만한 실력을 지닌 자였으니까.

‘정말 대단하구나. 천외각이라 불리는 그를 끌어들이다니! 그런데 그가 고작 팔호? 대체 그 위의 고수들은 어떤 실력을 지닌 것이지?’

구호의 머릿속이 복잡했다.

자신이나 지난번 죽은 십호의 무공도 같은 절정에 속해 있지만, 비봉철각류에는 상대가 안 되었다.

‘이 싸움, 이길 수 있겠군.’

그만큼 비봉철각류는 강한 무공이었다. 비록 팔호가 마음에 들지는 않았지만, 임무는 완수해야 했다.

쇄애애애액!

말이 끝나는 순간, 구호의 몸이 허공을 가르며 이화운에게 쇄도했다.

팔호의 발이 허공을 가로질렀다. 스치기만 해도 뼈가 으스러질 그런 강력한 공격이었다.

팡! 파앙! 팡!

그가 발길질할 때마다 날카로운 파공성이 들렸다. 검보다도 빠르고 강력한 발길질이었다. 실제로도 검과 부딪치면 검이 부서지는 그런 발길질이었다.

이화운이 공격을 피하느라 뒤로 물러서던 그 순간.

촤아아아악!

뒤에서 구호의 채찍이 이화운의 다리를 노리고 날아들었다.

이화운이 훌쩍 뛰어올라 피하는 순간, 기회를 포착한 팔호의 공격이 날아들었다.

쉬이익!

앞서보다 훨씬 빠르고 강력한 발길질이었다.

허공에서 이화운이 몸을 살짝 비틀었다. 아슬아슬하게 공격이 빗나갔다.

팔호의 다리가 회수되기 전, 이화운이 두 팔로 팔호의 다리를 휘감았다.

"조심해요!"

앞서 십호와의 싸움을 목격했던 그녀였기에, 지금 이 순간이 얼마나 위험한 상황인지 잘 알았다.

"어림없다!"

팔호가 비웃으며 다리에 힘을 주었다. 자신의 육체 중에 가장 강한 부분이 바로 다리였다. 다른 곳도 아니라, 다리를 공격하려는 것은 어리석은 시도에 불과했다.

"안 돼요! 버티면 안 돼요!"

구호의 다급한 외침에 위기감을 느낀 팔호가 훌쩍 날아오르며 다른 발로 이화운의 옆구리를 가격했다. 하지만 그 공격은 시도로 그치고 말았다.

이화운은 붙잡은 팔호의 한쪽 다리를 팔로 휘감은 채, 허공에서 한 바퀴 회전했다.

다음 순간!

으드득.

"크아아악!"

팔호의 입에서 비명이 터져 나왔다. 그의 다리가 부러진 것이다.

앞서 십호가 그랬듯이 팔호는 이렇게 쉽게 자신의 다리가 부러진 것을 믿을 수 없었다. 팔은 부러져도, 결코 다리는 부러질 일이 없었던 그였다.

물론 팔호는 그냥 당하고만 있지 않았다.

휘류류류류류류!

그의 왼발이 회전하며 엄청난 속도로 날아들었다. 그가 지닌 회심의 절초인 회풍각(回風脚)이었다. 원래는 두 발로 운용하는 초식인데, 어쩔 수 없이 한 발로 날린 것이다. 절반의 위력이었지만 그 힘은 엄청났다.

꽈아앙!

이화운은 이번에도 그의 공격을 아슬아슬하게 피했고 그 대신 뒤쪽 건물 벽이 박살 나며 구멍이 뚫렸다.

그 순간!

이화운이 다시 그의 다리를 감쌌다.

놀란 팔호가 반사적으로 다리를 배 쪽으로 당기며 굽혔다.

이화운은 그의 다리를 부러뜨리는 대신.

그 당기는 힘을 이용해 그에게 쇄도했다.

퍽!

이화운의 손날이 그대로 팔호의 목을 가격했다.

"킄!"

외마디 비명과 함께 팔호가 그대로 앞으로 꼬꾸라졌다. 보기에는 가볍게 맞은 것 같았는데 쓰러진 그는 더는 움직이지 않았다.

촤라라라락!

날아든 채찍이 이화운의 팔에 감겼다.

원래는 그의 목을 노리고 날아들었는데, 이를 눈치챈 이화운이 팔을 들어 막은 것이다.

채찍이 팽팽하게 당겨졌다.

채찍을 든 구호의 손이 떨렸다. 채찍을 쥔 손에 힘이 들어가서가 아니었다. 그녀는 지금 겁에 질려서 떨고 있었다.

그녀는 쓰러진 팔호가 이미 죽었다는 것을 알아차렸다.

비봉철각류가 이렇게 쉽게 깨어질 줄은 정말 상상도 하지 못했다. 팔호의 다리가 부러진 후 그가 죽음에 이르기까지는 눈 깜짝할 사이에 일어난 일이었다. 채찍으로 이화운을 공격할 틈이 없을 정도로.

천외각은 저렇게 쉽게 죽어선 안 될 사람이었다.

'대체 저자가 익힌 무공이 무엇이기에?'

이화운의 움직임은 너무나 간결했다. 하지만 그 간결한 동작은 십호의 풍멸권과 팔호의 비봉철각류를 단숨에 부숴 버렸다. 그래서 더 무서웠다.

원래라면 상대의 팔을 잘릴 때까지 조이든지, 아니면 상대가 당기는 힘을 타고 쇄도해서 공격을 가하든지 했을 것이다.

휘리리릭.

하지만 채찍은 힘없이 풀려 땅바닥에 떨어졌다.

그녀는 완전히 전의(戰意)를 상실한 것이다.

이화운이 천천히 그녀에게 다가오자 그녀는 공포에 질린 채 뒷걸음질 쳤다.

그녀가 엉덩방아를 찧으며 바닥에 주저앉았다. 이화운은 그 앞에서서 무덤덤한 시선으로 말했다.

"가서 전해. 이제 그만 잊으라고."

"누구에게요?"

이화운은 대답 없이 그대로 돌아섰다.

"대체 누구에게요? 뭘 잊어요?"

뒤에서 그녀가 반복해 소리쳤지만, 이화운은 대답 없이 그곳을 떠나갔다.

*　　　*　　　*

큰 배라서 멀미가 나지 않을 거라고?

"우에에에에엑!"

배가 출발한 지 채 한 시진도 지나지 않아 설수린은 엄청난 멀미에 시달렸다.

멀미 때문에 설마 죽겠느냐고?

"아악! 나 죽는다, 차라리 날 죽여줘."

쏴아아아악. 출렁, 출렁.

배가 크게 흔들릴 때마다 그녀는 하늘이 뱅글뱅글 도는 것처럼 느껴졌다. 속은 울렁거리고 머리는 깨질 듯 아팠다.

"애도 아니고 무슨 멀미를 이렇게까지 하십니까?"

전호가 한심하다는 듯 말했다. 그녀도 자신이 이렇게까지 지독하게 멀미를 할 줄은 몰랐다. 너무 오랜만에 배를 탄 탓에 방심한 것이다.

"섬에 갈 때, 조각배 탔다면서요?"

"그땐 금방 갔잖아."

"멀미 멈추게 하는 호흡법 같은 것 없습니까?"

"없어, 그딴 게 어딨어?"

"있겠죠. 대주님이 몰라서 그렇지."

그녀가 배의 난간에 매달렸다.

"너 때문이야! 큰 배는 괜찮다면서! 아니, 모든 것을 다 용서하마. 대신 지금 당장 선장의 목에 칼을 대서라도 배 돌려."

"그럴 시간에 그냥 가는 게 나아요."

"차라리 날 죽여줘."

"우리 대주님은 고문할 필요도 없네. 배에 태우면 그냥 기밀이고 뭐고 다 불겠네."

"제발! 강물을 마셔. 다 마셔서 없애 버려!"

"저도 그러고 싶어요."

"너! 이 자식! 지금 웃고 있지?"

"아, 이렇게 미쳐가는 거군요."

오죽했으면 지켜보던 중년 여인 하나가 다가와서 물을 건넸다.

"이거라도 좀 드시우."

"고맙습니다."

하지만 그녀는 곧바로 그 마신 물도 게워냈다.

여인은 설수린의 등을 쓸어주며 걱정스럽게 말했다.

"어쩌누, 아직 도착하려면 멀었는데."

몇 번 등을 더 쓸어준 후 여인은 자신의 자리로 돌아갔다. 배에는 칠팔십 명의 선객들이 있었는데, 반은 객실에 있었고 나머지는 갑판 위에 있었다.

하지만 이렇게까지 멀미를 하는 사람은 그녀뿐이었다.

그때 이화운이 와서 작은 약병을 쑥 내밀었다.

"뭡니까? 이게."

전호의 물음에 이화운이 대답도 하기 전, 설수린이 벌떡 일어나 그것을 빼앗아 마셨다.

전호가 어이없다는 듯 말했다.

"그게 뭔지는 알고 마셔요?"

"멀미약이겠지. 아냐, 차라리 독약이면 좋겠다."

약을 건넨 이화운은 다시 자신이 있던 곳으로 돌아갔다.

잠시 후, 그녀의 얼굴이 거짓말처럼 편안해졌다.

"이제 살 것 같다."

"정말요?"
"와, 신통하네."
"그러네요."
이화운은 뱃전에 서서 강물을 쳐다보고 있었다. 설수린은 그에게 다가가 나란히 섰다.
"의원 차려도 되겠어요. 고마워요."
"약발이 받으니 다행이군."
"제 몸이 원래 순수하거든요."
이화운은 피식 웃었다. 그녀는 다른 것은 몰라도, 그가 저렇게 한 번씩 피식 웃는 모습이 참 보기 좋다는 생각이 들었다.
"아름답네요."
조금 전만 해도 지옥 같았던 풍경이 지금은 더없이 아름다워 보였다. 사람 마음이 이렇게 얄팍할 수가.
"당신 때문이에요. 샛길로 빠지는 바람에 배를 타야 했잖아요."
"미안하군."
어쩐 일로 순순히 사과를 다 한데?
그러고 보니 뒷간에 간다고 다녀온 이후, 살짝 기분이 가라앉은 것처럼 보였다.
"안 하던 짓 하지 마요. 안 그래도 칙칙한 사람이."
"칙칙해? 내가 칙칙해 보였나?"
"적어도 밝지는 않잖아요?"
"그런가?"
"아니라고 생각했어요? 설마 자신이 밝은 사람이라고 생각한 건

아니겠지요?"

"적어도 어둡다고는 생각지 않았는데."

설수린은 어이없다는 표정을 짓다가 반대쪽 갑판에 있는 전호를 쳐다보았다. 그도 강물을 응시하고 있었다.

"밝다는 것은 저런 성격이지요."

"그래? 난 저 사람, 꽤 어두운 성격이라 생각했는데."

"네?"

그녀는 깜짝 놀랐다.

"어둡다고요? 저 전호가요?"

이화운은 확신하듯 고개를 끄덕였다. 그는 농담이 아니라 진심으로 말하고 있었다.

그녀는 한 번도 전호가 어두운 성격이란 생각을 해본 적이 없었다.

"하하하! 이번 농담은 좀 엉뚱한데요?"

"……."

"진심이군요?"

이화운은 고개를 끄덕였고 설수린은 다시 전호를 쳐다보았다.

갑판에 서서 바람을 맞고 있어서였을까? 좀 쓸쓸해 보이기는 했다.

"분위기 탓이라고요."

이화운은 다시 강물로 시선을 돌리며 말했다.

"너무 가까우면…… 오히려 잘 볼 수가 없지."

"……!"

비단 전호만을 두고 한 말이 아니라는 듯, 이화운의 눈빛이 깊어졌다.

그의 말이 그녀의 가슴에 깊이 와 닿았다.

전호와 친하다는 이유로 혹시 꼭 봐야 하는 것들을 놓치고 있었던 것은 아닐까 하는 생각이 든 것이다.

친하다는 이유로 서로에게 소홀하고, 친하다는 이유로 그 소중함을 잊어버리는, 그리고 그로 파생된 나쁜 결과조차 친하니까 이해하겠지 하는 생각으로 살고 있었던 것은 아니었는지.

그녀는 다시 전호를 쳐다보았다. 마침 전호도 이쪽을 쳐다보고 있었다.

전호가 입술을 쭉 내밀며 이화운과 입맞춤하는 시늉을 했다. 뱃전에서 분위기도 좋은데 입맞춤하라는 뜻이었다.

"그럼 그렇지."

그녀의 탄식에 이화운이 뒤로 고개를 돌렸다.

마치 이쪽 상황을 아는 것처럼, 언제 그랬냐는 듯 전호는 쓸쓸한 표정으로 강물을 쳐다보고 있었다.

설수린은 한숨을 내쉬며 말했다.

"당신 말이 맞아요, 저놈은 정말 어둡고 탁한 놈이에요!"

이화운이 이해할 수 없다는 표정을 짓던 바로 그때였다.

누군가 뒤쪽에서 소리쳤다. 멀미에 시달리던 조금 전이라면 적극 동참했겠지만, 지금 상황에서는 말도 안 된다는 생각이 드는 외침이었다.

"배를 세워요!"

소리를 지른 사람은 젊은 여인이었다.

또 다른 배 한 척이 이화운 일행이 탄 배의 뒤를 빠르게 쫓아오고 있었는데, 그녀는 그 배의 선두에 서 있었다.

그녀 뒤로 무복을 입은 무인들이 늘어서 있었다. 통일된 검은 무복 차림이었는데 그 기세가 하나같이 날카로웠다.

다시 한 번 그녀가 소리쳤다.

"멈춰요!"

그녀의 목소리가 쩌렁쩌렁하게 들려왔다. 내공이 절대 적지 않음을 보여주는 일갈이었다.

배를 몰던 선원들이 돛을 내리고 속도를 늦췄다.

선장이 와서 배에 탄 사람들에게 말했다.

"강호인들인 듯하니 모두 언행에 조심하시오."

그사이 배가 가까이 다가왔다.

여인이 건너편 배로 훌쩍 몸을 날렸다. 그야말로 날렵한 경신술이었다. 그녀의 뒤를 따라 이십여 명의 무인들이 몸을 날렸다.

여인은 차가운 느낌의 미녀였는데, 인상이 강해 천상 무인이란 느낌을 주었다.

그녀가 주위를 둘러보더니 선장 사내에게 말했다.

"당신이 이 배의 선장인가요?"

"네, 그렇습니다."

한 번에 선장을 알아맞히는 그녀의 눈썰미가 대단했다.

"객실에 있는 사람들, 모두 올라오라고 하세요."

"네. 한데 무슨 일이신지?"

"무림맹의 일이니 시키는 대로 하세요."

"네, 그러지요."

무림맹이란 말에 설수린과 전호가 서로 전음을 주고받았다.

『재들 뭐냐?』

『글쎄요.』

『진짜 우리 쪽 애들이냐?』

『정복을 입지 않고 작전을 펼치는 곳은 몇 군데 되지 않는데.』

무림맹의 무인들은 모두 자신이 무림맹 무인임을 알리는 무복을 입어야 했다.

왼쪽 가슴에 맹(盟)이란 고유 글자가 쓰여 있거나, 아니면 정해진 소속을 알리는 글자가 쓰인 옷을 입었다.

무림맹의 존재 자체가 강호의 협의와 질서를 지키기 위함이었다. 무림맹은 사적인 이익 단체가 아니라 정파 강호인들을 지켜주기 위해 만들어졌기 때문이었다.

하지만 현실적으로 모든 무림맹 무인들이 그 규칙을 지킬 수는 없었다.

정체를 감추고 일반 무복을 입고 활동하는 무인들이 존재했다. 사파와 마교를 견제하는 비밀 조직이거나, 아주 상위에 속한 조직들이 그러했다.

『일단 어떻게 나오는지 지켜보자.』

『알겠습니다.』

설수린은 힐끗 이화운을 돌아보았다. 그는 사람들 사이에 얌전히 섞여 있었다.

어떤 돌발 상황이 생겨도 걱정은 안 끼칠 사람이지.

그러는 사이 객실에 있던 사람들도 모두 갑판 위로 올라왔다.

갑판에 모인 그들을 보며 여인이 말했다.

"금방 끝날 테니 협조 부탁드립니다."

사람들은 두려운 표정이 어린 얼굴로 서로 돌아보았다. 배에는 여인이나 노인, 아이들이 많았다.

여인의 뒤에 서 있던 무인들 중 중년 사내 하나가 앞으로 걸어 나왔다. 분위기로 볼 때, 그가 여인 다음의 직위인 듯 보였다.

"자, 한 명씩 이리 나와서 신분을 밝히시오. 신분을 알릴 수 있는 것이 있으면 미리 준비하시고, 각자 짐도 다 가지고 나오시오!"

그는 상당히 고압적인 태도였는데, 한마디로 검문을 하겠다는 말이었다.

배에 탄 사람 중에는 검을 찬 강호인들도 있었다. 하지만 상대의 기세에 눌려 누구 하나 항의하지 못했다.

물론 설수린은 아니었다.

"신분은 그쪽에서 먼저 제대로 밝혀야 하지 않나요?"

그녀가 나서자 중년 사내의 얼굴이 굳어졌다. 어디서 감히 무림맹의 일에 나서느냐는 불쾌감이 그의 표정에 고스란히 드러났다.

"당신 뭐야?"

"그러는 당신은 뭔데?"

"뭣이?"

설수린은 그를 무시하고 여인을 보며 말했다.

"무단으로 배에 올라타서 무림맹에서 나왔다 하면 끝인가요? 대체 그 무림맹, 누굴 위해 있는 무림맹이죠?"

여인이 차분하게 대답했다.

“죄송하지만 그 질문에 대답할 순 없어요. 우린 무림맹의 비밀 임무를 수행하는 중이라서요. 미안하지만 협조해 주셨으면 좋겠군요.”

사내만큼 고압적인 태도는 아니었지만, 부드러운 말과는 달리 표정은 차가웠다.

“비밀 임무면 비밀스럽게 하든지. 무슨 비밀 임무가 이렇게 소란스럽죠?”

설수린의 조롱에 여인의 표정은 더욱 싸늘해졌다.

더 놀리려면 한 시진은 쉬지 않고 놀릴 수 있겠지만, 지금은 그럴 상황이 아니었다.

이쪽이야말로 비밀 작전 중이시니까.

“어쩌겠어요? 힘없는 년이 물러나야죠.”

한마디 쏘아붙이고는 설수린이 물러섰다.

여인은 코웃음을 친 후, 중년 사내에게 눈짓으로 계속 진행하라는 명령을 내렸다. 다시 본격적인 수색이 시작되었다.

전호가 나직이 속삭였다.

“저자들, 맹에서 나온 것은 맞는 것 같습니다.”

“왜?”

“저것을 보십시오.”

수색하는 사내의 손에 들린 것은 목탁처럼 생긴 작은 쇠 구슬이었다.

“어, 검색구(檢索球)네.”

그것은 자력을 띤 돌로 몸이나 짐에 쇳덩이를 찾아내는 도구로, 몸이나 짐에 쇠붙이가 있으면 검색구가 떨렸다. 그리고 오직 무림맹 무인들만이 사용하는 도구였다. 설수린 자신들도 검문 임무를 맡으면 들고 나가는 것이었다.

"진짜란 말이지. 이것들! 어디 소속인지 몰라도, 돌아가면 죽었어."

"우리보다 끗발이 셀 것 같은데요?"

설수린이 코웃음을 쳤다.

"우리가 안 되면…… 감사단에 투서(投書)를 날리는 거지. 콱 다 일러바쳐!"

"과연 멋지십니다요."

"역시 날 알아주는 것은 내 오른팔뿐이로구나."

"좋은 말만 들어도 사는 게 힘든 세상 아닙니까? 앞으로도 제가 듣고 싶으신 달콤한 말만 해드리겠습니다."

"간신 말 좀 들으면 어때!"

"암요! 더 오래 살 걸요?"

듣고 있던 이화운이 피식 웃자, 옆의 전호가 히죽 웃으며 속삭였다.

"이게 바로 폭군 아래서 살아남는 비법이지요."

이윽고 설수린의 차례가 되었다.

아까부터 주의 깊게 설수린을 감시하듯 살피던 여인이 직접 나섰다.

"이름이 뭐죠?"

"설수린."

"설수린?"

여인이 흠칫 눈을 가늘게 떴다.

"설마?"

"맞아요, 소문 속의 주인공이죠."

그 한마디 대화로 두 사람은 서로의 정체를 알 수 있었다.

자신의 이름을 아는 것을 보니 상대는 정말 무림맹 소속이 확실했다. 상대는 거기에 쐐기까지 박았다.

"정말 맹주님과 잤나요?"

순간 설수린은 당황했다. 그녀가 이렇게 직접 그것을 물어올 줄은 몰랐던 것이다.

얼굴이 화끈 달아오르며 귓가가 빨갛게 달아올랐다.

아, 당황하면 이렇게 표가 나는 것, 정말 절대 고쳐지지 않았다.

진천대주 놈에게 그 소리를 들었을 때보다 더욱 당혹스러웠다. 한 번 겪은 일이었음에도.

동시에 설수린은 깨달았다. 그 당혹감은 뒤에 있던 이화운이 오해할 것이 싫어서란 것을.

확 달아오른 얼굴로 그녀가 말했다.

"그래요, 이제 당신 큰일 났군요. 잠자리에서 내가 맹주님께 당신 잘라내라고 속삭일 테니까."

여인이 가만히 설수린을 응시하더니 담담히 말했다.

"소문은 사실이 아니군요."

이렇게 눈치 빠른 년이, 대놓고 그런 말을 물어?

설수린이 힐끔 뒤를 쳐다보았다. 저 뒤에 서 있는 이화운은 들었는지 못 들었는지 아무런 표정 변화가 없었다.

여인은 목소리를 줄여 나직이 말했다.

"저는 전각 칠대주 임소빙(林素氷)이에요."

전각이란 말에 설수린이 깜짝 놀랐다. 전각은 무림맹에서 가장 강한 무력을 지닌 곳이었다. 그녀가 속한 신화대에 비해 한 끗발만 높은 것이 아니라 서너 끗발 높은 곳이었다.

게다가 그들은 조(組) 규모의 숫자를 이끌어도 대주로 임명했다. 다른 조직보다 권위를 세워주려는 것이었다.

실력 차이도 분명했다.

신화대 내에서 전호의 실력은 최상급이었다. 하지만 지금 임소빙의 뒤에 병풍처럼 서 있는 이들 모두 전호와 비슷한 실력을 지니고 있었다.

"대단하신 분을 여기서 뵙는군요."

설수린이 살짝 비꼬자 임소빙은 태연히 받아넘겼다.

"과찬이세요."

임소빙이 한 걸음 다가서자 설수린은 뒤로 한 걸음 물러났다.

"설마 내 정체를 알았음에도 수색을 할 생각은 아니시겠죠?"

이내 설수린의 표정이 굳어졌다.

"수색할 작정이군요."

이미 냉담한 표정에서 자신의 의사를 밝힌 임소빙이 담담히 말했다.

"사안이 사안인지라. 이해해 주시라고 믿어요."

"당신, 미쳤어?"

설수린의 목소리가 차분히 가라앉았다.

"전각이면 동료도 눈에 안 보여?"

"신화대주쯤 되면 공사 구분은 할 만한 자리라 생각했는데?"

순간 설수린의 눈썹이 꿈틀했다. 명백한 도발이었다.

이것들이 대체 뭘 찾기에 이 난리지?

평소 전각의 무인들이 안하무인이란 소린 자주 들었지만, 이것은 상식의 문제였다. 더구나 자신은 일개 신화대의 무인이 아니라 대주였다.

뒤에 있던 전호가 전음을 보냈다.

『귀하신 분들인데 어쩌겠어요?』

『그래서 참자고?』

『제 직속상관이 제게 항상 그러죠. 억울하면 출세하라고.』

『다음에도 그러면 그 입을 콱 찢어 버려.』

『예쁜 입이라서 가능할지 모르겠네요.』

설수린은 어쩔 수 없다는 것을 알았다. 결국, 그녀는 마음껏 해 보라는 듯 양팔을 벌렸다.

나름 설수린에 대한 예의라 생각했는지 임소빙이 직접 그녀의 몸을 뒤졌다.

그리고 임소빙이 설수린의 몸에서 뭔가를 찾아냈다. 그것은 한 장의 서찰이었다.

"어라?"

설수린도 모르는 것이 품에 들어 있었던 것이다.

임소빙이 서찰을 살피더니 차갑게 말했다.

"찾았다!"

원길을 비롯한 전각의 무인들이 그곳으로 모여들었다. 모두 날카로운 눈빛으로 설수린을 노려보았는데, 금방이라도 검을 뽑을 수 있도록 모두 검 손잡이에 손을 올려둔 상태였다.

임소빙은 싸늘히 말했다.

"이것이 바로 우리가 찾던 거예요."

"그게 뭐죠?"

"당신 몸에서 나왔으니 당신이 더 잘 알 텐데?"

설수린의 눈빛이 진중하게 가라앉았다. 위기 본능이 그녀에게 속삭였다. 함정에 빠졌으니 정신 똑바로 차리라고. 침착하라고.

"그래서 그게 뭐냐고?"

임소빙은 날 선 눈빛으로 나직이 말했다.

"맹의 세작이 사파인들에게 보내는 밀서."

〈다음 권에 계속〉

DREAMBOOKS

DREAMBOOKS★

DREAMBOOKS★

DREAMBOOKS